Dietmar Cuntz

Hochhaustanz

D1920542

Rediroma-Verlag

Bibliografische Information der Deutschen Nationalbibliothek:
Die Deutsche Nationalbibliothek verzeichnet diese Publikation in der Deutschen Nationalbibliografie; detaillierte bibliografische Daten sind im Internet über http://portal.dnb.de abrufbar.

ISBN 978-3-98885-783-5

Rediroma-Verlag
Kremenholler Straße 23
42857 Remscheid
info@rediroma-verlag.de

www.rediroma-verlag.de
12,95 Euro (D)

Teil 1

1

Ray Maertens saß müde in seiner Wohnung und blickte auf die Langestraat. Er grübelte und überlegte, ob er den neuen Auftrag übernehmen sollte. Nach seinen letzten Ermittlungen war er sehr erschöpft und mit seinen Leistungen unzufrieden. Er hatte sich lange an einer falschen Spur festgebissen und war erst sehr spät auf den richtigen Weg gekommen. Auch sein direkter Vorgesetzter hatte sein Zaudern und die fehlende Entscheidungsfreude erkannt und ihn zur Seite genommen. „He, Ray, das war alles andere als ein Erfolg. So, wie du dich über die Ziellinie geschleppt hast, sah es eher aus wie ein lahmender Gaul. Ist besser, wenn du erst mal an einer Sache arbeitest, die keine schnelle Aufklärung erfordert. Es gibt einige Fälle, die seit Jahren auf eine Klärung warten. Daran könntest du dich versuchen. Ich würde es dir nicht verübeln, wenn du etwas kürzer trittst. Dein analytischer Sachverstand ist allgemein bekannt."

Ray dachte immer wieder über diese Worte seines Chefs, Theo Loon, nach. Er hatte es nicht als einen Vorwurf geäußert, auch wenn eine versteckte Kritik nicht zu überhören war. Aber Ray wusste selbst, dass er sich in letzter Zeit nicht mit Ruhm bekleckert hatte. Er war selbstkritisch genug, sich seine Fehler einzugestehen. Seine Entscheidungsfreude und Entschlusskraft hatten gelitten, nachdem er keine schnellen Erfolge erzielen konnte. Trotzdem überlegte er, was er bei den letzten Ermittlungen falsch gemacht hatte. Wo war er falsch abgebogen? Hatte er wichtige Hinweise übersehen? Früher hatte er nach schweren Ermittlungen einige Tage mit sich gehadert, war in sich gegangen, und nach vier Tagen war er zur Tagesordnung übergegangen. Nach dem Prinzip, aus den Fehlern zu lernen. Vielleicht sollte er sich die Unbeschwertheit der früheren Jahre als Beispiel nehmen. Er hatte noch zehn Jahre bis zur Rente vor sich, und er wollte nicht daran denken, ob die Rente dann reichen würde.

In den letzten Jahren hatte er immer wieder Pausen eingelegt. Er war krank, und besonders nach dem Tod seiner Frau hatte er einige Zeit gebraucht, um wieder auf den Damm zu kommen. Alles war mit besonderen Anstrengungen und Schwierigkeiten verbunden. Selbst einfache, eingespielte Handgriffe wollten ihm nicht gelingen. Verlustängste und auch Versagensängste begleiteten ihn. Es fehlte ihm die Fähigkeit einfache Sachverhalte richtig einzuschätzen und zu kombinieren. Sein Selbstbewusstsein und der Mut, neue Wege zu gehen, waren weg und in einem tiefen Loch vergraben. So zugeschüttet wie das Loch war, brauchte es viel Geduld, einiges auszugraben. Mit Hilfe eines Therapeuten hatte er lange, bedächtige Schritte gewagt und sich an kleinen Erfolgen aufgerichtet.

Vor allem dem Vertrauen und der Unterstützung seiner Kollegen war es zu verdanken, dass er wieder in der richtigen Tonlage singen konnte und dem Leben täglich etwas Kostbares entnahm. Ray rieb sich die Stirn. Er hatte auch wieder gelernt, über sich selbst zu lachen und Dinge nicht allzu ernst zu nehmen. Er besuchte Veranstaltungen, die ihn erheiterten und traf sich mit Bekannten, die ebenfalls lachen und einfache Dinge genießen konnten. Also lag er nicht so falsch, wenn er sich nicht immer allzu ernst nahm. Eine gewisse Lockerheit und Leichtigkeit machten vieles einfacher.

Sein Auftrag bestand darin, einer Sache nachzugehen, die über zwanzig Jahre zurücklag. Am Strand von Blankenberge war am 6.6. 2001 die Leiche einer jungen Frau gefunden worden. Zuerst hatte man vermutet, dass sie sich selbst getötet hatte, weil eine erhebliche Menge Substanz aus Schlaftabletten bei der Obduktion gefunden worden waren. Aber bei genauerer Untersuchung wurde auch eine Rötung am Hals entdeckt, die nicht zugeordnet werden konnte. Gerichtsmediziner konnten und wollten ein Ersticken als Todesursache nicht ausschließen. Seitdem waren Jahre vergangen, in denen immer wieder Kriminologen und Kommissare damit beschäftigt waren, das Umfeld der Toten zu untersuchen. Aufrufe in den Medien, wer die Tote zuletzt gesehen hatte, brachten wenig Erfolg.

Grace Buur, die damals fünfundzwanzig Jahre alt war, war eine verschlossene Einzelgängerin, die selten in Begleitung von anderen gesehen worden war. Sie arbeitete nach einer kaufmännischen Ausbildung in einem Supermarkt. Dort wurde sie vielseitig eingesetzt. Manchmal im Kassenbereich oder im Lager. Selbst in der Verwaltung konnte sie mit ihren buchhalterischen Kenntnissen aushelfen. Allzu viel konnte über ihr Leben nicht in Erfahrung gebracht werden. Schulfreunde berichteten, dass sie sehr unauffällig gewesen sei und sich immer von größeren Gruppen ferngehalten habe. Selten habe sie bei Spielen mitgemacht und habe sich auf dem Heimweg von der Schule nie anderen Schülern angeschlossen.

Die Eltern, die als besorgt beschrieben worden waren, konnten nur wenige Auskünfte zu ihrer Tochter geben. Sie habe eine normale Entwicklung genommen, sei selten krank gewesen und habe keine Schwierigkeiten in der Schule und der Ausbildung gehabt. Sie habe selten über Probleme in der Schule oder in der Ausbildung geklagt. Habe aber auch keine erkennbaren Interessen gehabt. Warum sich Grace für eine kaufmännische Ausbildung entschieden hatte, konnten die Eltern nicht sagen. Ebenso hätte sie eine Banklehre machen können. Besondere Begabungen konnten die Eltern nicht nennen. Nach der Ausbildung habe sie sich eine eigene Wohnung in Blankenberge gesucht. Sie habe dann ihre Eltern nur noch unregelmäßig, einmal im Monat, besucht.

Auch Jenny Koop, ihre Ausbilderin während der Lehre und spätere Kollegin, konnte nichts Auffälliges berichten. Grace sei zuverlässig gewesen, habe ihre Aufgaben sorgfältig und gewissenhaft erledigt. Gelegentlich habe sie eigene Initiativen entwickelt und Vorschläge zur Verbesserung gemacht. Allerdings ohne besonderen Nachdruck, deshalb seien viele Vorschläge nicht beachtet worden, obwohl sie sicher einer Überprüfung wert gewesen wären. Sie sei freundlich gegenüber ihren Kollegen gewesen, aber wenig mitteilsam. Einladungen, an einem gemeinsamen Ausflug teilzunehmen, habe sie meistens unter einem Vorwand abgelehnt. Nur selten habe sie an einer gemeinsamen Feier teilgenommen, habe sich dann im Hintergrund gehalten und sei als erste gegangen.

Ray legte nach zwei Stunden ermüdet die Akte zur Seite. Er konnte sich ein gewisses Bild über Grace machen. Und er durfte nicht vergessen, dass über zwanzig Jahre seitdem vergangen waren. Eine lange Zeit in Anbetracht der ständigen Veränderungen. Was war alles in den letzten Jahren passiert? Was hatte er vor zwanzig Jahren gemacht? Ray rieb sich den Hals. Er war noch unsicher, ob er diesem Auftrag etwas Besonderes abgewinnen konnte. Es hatten schon zu viele vor ihm sich die Zähne daran ausgebissen, ohne Erfolg. Trotzdem und gerade weil einiges ungeklärt war, konnte er in jeder Stufe der Ermittlung einsteigen. Er konnte nichts mehr falsch machen, als andere vor ihm. Und vielleicht lag darin gerade der besondere Reiz. Wenn er neue Wege ginge und die bisherigen Ermittlungen als Grundlage nutzte, konnte er mit neuen Ermittlungstechniken einiges erreichen. Gerade die Entwicklung bei der Gesichtserkennung und der DNA- Zuordnung hatte in den letzten Jahren gewaltige Fortschritte gemacht. Ray war immer verwundert, wenn er die aktuelle Entwicklung verfolgte.

Gleich am nächsten Tag wollte er mit ersten Gesprächen beginnen. Dabei standen Gespräche mit Ermittlern im Vordergrund, die sich mit diesem Fall zuletzt beschäftigt hatten. Vor drei Jahren waren die Ermittlungen abgebrochen worden, nachdem man anfangs optimistisch gewesen war. Ray trank einen Kaffee und rauchte eine Zigarette. Bisher hatte er Theo seine Entscheidung noch nicht mitgeteilt. Er hatte ihn um Geduld gebeten und gefragt, wie viel Zeit man ihm für die Ermittlungen einräume und ob er Unterstützung von Kollegen erhalte. Theo hatte erklärt, dass er abwarten würde, ob Ray auf neue Spuren stoße. Sobald Ray neue Erkenntnisse gewinnen würde, stünde einer längeren Ermittlung nichts im Wege. Und bei Bedarf würde er Unterstützung von Kollegen erhalten. Ray beschloss, eine Nacht darüber zu schlafen und Theo am nächsten Morgen seine Entscheidung mitteilen.

Er verbrachte einen ruhigen Abend und lenkte sich bei einem Fernsehkrimi ab. In letzter Zeit achtete er gewissenhaft darauf, sich nicht zu intensiv mit einem Fall zu beschäftigen, ausgewogen zu essen und früh zu schlafen. Seine Gesundheit stand im Vordergrund. Deshalb aß er abends, wenn er am Fernseher saß, ausschließlich Obst und rohes Gemüse wie Karotten oder Sellerie. Während des Krimis, der alles andere als spannend oder interessant war, schlief er ein und ging schlafen.

Am nächsten Morgen fühlte er sich ausgeglichen und zögerte nicht mehr. Vielmehr spürte er die innere Aufregung, etwas Neues anzupacken. Nach einem ausgiebigen Frühstück entschied er sich. Er teilte Theo seine Entscheidung mit. Theo war erfreut. „Ich glaube, du bist der richtige Mann, um diesen Fall nochmal aufzurollen. Lass dich vom Scheitern der früheren Ermittler nicht beunruhigen. Es waren gute Ansätze vorhanden. Wahrscheinlich standen sie kurz vor der Auflösung und es hat nur noch ein entscheidendes Puzzleteil gefehlt, um alles abzurunden." Ray lachte. „Warum haben sie dann nicht weiter ermittelt?" „Du weißt ja, wie es ist. Nachdem sie über zwei Monate keine neuen Ansätze finden konnten, hatten sie das Interesse verloren. Sie hatten keine Hoffnung mehr, auf etwas Neues zu stoßen. Wahrscheinlich waren sie nicht so geduldig und hatten nicht so viel Ausdauer wie du." Ray lachte schallend, er wusste, dass Theo ihm kein Kompliment machen wollte. Theo kannte seine Unruhe und Ungeduld.

Ray fuhr in sein Büro im Polizeirevier. Er war wenig erstaunt, als er zwei Kartons mit Akten vor seinem Schreibtisch fand. Er nahm die Akten aus dem Karton und überschlug, dass er etwa zweitausend Seiten zu lesen hatte. In diesen Akten war alles zusammengetragen, was seit zwanzig Jahren in Vermerken, Vernehmungsprotokollen und Beweismitteln beschrieben worden war. Bevor sich Ray dem

Aktenberg zuwandte, rauchte er eine Zigarette und trank einen Kaffee. Theo warf einen kurzen, freundlichen Blick in sein Büro. „Nicht erschrecken. Das sieht nach viel Arbeit aus. Gibt auch unwichtige Dinge. Wirst du schnell erkennen." Ray stöhnte. „Nach zwanzig Jahren hätte mal jemand auf die Idee kommen können, eine Zusammenfassung zu machen." Theo lachte. „Damit kannst du ja beginnen. Bring etwas Struktur rein. Dafür habe ich dich schließlich ausgewählt." „Ja, hast wohl keinen anderen Dummen dafür finden können", lachte Ray bitter.

Ray verzog sein Gesicht zu einem angedeuteten Grinsen. Etwas anderes wollte ihm nicht gelingen. Ein versöhnlicher Blick von Theo gab ihm zu verstehen, dass es nicht böse gemeint war. Ray war auch schnell über den Ärger hinweg. Ich werde das Interessante in dieser Aufgabe suchen, sagte er sich. Vielleicht gelingt es mir, Licht in die Sache zu bringen. Nach einigen Minuten hatte er ein erstes System entwickelt, wie er vorgehen wollte. Es brauchte ein klares, durchdachtes System, um das Wichtige zu erfassen und das Nebensächliche beiseite zu schieben.

2

Nach drei Tagen hatte sich Ray einen ersten Einblick in die bisherigen Ermittlungen verschafft. Zumindest hatte er den Eindruck. Er hatte sich auch eine kurze Zusammenfassung über wichtige Details und Aussagen gemacht. Ein erstes Gespräch mit Theo hatte ihn bestärkt. Er spürte sein Vertrauen und hatte nicht mehr das Gefühl, dass man ihm die Akten nur als sinnlosen Zeitvertreib gegeben hatte. Als Überbrückung, bis man einen geeigneten neuen Fall für ihn finden würde.

Ray hatte festgestellt, dass gerade zu Beginn der Ermittlungen vor über zwanzig Jahren mit der gebotenen Schärfe und Ausdauer nach Zeugen im Umfeld von Grace gesucht worden war. Dabei standen die Familie und ein früherer Freund, Tim Porter, im Vordergrund. Porter hatte sich gleich nach dem Verschwinden von Grace bei der Polizei gemeldet und seine Bereitschaft zum Mitwirken bei der Suche signalisiert. Auch nach dem Auffinden der Leiche war er zu Angaben bereit. Er zeigte große Trauer und starke Empfindung. In langen Verhören berichtete er über seine kurze Beziehung zu Grace, die zwei Wochen vor deren Tod von ihr beendet worden war. Er war bestürzt und fassungslos über ihren Tod und fand keine Erklärung. Er war nicht in Verdacht geraten. In späteren Verhören, die fünf und zehn Jahre später stattfanden, hatte er seine Angaben bestätigt. Aber es gab doch unwesentliche Widersprüche zu seiner ersten Aussage, die erst bei wiederholtem Lesen aufgefallen waren.

Auch Ray waren diese Widersprüche erst beim intensiven Lesen aufgefallen, und er hatte ihnen anfangs keinen besonderen Wert geschenkt. Nach fünf Jahren kann ein Geschehen in einem anderen Licht erscheinen, sagte er sich. Und nach zehn Jahren noch deutlicher. Trotzdem stolperte er immer wieder über die widersprüchlichen Angaben und notierte sie sich. Zumindest ein Anhaltspunkt, den es zu verfolgen galt. Umso mehr als auch frühere Ermittler die Widersprüche erkannt hatten und mit Porter ein weiteres Gespräch führen wollten. Dazu kam es nicht, weil sie Porter nicht finden konnten. Anscheinend hielten sie es nicht für so wichtig, die Widersprüche zu klären. Deshalb gaben sie die Suche nach kurzer Suche vor zehn Jahren wieder auf. In einem kurzen Vermerk hieß es:

Tim Porter kann an seinem bisherigen Wohnort nicht gefunden werden. Nach Mitteilung des Einwohnermeldeamts ist er unbekannt verzogen. Anfragen beim Finanzamt, der Rentenversicherung und bei Geldinstituten zu seiner Adresse ergaben keine Klärung. Die möglichen Widersprüche in seinen Aussagen sind nicht gravierend, um weitere Nachforschungen anzustellen.

Damit war die Suche nach Porter damals erledigt. Ray gab sich damit nicht zufrieden. Er fand die Adresse seiner Eltern, die bisher nicht in der Akte vermerkt worden war. Es ließ sich auch nicht erkennen, ob und wann mit Tims Eltern gesprochen worden war. Ray war sich sicher, dass mit ihnen gesprochen worden war. Es wurde nichts herausgefunden, und deshalb hielt man es nicht für nötig, die Akte damit zu füllen. Trotzdem wäre eine kurze Notiz hilfreich gewesen. Ray wollte es jetzt besser machen als seine Vorgänger. Deshalb notierte er die Adresse in der Akte. Seine erste Eintragung.

Am Nachmittag saß er in einer kleinen geräumigen, abgenutzten, leicht verdreckten Wohnung in Ostende. Er hatte sich nicht angekündigt und traf auf erstaunte, ältere Eheleute, die ihn nicht gerne in ihre Wohnung ließen. Erst nach längerem Zureden waren sie bereit, mit ihm zu sprechen. Die Wohnung war sehr dunkel und mit unpassendem, billigem Plunder gefüllt, dessen sinnvolle Verwendung und Nutzbarkeit Ray bezweifelte. Ausstellungsstücke für einen billigen Straßenflohmarkt. Er fühlte sich unbehaglich. „Was in aller Welt führt Sie dazu, uns erneut mit der Sache zu nerven?“, herrschte ihn Wim Porter an. Er hielt sich nicht mit Höflichkeiten auf und brachte das gleich deutlich zum Ausdruck. Ray wehrte ab. „Ich kann verstehen, dass Sie nach zwanzig Jahren nicht mehr darüber sprechen wollen. Trotzdem bitte ich Sie im Interesse der Aufklärung mitzuwirken. Werde Sie nicht lange aufhalten.“

Wim Porter war ungehalten und erst nach beruhigender Aufforderung seiner Frau, Jane, bereit, Ray einen Platz anzubieten. Zwischen dem älteren Ehepaar schien nicht das beste Verhältnis zu bestehen. Sie sahen sich argwöhnisch und etwas feindselig an. Ray gab sich höflich. Er wusste, dass Wim sehr ungeduldig war, und nach der erstbesten Gelegenheit suchen würde, ihn zurechtzuweisen und rauszuschmeißen. „Wo finde ich Ihren Sohn?“, fragte Ray freundlich. Wim zuckte gleichgültig mit den Schultern. Seiner schroffen Haltung war anzusehen, dass er nicht gerne über die Frage nachdachte. „Ach, fragen Sie mich was Besseres“, rief er verärgert und wischte mit seiner rechten Handfläche über den Tisch.

„Das ist eine wichtige Frage. Eigentlich will ich nicht mehr von Ihnen wissen.“ „Was glauben Sie, wie oft Ihre Kollegen uns besucht haben. Und immer wieder haben Sie nach Tim gefragt, und nach seinem Verhältnis zu Grace.“ „Sag ihm, dass wir nicht wissen, wo sich Tim aufhält. Dann ist die Sache erledigt“, mischte sich Jane Porter vermittelnd ein. Wim griff nach einem Wasserglas, das in seiner Nähe stand und schleuderte es in Richtung seiner Frau. Es verfehlte das Gesicht nur um wenige Zentimeter. Jane lachte boshaft. „Bist wohl zu blöd, um zu treffen.“ Wim erwiderte mit einem finsteren, feindseligen und giftigen Blick, „Wenn du immer alles besser weißt ...“ Ray beunruhigte die angespannte Stimmung. Er ließ sich aber nichts anmerken. „Wann haben Sie Tim zuletzt gesehen?“, hakte er nach. Jane wollte antworten, ein tötender Blick von Wim ließ sie zögern.

Ray lächelte. Er begriff es als ein dummes, verrücktes Spiel der Eheleute. Zumindest Wim hatte Spaß daran, seine vermeintliche Überlegenheit zu zeigen und seiner Frau den Mund zu verbieten. Jane lachte boshaft. Wahrscheinlich wartete sie auf eine Gelegenheit, sich zu revanchieren. Ray stellte sich darauf ein, dass es länger dauern würde, bis er auf seine einfache Frage eine Antwort bekäme. Auch gut. Er hatte es nicht eilig und wartete gespannt darauf, wie sich die Situation entwickeln würde. Eine besondere Gefahr, die ihn zum Handeln zwänge, sah er nicht. Noch nicht. Ruhig und gelassen saß er auf dem unbequemen Stuhl, der sich härter als jeder Barhocker anfühlte. Wenigstens hatte er in den letzten Tagen mit Yoga seine Körperhaltung verbessert.

Wim sah ihn mit einem vernichtenden Blick an. Aber noch keine Aufforderung, die Wohnung zu verlassen. Ray wartete geduldig. Nach zwei Minuten stand Jane auf, die Anspannung zeigte sich in ihrem Gesicht. „Wenn du ihm keine Auskunft geben willst, kann er gehen“, wandte sie sich an ihren Mann. Wim räusperte sich. „Mich stört es nicht, wenn er hier herumsitzt. Hat vielleicht nichts Besseres zu tun.“ Ray enthielt sich einer Erwiderung. Er sah sich im Zimmer um und richtete seine Augen auf ein Familienfoto. Es war eine ältere Aufnahme der Eltern mit ihrem Sohn. Ray schätzte, dass seitdem über zwanzig Jahre vergangen waren. Nach etwa zehn Minuten wurde Wim unruhig. „Jetzt haben Sie genug Zeit vertrödelt. Kommen Sie wieder, wenn Sie ein klares Anliegen haben.“ Ray stand auf und lächelte. „Gerne. Sobald Sie bereit sind, mir zu sagen, wo ihr Sohn wohnt und wann Sie ihn zuletzt gesehen haben, lassen Sie es mich wissen.“ Er übergab Wim eine Karte mit seiner Adresse. Dann sah er kurz Jane an, die seinen Blick nicht erwiderte. Er stellte fest, dass sie am rechten Arm blaue Flecken hatte. „Machen Sie sich keine Mühe. Ich finde den Ausgang selbst.“ In wenigen Schritten gelangte er zur Tür, öffnete sie und verschwand.

Schnell ging er die Treppe nach unten. Vor der Haustür blieb er stehen und sah nach oben. Dann atmete er tief durch. Von Oben hörte er Geschrei, das auf einen schweren Streit hindeutete. Eine Flasche flog gegen das Fenster. Ray lachte bitter. In welche Situation war er unvorbereitet geraten? Hätte er sich diesen Ärger ersparen können? Er ging langsam durch die Straße und überlegte, was er als nächstes tun sollte. Bevor er sich dem nächsten Ärger aussetzte, war es geboten, Informationen zu sammeln. Was war polizeilich über die Eheleute Porter bekannt? Welche Rolle hatten sie bei der bisherigen Aufklärung gespielt? Kannten sie die vor zwanzig Jahren ermordete Frau? Und die wichtigste Frage: Warum wurden sie in der Akte, die über tausend Seiten umfasste, mit keinem Wort erwähnt? Hatte er etwas übersehen? Das fing ja gut an.

Ray griff sich an die Stirn. Einige Tage hatte er aufmerksam die Akte gelesen, alles Wichtige markiert und sich eigene Notizen angefertigt. In einer Bar trank er einen Kaffee, seit einigen Tagen verzichtete er auf Alkohol. Es gibt zwei Möglichkeiten, dachte er. Entweder ich fange von vorne an und lese die Akte nochmal von vorne bis hinten, oder ich frage den Kollegen, der vor zehn Jahren ermittelte. Ray entschied sich dafür, mit den früheren Ermittlern zu sprechen. Vielleicht ließ sich dabei auch feststellen, welche Gespräche mit den Porters geführt worden waren. Kurz kamen ihm Bedenken. Biss er sich wieder an einer Nebensächlichkeit fest, die keine Bedeutung für die Ermittlung hatte? Er überlegte. Nach kurzem Abwägen kam er zu dem Ergebnis, dass die Eltern des früheren und letzten Freundes von Grace durchaus etwas wissen konnten. Zumindest Auskunft über die Adresse ihres Sohnes geben konnten.

Ray betrachtete den grauen Novemberhimmel und spürte den Geruch von frischen Muscheln in seiner Nase. Gab es in dieser Bar frische Muscheln? Er hatte angenommen, dass hier nur Getränke serviert wurden. Scheu und verlegen sprach er den Kellner an. „Kann es sein, dass hier Muscheln angeboten werden?“ „Selbstverständlich. Mit Fritten. Wollen Sie eine Portion?“ Ray lachte. „Ja, bitte bringen Sie mir eine Portion und ein Selters.“ „Gute Entscheidung“, erwiderte der Kellner und wandte sich ab. Nach zwanzig Minuten brachte er einen großen Topf Muscheln und Fritten sowie das Mineralwasser. Mit großem Appetit machte sich Ray an das Essen und wunderte sich, dass er so lange Zeit auf Muscheln verzichtet hatte. Nach dem Essen zahlte er und gab reichlich Trinkgeld und ein Lob für das gute Essen. Dann ging er gestärkt in sein Büro.

Er begegnete auf dem Gang im Präsidium Theo, der sein entschiedenes Auftreten bemerkte. „Erste Erkenntnisse?“ Ray schmunzelte. „Sieht ganz danach aus. Aber ich will es noch abklären.“ Ray berichtete über seinen Besuch bei den Porters. „Selten habe ich eine solche tiefe Abneigung gespürt, obwohl ich sie nur nach ihrem Sohn gefragt habe.

Sehr merkwürdig. Mir drängt sich der Verdacht auf, dass sie etwas verbergen wollen." Theo lachte. „Hoffe, du täuschst dich nicht. Was haben die früheren Ermittlungen ergeben?" „Es gibt keinen Vermerk über die Eltern des früheren Freundes von Grace. Ist doch seltsam, oder?" Theo zuckte unschlüssig mit den Schultern. „Vielleicht hielten sie es nicht für nötig. Wenn Tim Porter sich nicht verdächtig verhalten hat, gab es wahrscheinlich keinen Grund. Die Akte ist doch schon dick genug." Ray grinste und kratzte sich am Hals.

„Vor zehn Jahren wollten sie mit Tim sprechen. Gab wohl gewisse Widersprüche. Aber sie haben ihn nicht gefunden. Da wäre es für mich naheliegend gewesen, sich bei seinen Eltern zu erkundigen. Weiß nicht, warum das nicht vermerkt wurde." Theo nickte. „Das ist tatsächlich merkwürdig. Wahrscheinlich haben sie es vergessen. Frag die früheren Ermittler, sie werden es sicher erklären können." „Kennst du sie persönlich?" Theo dachte nach. „Es waren nach meiner Erinnerung drei Ermittler. Einer ist, glaube ich, vor einigen Jahren gestorben. Ein anderer ist im Ruhestand. Und ein jüngerer Kollege arbeitet in Brügge, wenn er noch bei der Polizei ist." Das waren alles andere als ergiebige Informationen. „Kannst wohl nichts mehr zu den früheren Ermittlern sagen?" Theo rümpfte die Nase. „Ich beschäftige mich nicht damit, was meine Kollegen machen, wenn sie unsere Dienststelle verlassen."

„Aber du hältst es für möglich, zu ihnen Kontakt aufzunehmen." „Mit denen, die leben, sicher." Ray wunderte sich über die Einsilbigkeit seines Chefs. Hatte er etwas zu verbergen? War etwas schiefgelaufen bei den letzten Ermittlungen? „Ich habe das Gefühl, dass du einige Informationen zurückhältst. Warum?" Theo lachte. „Wie kommst du darauf?"

„Na ja, eigentlich erwarte ich, dass du daran interessiert bist, wie ich mit ihnen in Verbindung treten kann." „Warum willst du mit ihnen sprechen?" Ray spürte, dass er vorsichtig sein musste. Eine für ihn ungewohnte Situation im Umgang mit seinem Chef, den er seit Jahren kannte. Ray lachte verlegen und überlegte, wie er sein Anliegen begründen konnte. „Theo, für mich ist es absolut notwendig, zu erfahren, ob mit den Eltern von Tim Porter gesprochen wurde. Absolut. Wenn die Eltern nicht in der Akte erwähnt wurden, kann es Gründe geben. Aber die will ich kennen. Wer könnte mir das besser sagen als die früheren Ermittler?"

Theo nickte. „Ja, das verstehe ich. Trotzdem solltest du aufpassen." „Warum?" „Schwer zu sagen. Die früheren Ermittler waren nicht erfolgreich. Wahrscheinlich wollen sie nicht mehr darauf angesprochen werden." „Trotzdem kann man doch von ihnen erwarten, dass sie Auskunft geben." „Ja, wenn sie sich noch erinnern." „Sie haben fast drei Monate an diesem Fall gearbeitet. Da muss doch etwas hängengeblieben sein, auch wenn seitdem zehn Jahre vergangen sind." Theo zögerte. „Weiß ich nicht." „Okay, dann lass es mich wenigstens versuchen. Kannst du mit ihnen sprechen und sie darauf vorbereiten, dass ich einige Fragen habe. Es ist besser, wenn du es mit deiner Autorität in die Wege leitest." „Ich werde es versuchen.", erwiderte Theo und ging in sein Büro.

Auch Ray ging in sein Zimmer. Er war verwundert über Theo. Seine Zurückhaltung gefiel ihm nicht. Bisher kannte er ihn als aufgeschlossenen, offenen Kollegen, der nichts verbarg und seine Warnungen immer ausführlich begründete. Der trockene, dürftige Hinweis auf die Erfolglosigkeit seiner Vorgänger reichte Ray nicht aus. Da musste es andere, tiefere Gründe geben. Ray las nochmal einige Stellen in der Akte, die er sich markiert hatte. Er kam zur Überzeugung, dass für weitere Ermittlungen ein Gespräch mit den Vorgängern, die sich längere Zeit mit dem Fall beschäftigt hatten und zeitlich deutlich näher am eigentlichen Geschehen dran waren, unbedingt erforderlich war. Unabdingbar. Und er konnte sich nicht vorstellen, warum ihm dieser Weg versperrt werden sollte, wie eine Tür, zu der es keinen Schlüssel gab. Trotzig kam er zu dem Gedanken, aus den Ermittlungen auszusteigen, wenn man ihm nicht einleuchtende Gründe nannte. Er wollte nicht schon wieder in eine Falle tappen. Aber er wollte auch nichts überstürzen. Eine Andeutung, dass er nicht verstehen konnte, warum man ihm die Ermittlungen unnötig erschwerte, reichte aus. Er trank einen Tee, um sich zu beruhigen und sah aus dem Fenster. Ahornblätter und Buchenblätter bedeckten den Gehweg.

Nach einer Stunde betrat Theo sein Büro. Er übergab ihm einen Zettel, auf dem einige Telefonnummern standen. „Ich wurde gebeten, dir diese Nummern nur im Notfall zu geben. Die früheren Ermittler wollen damit nichts mehr zu tun haben. Sie hatten sich zerstritten“, klärte Theo auf. „Darauf solltest du Rücksicht nehmen. Und bitte behellige nicht die Witwe des verstorbenen Ermittlers.“ Ray nickte. „Ich werde Rücksicht nehmen. Hätte nicht gedacht, dass solche Mimosen am Werk waren. Wenn ich nach Jahren zu früheren Ermittlungen gefragt werde, helfe ich.“ „Ich vertraue dir. Bitte pass auf“, entgegnete Theo und verschwand.

Theo fuhr sich über die Stirn und atmete tief ein. Er hatte das untrügliche Gefühl, dass etwas verborgen war. Allein das Scheitern der Ermittler vor zehn Jahren war keine ausreichende Erklärung. Er suchte nach einer Quelle, aus der er sich informieren konnte. Sicher gab es Zeitungsberichte oder ähnliches, die den Abbruch der Ermittlungen kommentiert und kritische Fragen gestellt hatten. Ray notierte sich das Datum des letzten Vermerks und suchte nach Berichten. Eine zähe Arbeit mit einer mageren Ausbeute. Nur eine Lokalzeitung hatte über das Ende der Ermittlungen in knappen Worten berichtet. „Es fehlten Spuren, die verfolgt werden konnten", waren die abschließenden Worte des Polizeisprechers. Ray dachte sich seinen Teil.

3

Am nächsten Morgen fasste sich Ray Mut und rief Vinz Maes, einen der drei früheren Ermittler, in seiner Dienststelle in Brügge an. Er wählte die Nummer der Polizeistation und ließ sich mit Vinz verbinden. Vinz wirkte anfangs höflich und offen, später eher reserviert. Ein Treffen mit Ray hielt er nicht für notwendig. „Die Akte gibt umfassend Auskunft über alles", urteilte er ablehnend. „Ja, da wurde eine Menge zusammengetragen, aber an einer Frage bleib ich seit Tagen hängen", erwiderte Ray freundlich. „So?" „Es ist für mich unverständlich, dass kein Vermerk über die Eltern des Exfreundes der Getöteten aufgenommen wurde. Die Eltern wurden an keiner Stelle erwähnt, obwohl ihr Sohn untergetaucht war." „Warum hätten wir sie erwähnen sollen?", antwortete Vinz patzig. „Na ja, wenn der Aufenthalt ihres Sohnes unbekannt ist, liegt es doch nahe, sie danach zu fragen."

„So? … Wahrscheinlich haben wir uns bei ihnen erkundigt. Kann mich nicht erinnern."

Ray genügte die Antwort nicht. „Ich kann mir nicht vorstellen, dass ihr nach einer Antwort am Telefon sämtliche Ermittlungen eingestellt habt." „Willst du uns unterstellen, wir hätten schlampig gearbeitet. Wir waren drei Monate ununterbrochen damit beschäftigt", erwiderte Vinz wütend. Ray spürte, dass Vinz gereizt war und keine weitere Auskunft geben wollte. „Schon gut, Kollege. Ich gehe davon aus, dass ihr alles unternommen habt. Hast du noch Kontakt zu den anderen, die mit dir ermittelt haben?" „Nein, einer ist verstorben und der andere ist im Ruhestand." „War kein gutes Verhältnis damals?" „So kann man es sagen." Ray bedankte sich für die Auskunft und beendete das Gespräch. Der Verdacht, dass etwas unter den Teppich gekehrt worden war, verstärkte sich. Es stank gewaltig und roch verderblich. Erst überlegte er sich, ob er mit Theo darüber sprechen sollte. Nahm aber davon Abstand, weil Theo nicht gerade auskunftsfreudig in dieser Sache war.

Ray überlegte sich, warum er gerade diesen Fall angenommen hatte, und warum Theo mit keiner einzigen Silbe den möglichen Widerstand der früheren Ermittler erwähnt hatte. Hatte Theo alles verharmlost und ihn getäuscht? Ging Theo davon aus, dass er sich mit dem Schweigen abfinden würde. Ray schlug mit der Faust auf den Tisch. Nicht mit mir. Ich werde den gesamten Mist aufdecken, bis ich alles erfahren habe. Morgen werde ich den anderen Ermittler besuchen, der jetzt im Ruhestand ist. Nach dem Inhalt der Akte hatte er eine wichtige, vielleicht zentrale, Funktion. Gerade als er sich seine Adresse notierte, betrat Theo sein Büro. Er setzte sich ihm gegenüber an den Schreibtisch. „Ray, ich hoffe du verstehst, dass ich mich in die Sache nicht so reinhängen kann, wie du es dir erhoffst. Ich will nicht einen alten Streit aufwärmen.“ Ray rieb sich verwundert die Augen. „Unerhört. Das hättest du früher sagen können. Ich mach mir die verdammte Arbeit und du lässt mich ins Leere laufen. Ist zum Kotzen.“ „Jetzt beruhige dich. Ich kann deinen Ärger verstehen. Aber das führt nicht weiter.“

Ray schluckte. Er freute sich, seinen Ärger herausgelassen zu haben. Einige Sekunden sahen sie sich erst verärgert, dann versöhnlich an. „Wie soll es weitergehen?“, zeigte sich Ray zum Einlenken bereit. „Wenn ich das wüsste ... Ich hatte gehofft, dass du auch ohne die Mitwirkung der früheren Ermittler zu einer neuen Spur findest. Habe mich getäuscht.“ Ray lachte. „Wäre gut, wenn du die Karten offen auf den Tisch legst und mich vor weiteren Tretminen warnst. Wenn ich weiß, wo die Beschränkung ist und warum, versuche ich sie zu umschiffen. Auf Schranken muss man achten. Ob ich dann trotzdem an mein Ziel komme, weiß ich nicht.“ „Jetzt mal den Teufel nicht schon wieder an die Wand. Ich habe nicht gesagt, du darfst nicht mit deinen Vorgängern reden. Habe es dir nicht verboten. Es ist nur wichtig, zu wissen, dass sie dir keine große Hilfe sein werden. Und der Ermittler, der früher alles geleitet hat, ist nicht im Guten aus dem Dienst ausgeschieden.“

„Muss ich den Grund kennen?“, fragte Ray. Es roch wieder nach Ärger. „Du kannst selbst recherchieren. Ich kann es dir aber auch sagen: Gegen Frank Wilms wurde wegen Bereicherung und Vorteilsnahme ein Verfahren durchgeführt. Er ist mehr oder weniger freiwillig ausgeschieden. Ein gewisses Schuldeingeständnis.“ „Wurde er verurteilt?“ „Nein, das Verfahren wurde eingestellt gegen Zahlung eines geringen

Betrags." „Warum sagst du das erst jetzt?" „Dachte nicht, es wäre von Interesse für die Aufklärung deines Falls." Ray fühlte sich getäuscht. „Theo, auch wenn ich mich wiederhole, alles ist wichtig. Bitte sag mir klar und deutlich, wo es Behinderungen gibt, damit ich nicht in eine Sackgasse laufe."

Theo zögerte und dachte nach. „Willst du trotz dieser Schwierigkeiten weiter dranbleiben?" „Solange du mir nicht untersagst, mit Frank Wilms zu sprechen. Warum nicht? Ich werde ihn sicher nicht auf sein Verfahren ansprechen. Dass es Streit unter den Kollegen gab, habe ich schon von Vinz erfahren, der nicht sehr gesprächig war. Ansonsten war mir Vinz nicht unsympathisch." „Gut, wenn du es nicht lassen kannst, rede mit Wilms. Aber sei vorsichtig. Lass dich nicht in die Enge treiben. Und überlege dir, ob die Fragen wirklich von Bedeutung sind. Er kann sehr ungemütlich werden, wenn er das Gefühl bekommt, ausgehorcht zu werden." „Ist schon klar. Jeder hat seine Schwäche. Werde ihn bestimmt nicht fragen, wie seine Laune bei den damaligen Ermittlungen war, und wie er sich mit seinen Kollegen verstanden hat." „Gut", lobte Theo, „dann kann nichts schiefgehen. Danke für das Gespräch." Ray nickte. „Danke für deine Aufrichtigkeit. Wie war dein Verhältnis zu Wilms?" Theo verzog das Gesicht, als hätte er in eine saure Zitrone gebissen. „Alles andere als gut?" Theo nickte und verabschiedete sich.

Ray kam sich vor wie ein Langstreckenläufer, der schon in der dritten Runde ungeahnte Schwierigkeiten mit der Atmung hatte. Für den Anfang schon eine Menge Ärger. Aber besser den Ärger am Anfang, dann konnte er ahnen, was auf ihn zukam. Langeweile konnte nicht aufkommen, und er musste mit allem rechnen. Sonne, Regen, Sturm. Vorerst hatte er genug geklärt, morgen würde er Wilms in seiner Wohnung besuchen. Ohne Ankündigung. Ein überraschender Besuch zeigte meist größere Wirkung. Er verließ sein Büro, nachdem er seinen Rechner ausgeschaltet und seine Kaffeetasse gespült hatte. Ihm fiel ein, dass er schon vor einem Monat ein Ticket für ein Orgelkonzert in der Sint – Laurentius Kirche in Westende gekauft hatte, das heute stattfand. Er freute sich zum einen Choräle von Buxtehude zu hören, zum anderen bewunderte er den Organisten, der die Choräle vortrug. Seine Lebendigkeit und Virtuosität hatten ihm schon manche besondere Stunde bereitet, und er war sicher, dass er ihn jetzt wieder mit seinem ausdrucksvollen, eleganten Vortrag begeistern konnte.

Ray fuhr mit der Küstenbahn nach Westende. Er kam dort kurz nach sechs Uhr abends an und hatte noch fast eine Stunde Zeit bis zum Beginn der Veranstaltung. Er ging zu einer Bäckerei, trank einen Kaffee und aß ein Croissant. Plötzlich bemerkte er zwei ältere Damen, die den Laden betraten und sich an einen Nebentisch setzten. Er erkannte sie sofort, obwohl er sie über ein Jahr nicht gesehen hatte. Ruth Pauls und Sarah Jong. Beide begrüßten ihn freundlich und wunderten sich, ihn hier anzutreffen. „Ermitteln Sie in Westende?“, fragte Ruth neugierig. Sarah warf ihr einen bösen Blick zu. Nicht schon wieder. Sie erinnerte sich an die Erlebnisse vor einem Jahr, als Ruth versuchte, ein Verbrechen aufzuklären. Sie war auf Rays Unterstützung angewiesen. Lange hatte Ruth sich über Rays zögerliches und zurückhaltendes Verhalten geärgert. Erst gegen Ende kam Ray in die Gänge und veranlasste das Notwendige. Ray hatte damals seinen Fehler eingeräumt, was ihm Ruth hoch anrechnete.

Ray schmunzelte. „Nein, ich bin hier um ein Orgelkonzert zu hören.“ „In der Sint – Laurentius Kirche?“, fragte Sarah verwundert. „Ja, bin etwas zu früh.“ „Wir wollen auch das Konzert besuchen. Danach haben wir unseren Auftritt mit dem Möwenchor. Ruth begleitet am Klavier und ich mit der Flöte.“ „Das werde ich mir auch anhören, obwohl ich eigentlich wegen des Orgelkonzerts gekommen bin. Wusste nicht, dass Sie eine musikalische Ader haben.“ Sarah lachte. „Ja, wir proben schon einige Jahre mit dem Möwenchor. Und wenn Ruth nicht gerade einem Verbrechen auf der Spur ist, klappt es eigentlich ganz gut.“ Ruth lachte verlegen. „Es ist eine gute Abwechslung und wir haben nette Bekannte in dem Chor. Es ist immer ein schönes Erlebnis, wenn man gemeinsam etwas auf die Beine stellen kann.“

Ray nickte und lächelte. Bisher war ihm Ruth eher durch ihre Hartnäckigkeit und Aufdringlichkeit aufgefallen. Er schätzte ihren kriminalistischen Sachverstand. Trotzdem musste er sie immer wieder warnen, sich nicht selbst in Gefahr zu bringen. Ray spürte, dass Ruth erfahren wollte, ob er an einem interessanten Fall arbeitete. Allein die Rücksicht auf Sarah verbot es ihr, eine solche Frage zu stellen. Sarah war nach Rays Einschätzung das Gegenteil von Ruth. Sie war eher ängstlicher Natur und witterte hinter jeder Ecke Gefahren. Deshalb ging Ray davon aus, dass Sarah die treibende Kraft für die Teilnahme im Möwenchor war. Ruth nahm eher aus Rücksicht auf ihre Freundin teil.

Nach kurzer Zeit nahm sich Ruth den Mut, Ray nach aktuellen Ermittlungen zu fragen. „Arbeiten Sie an einem interessanten Fall?“ Ray schmunzelte. Er war gerade gegenüber Ruth immer vorsichtig, etwas über seine Ermittlungen zu verraten. Zu groß war die Gefahr ihrer Einmischung. Aber bei dem aktuellen Fall, der seit zwanzig Jahren auf eine Aufklärung wartete, hatte er keine Bedenken, Ruth etwas anzuvertrauen. Wie konnte er seine Ermittlungen gefährden? Und er glaubte auch nicht, dass er Ruths Interesse wecken würde. Nachdem sich viele Kommissare vergeblich um eine Aufklärung bemüht hatten und gescheitert waren, hatte er wenig Bedenken und glaubte nicht, Geheimnisse zu verraten. Und er konnte auch nicht erkennen, wie sich Ruth in Gefahr bringen könnte.

„Das wird Sie sicher nicht interessieren. Es ist ein Fall, der seit zwanzig Jahren ungeklärt ist. Alle zehn Jahre wird ein neuer Versuch gestartet. Jetzt bin ich an der Reihe.“ Ruth lachte. „Hat man nichts Neues und Aktuelles für Sie gefunden? Das ist doch ein alter Hut.“ „Ein uralter“, bestätigte Ray, „aber wir sind gewissenhaft und versuchen die Aufklärungsquote zu verbessern.“ „Ein Mord vor zwanzig Jahren?“ „Danach sieht es aus.“ Wider Erwarten gab Ruth sich damit nicht zufrieden. „Kommissar Maertens, unter Umständen können solche Ermittlungen spannender sein, als andere Fälle, die nach wenigen Tagen geklärt sind. Was glauben Sie, wie oft ich während meiner Zeit bei der Versicherung alte, ungeklärte Schadensfälle mit mir herumgeschleppt habe wie einen alten, abgetragenen Mantel. Manchmal ist der Schnee von gestern eben doch von Bedeutung. Wenn er noch nicht getrocknet ist.“ Ray lachte über diese Worte. „Sicher, ein gewisser Reiz ist ihm nicht abzusprechen, auch wenn er manchmal einen faden und bitteren Nachgeschmack hat.“

„Ich könnte mich nicht dafür erwärmen“, mischte sich Sarah ein, die wieder eine Gefahr witterte. Ruth kicherte. „Versteh ich nicht. Wir spielen täglich Stücke, die ihre dreihundert Jahre auf dem Buckel haben. Und trotzdem finden wir jeden Tag etwas Neues und Unbekanntes. Genauso ist es bei der Ermittlung“, widersprach Ruth. „Was glaubst du, welche Genugtuung es bereitet, wenn du nach fünf Jahren einen Versicherungsbetrüger zur Strecke gebracht hast.“

Ray spürte, dass sich zwischen beiden Frauen ein hitziger Streit entwickeln könnte. Er wollte sich nicht einmischen. Er sah auf seine Uhr. „Wird Zeit, dass wir uns einen guten Platz in der Kirche suchen.“ Ruth nickte. Sie hatte sich vorgenommen, spätestens am nächsten Tag nachzuschauen, in welchem ungeklärten Fall Ray Maertens ermitteln konnte. Sie zahlten ihren Kaffee und gingen gemeinsam zu der Kirche. Am Eingang verabschiedeten sich Ruth und Sarah von Kommissar Maertens und gingen zu den Mitgliedern des Möwenchors, die schon warteten. Sarah lachte und erriet die Gedanken ihrer Freundin. „Bin gespannt, wie lange du es aushältst, bis du herausfindest, woran Ray Maertens arbeitet.“ Ruth fühlte sich ertappt und sah Sarah verärgert an. „Immer dein Misstrauen“, murrte sie und war beleidigt. Sarah lachte, Ruth wenig später auch.

Die Präludien und Fugen, die von einem bekannten Organisten vorgetragen wurden, berührten das Publikum sehr. Gewaltig und voller Tiefe zog sich der Vortrag über eine Stunde hin. Dafür gab es einen lebhaften und dauerhaften Applaus. Danach war der Möwenchor, unterstützt von Ruth und Sarah, an der Reihe. Die Sorge von Sarah, Ruth sei durch die Bemerkung von Kommissar Maertens abgelenkt und unkonzentriert, bestätigte sich nicht. Ruths Begleitung des Chors am Klavier war präzise und harmonisch. Sie schaffte einen guten Einsatz und ihr gelang die Führung der

Stimmen über schwierige Stellen. Auch Sarah konnte an der Flöte glänzen und hin und wieder einen Choral mit einem Solo untermalen. Das Publikum war begeistert und zollte den Musikerinnen viel Lob. Die Anerkennung für die Sängerinnen, die alle aus Freude an der Musik teilnahmen, war groß. Nach zwei Stunden war das Konzert beendet. Sarah und Ruth mussten noch viele Fragen beantworten und gingen nach dem Konzert mit den Freundinnen aus dem Chor noch zu einem Umtrunk. Erst kurz vor elf abends fuhren sie mit der Küstenbahn zurück nach Ostende.

„Alle haben sich gefreut über unser gelungenes Konzert“, freute sich Sarah. „Ja, wir hatten einen schönen Abend und die Sängerinnen haben überzeugt.“ „Du hast sie mit deiner Klavierbegleitung sehr gut im Tempo gehalten, nicht zu langsam, nicht zu schnell“, lobte Sarah ihre Freundin. „Und du solltest deine Begleitung auf der Flöte auch nicht vergessen. Sie war sehr flüssig, weich und strömte viel Wärme aus.“ Sarah lachte. „Ein schöner Abend, der dem Publikum gefallen hat. Eine Werbung für unseren Chor. Zwei Frauen haben mich angesprochen, ob sie an einer Probe teilnehmen dürfen.“ „Wäre gut, wenn eine von ihnen auch gut am Klavier wäre“, überlegte Ruth. Sarah erschrak. „Wie meinst du das? Willst du aussteigen?“ „Nein, aber es wäre doch gut, wenn es noch eine andere Pianistin gäbe, mit der ich mich abwechseln könnte. Es gibt auch Stücke für zwei Klaviere.“

Sarah verstand. „Für mich hat es so geklungen, als wolltest du dich zurückziehen. Hat dich die Bemerkung von Kommissar Maertens auf neue Gedanken gebracht?“ „Nein, daran habe ich nicht mehr gedacht. Aber wenn du es sagst ...“ „Schon gut, die Idee ist nicht schlecht, vielleicht ist auch eine zweite Flöte für manche Stücke geeignet. Wir sind schließlich nicht mehr die Jüngsten, und vielleicht können wir auch geeignete Nachfolgerinnen finden." Die Küstenbahn hielt am Casino in Ostende und Ruth und Sarah stiegen aus. Es war schon einige Zeit her, dass die über Siebzigjährigen so spät, kurz vor Mitternacht, noch unterwegs waren. Müde erreichten sie ihre Wohnung an der Strandpromenade in der nasskalten Novembernacht. Beide verzogen sich in ihre Zimmer, nachdem sie sich gute Nacht gewünscht hatten. Später ging Ruth nach Sarah noch ins Bad und wusch sich die Hände und das Gesicht.

Ruth konnte nur schwer einschlafen. Viele unsortierte Gedanken wirbelten durch ihren Kopf und drängten sie zum Nachdenken. Da waren die Gedanken an das Konzert, das Gespräch mit Sarah und die Begegnung mit Ray Maertens. Erfreulich war die Anerkennung des Publikums und das Lob von Sarah. Auch Ruth hatte das Gefühl, dass der Möwenchor eine gute Vorstellung seines Könnens dargeboten hatte, und auch Ruth durfte zu Recht stolz auf ihre Leistung sein. Sarah war es gelungen, Ruth zu motivieren und ihr künstlerisches Talent, das lange verborgen war, aufzudecken. Aber Sarah war es auch, die behauptete, eine gelungene Leistung setze regelmäßiges Üben von mindestens einer Stunde täglich voraus. Ruth wollte sich diesem Zwang regelmäßigen Übens nicht beugen. Dann würde es ihr keinen Spaß mehr machen, widersprach sie ihrer Freundin. Na ja, sie hatten eben verschiedene Ansicht, was das Üben betraf.

Ruth dachte an die Begegnung mit Ray. Sie hatte ihn über ein halbes Jahr nicht gesehen. Zuletzt hatten sie mehr oder weniger bei der Aufklärung eines Unfalls auf der Autobahn in Ostende zusammengearbeitet. Eigentlich war es keine Zusammenarbeit, mehr ein Drängen von Ruth gegenüber

Ray, nach Wilmas Enkelin zu suchen. Ray war äußerst zurückhaltend und stur, und erst nach mehrfacher Aufforderung bereit, das Verschwinden von Angela aufzuklären. Letztlich hatte er die Aufklärung des Mordes an Angela zu einem gewissen Teil auch Ruth zu verdanken. Trotzdem wollte Ruth nicht in Abrede stellen, dass Ray, nachdem er die richtige Spur gefunden, gute Arbeit geleistet und den Mörder überführt hatte. Seit einem halben Jahr hatte Ruth nicht mehr selbst ermittelt. Das lag daran, dass sie nichts entdeckt hatte, was ihren Ermittler Instinkt geweckt hatte. Keine Inspiration. Ray freute sich sicherlich, dass sie ihm nicht ständig in die Quere kam, dachte Ruth. Und auch Sarah begrüßte es, wenn sich Ruth nicht unnötig einer Gefahr aussetzte. Sarah genoss ihr Rentnerdasein und erwartete von Ruth das Gleiche.

Erst nach zwei Stunden und einem Glas Rotwein schlief Ruth ein und hatte einen schweren Traum. Die Vergangenheit hatte sie eingeholt, und eine alte Geschichte aus ihrer Zeit als Versicherungsagentin kam wieder zum Vorschein. Nach über fünfzehn Jahren. Ruth war einem Versicherungsbetrüger auf den Fersen gewesen, der dreimal im gleichen Jahr ein Auto als gestohlen gemeldet hatte. Ihre Aufgabe bestand darin, ihm den Betrug nachzuweisen. Eine äußerst zähe Angelegenheit, die mit aller Vorsicht und hartnäckig verfolgt werden musste. Eine verdeckte Ermittlung. Ruth brauchte ein halbes Jahr, um den richtigen Zugang zu der Betrugsmasche zu finden. Schließlich deckte sie die verwegenen, skrupellosen Praktiken eines Autohändlerrings auf. Nur durch ein Wunder konnte sie sich vor einem tätlichen Angriff der Bande retten. Noch Jahre später hatte sie sich über ihr unerschrockenes, leichtsinniges Verhalten gewundert. Absolut unverantwortlich und tölpelhaft. Im Traum war Ruth wieder mittendrin im Geschehen und konnte sich wieder nur mit Glück befreien. Als sie aufwachte, waren ihre Glieder starr vor Anspannung. Sie schwitzte. Was hatte sie damals nur dazu getrieben, ohne Polizei in diesem Milieu zu ermitteln? Ruth rieb sich die Augen und lachte erleichtert. Alles nur ein Traum.

Als Ruth um neun Uhr zum Frühstück kam, bemerkte Sarah ihre Müdigkeit. „Kann mir vorstellen, dass du schlecht geschlafen hast. Statt dich über unseren gelungenen Auftritt zu freuen, hast du über die Ermittlungen gegrübelt, mit denen sich Ray beschäftigt. Kannst du nicht einmal Ray seinen Job machen lassen, ohne dich einzumischen.“ Ruth lächelte verlegen, sie wollte einen Streit vermeiden. „Ich habe nicht gesagt, dass ich mich an seinen Ermittlungen beteilige. Ich habe nur überlegt, welches Verbrechen so furchtbar ist, dass man es noch nach zwanzig Jahren aufzuklären versucht.“ „Ich nehme dich beim Wort. Du wirst dich nicht beteiligen. Natürlich kannst du darüber nachdenken, warum noch nach zwanzig Jahren an der Aufklärung gearbeitet wird. Es gibt einige schwerwiegende Gewalttaten, die in den letzten zwanzig Jahren passiert sind und noch nicht geklärt sind. Allein um die Bevölkerung zu beruhigen ist es wichtig, die Wahrheit zu erfahren. Oder möchtest du, dass ein Mörder frei herumläuft und vielleicht ein weiteres Verbrechen begeht? Aber die Aufklärung ist allein Sache der Polizei und nicht von einer Rentnerin, die vor einigen Jahren mal bei einer Versicherung in Köln gearbeitet hat.“

„Schon gut, ich werde mich nicht einmischen“, versicherte Ruth und fügte hinzu: „Nur, wenn Ray meinen Rat sucht.“

Sarah lachte hämisch. „Ich glaube nicht, dass es dazu kommt." Ruth wechselte das Thema und trank einen Schluck Kaffee.

4

Ray hatte es nicht eilig, Frank Wilms einen Besuch abzustatten. Er trank in Ruhe und bei bewegender,harmonischer Orgelmusik von Bach einen Tee und aß ein Croissant. Das gestrige Konzert hatte ihn begeistert. Nicht nur die Orgelchoräle von Buxtehude hatten es ihm angetan, auch der Auftritt des Möwenchors hatte ihm gefallen. Ein harmonischer und gut abgestimmter Gesang der Sängerinnen mit einem passenden Programm. Er hätte Ruth und Sarah nicht zugetraut, dass sie mit so viel Elan und Können den Chor begleiten konnten. Bisher war ihm ihre musikalische Ader unbekannt. Mit viel Respekt und Bewunderung dachte er über ihr Engagement nach. Mehr als eine sinnvolle Freizeitbeschäftigung. So wie sie den Chor begleiteten, waren sie mit voller Hingabe dabei.

Um kurz nach zehn Uhr verließ Ray seine Wohnung und fuhr mit der Küstenbahn zum Hafenviertel von Ostende. Für das Fahrrad war es zu regnerisch und windig. Nach einer halben Stunde erreichte er das Haus in der Jacobsenstraat. Ein unscheinbares, in die Jahre gekommenes Haus. Er sah an den Briefkästen vier Namen. Wilms wohnte im ersten Stock. Ray klingelte und wartete. Nach einer Minute klingelte er nochmals. Im ersten Stock öffnete sich ein Fenster. Ein Mann mit aufgedunsenem Gesicht, den er auf Ende sechzig schätzte, betrachtete ihn vorwurfsvoll. „Was in aller Welt wollen Sie?“, brummte er schlechtgelaunt. „Nur zwei Fragen“, erklärte Ray freundlich. Ray war auf einiges gefasst. „Muss das sein? Wer sind Sie?“ Ray stellte sich kurz vor. Wilms zögerte und überlegte, ob er die Tür öffnen sollte.

Mindestens zwei Minuten sah er Ray verärgert an. Ray überlegte, ob er seinem früheren Kollegen bei irgendeiner Gelegenheit begegnet war. Er konnte sich nicht erinnern. Wilms wirkte so unsympathisch, dass er sich sein Gesicht eingeprägt hätte. Ray brauchte Geduld. Er wollte nicht noch einmal fragen. Das hätte zu aufdringlich gewirkt. Gerade als sich Ray abwenden wollte, hörte er ein Knurren. „Kommen sie halt nach oben.“ Die Tür wurde geöffnet und Ray ging in den ersten Stock. Wilms ließ ihn in die Wohnung, die nicht nur unaufgeräumt, sondern auch dreckig wirkte und stank. Ein übler süßlicher, verderblicher Geruch breitete sich aus. Wahrscheinlich war das Fenster vor einigen Minuten zum ersten Mal seit Tagen geöffnet worden.

Wilms starrte ihn an und wartete auf eine Gelegenheit für einen Angriff. Ray gab sich betont ruhig und gelassen, innerlich war er angespannt. Tief einatmen, Fragen stellen und verschwinden, nahm er sich vor. „Also“, herrscht ihn Wilms ungeduldig an. „Sie haben vor zehn Jahren in dem Mordfall von Grace ermittelt“, begann Ray vorsichtig. „Und?“ „Der Fall wurde nicht aufgeklärt“, erinnerte Ray. „Das lag nicht an uns.“ „Das war kein Vorwurf. Jetzt wird ein neuer Versuch unternommen“, beruhigte Ray ihn. „Habt ihr nichts Besseres zu tun, als einen zwanzig Jahre alten Fall aufzuklären?“, lachte Wilms boshaft. Ray wollte darauf nicht eingehen. „Warum habt ihr die Suche nach Tim Porter so schnell beendet?“ „Wer ist Tim Porter?“ Ray war klar, dass Wilms genau wusste, wer Tim Porter ist. Trotzdem machte er gute Miene zum bösen Spiel. „Porter war der Exfreund der Verstorbenen“, half Ray auf die Sprünge. Wilms gab sich nachdenklich und fuhr sich mit der rechten Hand über die Stirn. „Ach so … Jetzt versteh ich. Wir konnten ihn nicht finden, haben ihn zur Fahndung ausgeschrieben. Alles erfolglos." „Habt ihr mit seinen Eltern gesprochen?" „Klar. Wollen Sie uns unterstellen, wir hätten schlampig gearbeitet?" „Nein."

Wilms sah Ray verächtlich und böse an. „Ich glaube nicht, dass Sie unsere Arbeit beurteilen können." Ray blieb ruhig. Wilms schrie: „Ich gebe dir einen guten Rat. Lass die Finger von diesem Fall. Er verdient es nicht, dass man sich weiter damit beschäftigt." „Nein, das werde ich nicht tun", entgegnete Ray trotzig und energisch. Wilms sah ihn bedrohlich an. Ray hatte gerade noch Gelegenheit, seine Hände schützend vor sein Gesicht zu halten. Ein Faustschlag traf ihn hart. Ray war wütend und war kurz davor, zu einem Gegenschlag auszuholen. Dann zuckte er zurück und verließ mit den Worten „wir sehen uns" die Wohnung. Als er das Haus verließ, öffnete Wilms zum zweiten Mal in diesem Monat das Fenster. Ray war nicht zu einem weiteren Austausch bereit. Jetzt nicht. Er entfernte sich schnell, weil er mit einer weiteren Attacke von Wilms, dem Wurf eines schweren Gegenstands aus dem Fenster, rechnete.

Theo begrüßte Ray etwas später in seinem Büro. Ray massierte seine verletzte Hand. „Wie ist das Gespräch mit Wilms gelaufen?" „Nicht gut." Ray rieb sich die Hand. „Hattet ihr eine Auseinandersetzung?" „So kann man es nennen. Konnte seinen Faustschlag gerade noch abwehren. Eigentlich hätte ich ihm auch eine verpassen müssen. Na ja, die Gelegenheit wird noch kommen." Theo lachte. „Ich hatte dich gewarnt. Bei einem Gespräch mit Wilms muss man mit allem rechnen. Auch, dass er plötzlich zuschlägt." Ray nickte. „Ich war auf alles gefasst, sondern hätte er mich im Gesicht getroffen. Hast du dich mal mit ihm geschlagen?“ „Ja, zweimal. Dann bin ich ihm aus dem Weg gegangen. Aber wir haben noch eine Rechnung offen. Das kannst du glauben.“

Ray lachte. „Gut, dann bin ich nicht der Einzige. Trotzdem war es wichtig, dass ich ihn gesehen habe.“ „Konnte er dir sagen, warum er die Suche nach Tim Porter so schnell beendet hat?“ „Nein, er war von Anfang an sehr gereizt. Er hat jedes Gespräch abgelehnt. Und ich glaube, er hat meine Worte als Vorwurf verstanden. Entweder ist er äußerst dünnhäutig, oder er hat was zu verbergen.“ „Wahrscheinlich beides. Hast du einen Verdacht, was er verheimlichen will?“ „Es muss doch einen verdammten Grund geben. Ich kann mir nicht vorstellen, dass er aus Faulheit oder Bequemlichkeit die Ermittlung abgebrochen hat. Auf den einen Monat wäre es doch nicht angekommen, oder?“ Theo überlegte. „Nein, wir hatten uns auch gewundert, als er nach einigen Monaten sagte, er könne keine neue Spur finden.“ „Wie hat er den Abbruch damals begründet?“ „Oh, das ist schon zehn Jahre her. Ich glaube, er sagte, es sei nicht möglich, Porter zu finden. Dann hat er wahrscheinlich aufgezählt, was er alles unternommen hatte. Wir haben ihm geglaubt und es nicht nachgeprüft. Ich kann mich jedenfalls nicht erinnern, dass jemand Zweifel hatte.“ „Wie so oft“, stellte Ray bitter fest.

Sie schwiegen nachdenklich. „Was hast du vor?“, fragte Theo. „Wartest du auf eine Gelegenheit, den Faustschlag zu erwidern?“ Ray nickte. „Ich werde Wilms keine Ruhe lassen, bis ich weiß, warum er die Suche nach Porter so eilig abgebrochen hatte. Vielleicht kann ich bei seinen Kontobewegungen etwas Interessantes finden.“ „Ich glaube nicht, dass sie dir die Befugnis zur Kontoüberprüfung geben“, erklärte Theo. „Lass mich mal machen. Vielleicht gibt es einen anderen, einfacheren Weg. Wäre nicht das erste Mal, dass mir was einfällt. Vielleicht treffe ich auch zufällig einen Bekannten von Wilms, der mir bei einem Bier etwas verrät.“ Theo lachte. „Ja, nutze deine Kreativität. Von mir bekommst du volle Unterstützung. Aber denke daran, Wilms hat nichts zu verlieren. Seitdem er aus dem Polizeidienst ausgeschieden ist, ging es steil bergab. Er kann froh sein, dass ihm seine Rente nicht vollständig gestrichen wurde. Glaub nur nicht, dass er dir helfen wird. Außer wenn du etwas gegen ihn in der Hand hast.“

Ray lachte. „Mir wird schon etwas einfallen.“ „Gut, aber halte dich nicht an ihm fest. Deine Ermittlungen drehen sich um den Mord an Grace vor zwanzig Jahren. Nicht mehr und nicht weniger. Wenn du bei der Suche nach Tim Porter auf die falsche Fährte gerätst, kann dir keiner helfen. Und die Frage, ob Wilms etwas falsch gemacht hat, oder wichtige Informationen zurückhält, spielt nur dann eine Rolle, wenn es um die Aufklärung des Mordes geht.“ Klar und deutlich hatte Theo seinem Kollegen erklärt, was er von ihm erwartet. So schnell wie er gekommen war verschwand er wieder. Ray lachte. Ihm war immer noch nicht bewusst, welches Spiel gespielt wurde und welche Regeln es gab. Aber er spürte, dass Theo von ihm einiges erwartete und hinter ihm stand. Allein diese Tatsache machte ihm Mut.

Gab es noch einen anderen Ansatz, den er verfolgen konnte, fragte er sich. Er war es leid, die dicke Akte zum fünften Mal auf Schwachstellen zu überprüfen. Mittlerweile kannte er einige Stellen schon auswendig und hatte sie jedenfalls verinnerlicht. Ein Film spielte sich vor seinen Augen ab: Die ersten Ermittlungen vor zwanzig Jahren, die

Vernehmung sämtlicher Personen, die Grace nahegestanden hatten oder in den letzten Tagen vor ihrem Tod in ihrer Nähe gewesen waren. Es gab keine Auffälligkeiten und keine Widersprüche in den Aussagen. Trotzdem hatte es einen faden Beigeschmack. Bei den Ermittlungen vor zehn Jahren wurden einige Aspekte vertieft. Einige Zeugen wurden erneut vernommen, und allein die Aussage von Tim Porter deckte sich nicht in allen Punkten mit seiner ursprünglichen Darstellung. Die Abweichung war gering. Deshalb wurde er aufgefordert, ein weiteres Mal im Revier zu erscheinen. Er erschien nicht. Deshalb wurde nach ihm gefahndet. Sein Aufenthaltsort war unbekannt. Die Ermittlungen wurden abgebrochen. Kein Vermerk in der Akte, was unternommen worden war, um ihn zu finden. Warum?

Ray sah nach längerem, zähem Abwägen drei Möglichkeiten. Erstens … er konnte selbst die Suche nach Tim Porter nochmal beginnen. Zweitens … konnte er über Bekannte der Eltern in Erfahrung bringen, wann sie Tim zuletzt gesehen hatten. Drittens … konnte er Wilms auf den Fersen bleiben und herausfinden, was er verheimlichte. Ray skizzierte alle drei Möglichkeiten. Eine Entscheidung wollte er heute nicht mehr treffen. Es war schon nach acht Uhr, und er war müde. Als er das Präsidium verließ hatte er das Gefühl, verfolgt zu werden. Er sah sich nach allen Seiten um und lachte über seine Einbildung. Wer sollte ihn verfolgen?

Ray saß in seiner Wohnung und gönnte sich nach drei Tagen das erste Bier. Ein Genuss. Er dachte darüber nach, was er heute erlebt hatte und kam zum Ergebnis, dass er nicht mit dem Angriff von Wilms gerechnet hatte. Jedenfalls hatte er ein klärendes Gespräch mit Theo, der ihn einerseits gewarnt, aber trotzdem Ray Mut gemacht hatte, seinen Weg zu gehen. Ray aß ein Sandwich und etwas Tomatensalat. Danach rief er Maes in seiner Dienststelle an. Maes schien nicht überrascht über Rays Anruf. „Eigentlich hatte ich Ihnen doch alles gesagt. Haben Sie mit Wilms gesprochen? Er war damals der Leiter der Ermittlung und hat das Ende angeordnet." „Genau über diesen Punkt wollte ich mit Ihnen sprechen." Maes stöhnte. „Warum? Bisher hat niemand beanstandet, dass wir die Untersuchung nach zwei oder drei Monaten aufgegeben haben. Es wurde akzeptiert. Es gab nichts mehr zu klären." Ray lachte. „Ich glaube doch. Die Suche nach Tim Porter war nicht beendet. Aus den Akten lässt sich nicht erkennen, was veranlasst wurde. Kein Vermerk über ein Gespräch mit seinen Eltern. Keine breit angelegte Fahndung."

Einige Sekunden herrschte Schweigen. „Sind Sie noch dran?", hakte Ray nach. „Ja, zum Teufel. Was soll ich dazu noch sagen? Es gab wichtigere Ermittlungen. Wilms hat die Vermerke in die Akte geschrieben. Damit hatte ich nichts zu tun. Arbeitsteilung, verstehen Sie?" „Gut, aber Sie haben doch sicher die Vermerke gelesen, oder?" „Kann mich nicht erinnern." „Glaub ich nicht." „Ist aber so." Ray wartete etwas, er wollte nicht aufgeben. „Hören sie, Maes, ich halte Sie für einen fähigen Polizisten. Nach allem, was ich erfahren habe, verfügen Sie über viel Disziplin und Ausdauer. Nach dem Abbruch der Ermittlungen haben Sie sich nach Brügge versetzen lassen. Ihre Kollegen dort loben Ihren Einsatz und ihre Intelligenz. Waren diese Ermittlungen ein schwarzes Tuch, an das Sie nicht erinnert werden wollen? Gab es eine Auseinandersetzung mit Wilms über die Sie nicht sprechen wollen? Was ist damals passiert?"

Wieder wartete Ray geduldig. „Wilms war kein einfacher Kollege. Im Umgang mit ihm musste man auf alles gefasst sein. Er konnte von einer auf die andere Sekunde sein Verhalten grundlegend ändern. Man wusste nie, woran man bei ihm ist. Er hat mich mal grundlos geschlagen. Kurz darauf hat er sich entschuldigt und sein Verhalten bedauert. Ich habe seine Entschuldigung angenommen. Als er mich das zweite Mal geschlagen hat, habe ich zurückgeschlagen. Damit war die Sache erledigt. Man musste immer auf der Hut vor diesem Stinktier sein. Verstehen Sie, was ich meine?" Natürlich hatte Ray verstanden. „Ja, ich kann mir gut vorstellen, wie es Ihnen ging. Ich habe auch noch eine Rechnung mit ihm offen. Können wir uns treffen? Dann können wir in Ruhe über die Punkte sprechen, die mich beschäftigen." „Muss das sein?" „Bitte. Sie könnten mir helfen." „Also gut", lenkte Maes ein. Sie vereinbarten, sich am nächsten Tag in einem Bistro in der Nähe des Polizeireviers zu treffen.

Ray traf Maes wie vereinbart am nächsten Tag in einem Bistro. Beide begrüßten sich freundlich und konnten sich locker unterhalten. Ray hatte einen guten Eindruck von seinem Kollegen. „Wenn es nicht nötig gewesen wäre, hätte ich mich nicht so aufgedrängt", erklärte er mit einem Lächeln. „Schon gut. Wird nicht einfach sein, den Fall nach zehn Jahren neu aufzurollen wie einen alten Teppich. Wir können uns duzen." Ray nickte. „Danke, das ist mir auch lieber. Ich hoffe, du kannst reden. Wenn du etwas nicht beantworten willst, sag es bitte." „Ich habe keine Angst. Es sind ja schon zehn Jahre vorbei, und seitdem ist einiges passiert. Zehn Sommer, zehn Winter." „Waren die Ermittlungen der Grund für deine Versetzung nach Brügge?"

Maes überlegte kurz. „Nicht der einzige, aber ein wichtiger. Ich stand noch am Anfang meines Polizeidienstes und wollte mich verändern. Wollte mehr Verantwortung übernehmen und in einem anderen Team arbeiten." „Mit Wilms war es nicht einfach?" „Nein, wie ich schon sagte, war er unberechenbar, laut und jähzornig. Ständig lebte man mit dem Gefühl, dass er gleich ausrastet . Wegen einer Kleinigkeit." Ray nickte. „Ich habe ihn nur kurz gesehen, aber das reichte. Er macht einen sehr autoritären und selbstbezogenen Eindruck." „Ja, er lässt keine Kritik zu. Und sein Ton ist schrecklich." „An welchem Punkt habt ihr die Ermittlungen damals abgebrochen?" „Ich habe gestern in meinen Notizen nachgesehen. An einem düsteren Regentag im Oktober kam Wilms zu uns und behauptete, dass eine weitere Suche nach Tim Porter aussichtslos sei. Es gäbe keine Anhaltspunkte, die wir nutzen könnten. Ich war damals sehr verwundert und habe ihn verlegen und ungläubig angesehen. Hat Wilms wohl erkannt und mit einer verärgerten Miene sofort alles beiseite gewischt. Ich glaube, er sagte noch, er habe beschlossen, aufzuhören. Ende"

Ray sah Maes verwundert an. „Hat er irgendeinen Grund genannt?" „Nein, Wilms hat nie Gründe für seine Entscheidungen genannt. Der andere Kollege, der mit uns ermittelte, war ebenfalls verwundert und sprachlos. Er war deutlich älter als Wilms und hat ihm nicht widersprochen. Ich habe das nicht verstanden. Leider ist der Kollege, mit dem ich gut auskam, wenig später gestorben. Ich glaube, er war schon bei unseren Ermittlungen sehr krank. Er brauchte immer wieder eine kurze Pause und war wenig belastbar. Deshalb konnte ich verstehen, dass er sich mit Wilms nicht anlegen wollte."

„Und du?“, fragte Ray. „Ich war erst sehr kurze Zeit bei der Polizei. War mein zweiter Einsatz, und sie sagten mir, ich soll mich an Wilms orientieren. Von ihm könnte ich viel lernen.“ Ray lachte. „Eher lernen, wie man es nicht macht.“ „Ja, ich habe mich auch gefragt, was ich von Wilms hätte lernen können. Ich habe mir später Vorwürfe gemacht, dass ich nicht selbstbewusster aufgetreten bin. Einmal ist mir der Kragen geplatzt und ich habe seinen Angriff erwidert. Da hat er nur schäbig gelacht und mir war klar, dass er beim nächsten Mal stärker zuschlagen würde.“ „Ein Kotzbrocken“, entfuhr es Ray. „Schlimmer“, erwiderte Maes, „solchen Menschen dürfte man niemals ein Kommando überlassen.“

„Hast du dich gefragt, welche Gründe Wilms für den plötzlichen Abbruch hatte?“ „Natürlich, immer wieder. Ich habe an seiner Integrität gezweifelt und vermutet, dass geschmiert worden war.“ „Später hat er ja ein Verfahren bekommen wegen Vorteilsnahme.“ „Ja, als ich das erfuhr, habe ich sofort an unsere Ermittlungen gedacht. Habe sogar überlegt, ob ich meinem Chef Wilms merkwürdiges Verhalten damals melden soll.“ „Und?“ „Ich war feige und hatte nicht den Mut, alte Sachen aufzuwärmen … Aber vielleicht habe ich jetzt eine Chance, wenn ich dich unterstütze.“ Ray nickte. „Das wäre super. Schließlich hast du damals einige Dinge erfahren. Was habt ihr unternommen, um Porter zu finden?“ Maes kratzte sich an der Stirn. Soweit ich mich erinnere, hat Wilms anfangs seine volle Kraft darauf verwendet, Tim Porter zu finden. Wir hatten zu Beginn der Ermittlungen mit Porter gesprochen und bei dieser Vernehmung gab es die Abweichung in seiner Aussage, auf die du sicher gestoßen bist.“

Ray nickte. „Ja, ich habe auch gemerkt, dass ihr die Abweichung erkannt habt und deshalb nochmal mit ihm sprechen wolltet.“ „Wir waren uns einig, dass wir Tim Porter darauf ansprechen sollten. Und dann war er verschwunden. Seine Eltern konnten nicht sagen, wo er ist.“ „Oder wollten es nicht“, unterbrach Ray. „Weiß ich nicht. Wilms hat mit ihnen telefoniert.“ „Was habt ihr danach unternommen?“ „Wir sind zweimal zu Tims Wohnung gefahren und haben mit seinem Chef gesprochen. Ich war dafür, ihn zur Fahndung auszuschreiben. Wilms war dagegen. Er meinte, es sei noch zu früh.“ „Und dann hat er die Suche abgebrochen, ohne es mit einer Fahndung zu versuchen?“ „Ja. Ich habe es nicht verstanden. War aber zu feige, nachzufragen. Ich wollte mit Wilms und der ganzen Sache nichts mehr zu tun haben. War dann erleichtert, als ich zu einer anderen Dienststelle nach Brügge kam.“ „Kann ich mir vorstellen. Trotzdem hast du bis heute ein schlechtes Gefühl, wenn du zurückdenkst.“

Maes nickte. „Die Ermittlungen werden mich ein Leben lang verfolgen. Ich habe davor und danach nie so etwas Undurchsichtiges und Ungreifbares erlebt. Es kommt mir jetzt noch wie ein Albtraum vor. Und in manchen Nächten schleicht es beharrlich in böse Träume. Seit Jahren überlege ich, wie ich damit umgehen soll.“ „Waren es solche entscheidende Erlebnisse?“, hakte Ray nach. Maes fuhr sich nervös über die Stirn. „Es waren existentielle Tage. Ich habe um mein Leben gefürchtet.“ „Verstehe ich nicht“, erwiderte Ray. „Schwer zu beschreiben. Das lag zum einen an Wilms und zum anderen an der völlig undurchsichtigen und absurden Situation.“

Ray dachte nach. „Fällt mir schwer zu verstehen. Als ich dich vorgestern angerufen habe, klang es eher so, als hättest du die Sache längst vergessen." „Ich wollte nicht wieder da reingezogen werden. Wollte nicht mehr darüber reden. Du kannst dir nicht vorstellen, welche Angst dein Anruf bei mir ausgelöst hat. Alles kam wieder hoch wie ein verdorbener Fisch." „Jetzt übertreibst du aber." „Nein, ich dachte, jetzt geht es von vorne los und ich muss für etwas büßen, was Wilms verbockt hat." Ray rümpfte die Nase. „Also gut, Maes, jetzt werd ich dir einen guten Rat geben. Um dich von der Angst zu befreien, bleibt dir nichts anderes übrig, als bei der Aufklärung zu helfen. Bist du damit einverstanden, dass ich meinem Chef vorschlage, dass du mir zugeteilt wirst. Dann sind wir gleichberechtigte Partner."

Maes sah verlegen und ängstlich auf den Boden. „Ich weiß nicht, ob ich das schaffe. Was kommt da auf mich zu?" „Zuerst werden wir gemeinsam zu Wilms gehen. Du kannst mir helfen, weil du weißt, was damals passiert ist. Außerdem hast du endlich Gelegenheit, ihn zur Rede zu stellen. Kannst endlich den Ballast abwerfen." „Lass mich eine Nacht darüber nachdenken. Das kommt mir alles so plötzlich. Wann brauchst du meine Antwort?" „So früh wie möglich." Ray spürte, dass alles besprochen worden war und wechselte deshalb das Thema. Sie sprachen noch eine halbe Stunde über ihre Hobbys. Dabei erfuhr Ray, dass Maes ebenfalls ein begeisterter Radfahrer war und neue sportliche Herausforderungen suchte. Maes war deutlich athletischer und kräftiger als Ray. „Lass dich von mir nicht drängen. Wenn dir die Sache zu heikel und bedrohlich ist, kann ich es verstehen", erklärte Ray, als er sich von Maes verabschiedete und fügte hinzu: „Du weißt, wo du mich erreichen kannst.“ Maes nickte.

5

Ray schlenderte zum Bahnhof in Brügge zurück. Er hatte es nicht eilig. Tausend Gedanken schwirrten durch seinen Kopf und forderten ihn heraus. Er spürte, dass der Fall eine absolute Herausforderung war und glaubte, dass Wilms viel wusste, was zur Aufklärung beitragen konnte. Aber Wilms setzte alles daran, die Aufklärung zu verhindern, vermutete Ray. Er hatte damals die Zügel in der Hand und hatte bisher jede kritische Aufarbeitung schadlos überstanden. Er wird nun alles tun, um ein erneutes Aufrollen zu verhindern, dachte er. Niemand hatte ihn gebremst, als er die Ermittlung damals abgebrochen hatte. Seine Kollegen hatten Angst vor ihm. Und niemand stellte kritische Fragen. Über alles wurde die Decke des Schweigens gelegt, und keiner hatte Interesse daran, unangenehme Fragen zu stellen. Es war erledigt. Ein ungeklärter Fall. Ein Jammertal.

Aber wer kam denn jetzt auf die verdammte Idee, alles wieder aufzurollen? Wer glaubte daran, dass etwas aufzuklären war? Ging es tatsächlich, wie Theo sagte, nur um eine Verbesserung der Aufklärungsquote, oder steckte mehr dahinter? Ray hatte Zweifel. Warum hat Theo gerade mich ausgewählt, in diesem Sumpf zu wühlen? Ray presste seine Nasenflügel zusammen. Eine alte Gewohnheit, die ihm half, sich bewusst zu werden.

Im Zug nach Ostende betrachtete er die anderen Fahrgäste und überlegte sich, mit welchen Lügen und Ungereimtheiten sie ihre Tage durchlebten. Die Müdigkeit holte ihn ein und er schloss seine Augen. Kein Sekundenschlaf, er war mindestens zehn Minuten weg gewesen. Als er aufwachte sah er, wie der Zug in den Sackbahnhof von Ostende einfuhr. Eine ihm gegenübersitzende ältere Dame nickte ihm freundlich zu. „Endstation. Ein kurzer Schlaf kann sehr erholsam sein.“ Ray lächelte. „Ja, man sollte diesem Bedürfnis nachgeben, wenn es möglich ist. Im Zug hat der Fahrer die Kontrolle.“ „Keine Angst, dass Ihnen etwas entwendet wird während sie schlafen?“ Ray war verunsichert und griff instinktiv nach seinem Handy und seiner Brieftasche. Beides war noch da.

„Nochmal gut gegangen. Sie haben recht, auch im Zug sollte man sich vor einem Diebstahl schützen bevor man ein Nickerchen macht.“ „Ich sage Ihnen das aus eigener Erfahrung. Mir sind auf einer Fahrt nach Gent mal die Geldbörse und einige Ausweise gestohlen worden. Eine lange Prozedur, bis ich alles wieder hatte. Seitdem bin ich gewarnt.“ Ray sah sie verständnisvoll an. Die Welt ist trüb und finster, Misstrauen überall, dachte er. „Aus Schaden lernt man“, erklärte er, „trotzdem sollte man nicht immer mit dem Schlimmsten rechnen.“ „Das will ich auch nicht. Aber Vorsicht ist angebracht. Schauen Sie sich die Leute, die neben Ihnen sitzen genau an, bevor Sie dösen. Ich habe schon gehört, dass sich findige Diebe gerade Fahrgäste aussuchen, die müde aussehen.“

Ray überlegte, ob er sich seine Mitreisenden angesehen hatte. Nein, zumindest nicht bewusst. Er hatte sich jedenfalls keine Gedanken darüber gemacht, ob jemand nach einer günstigen Gelegenheit suchte, ihn zu beklauen. Sollte er sich einen Vorwurf machen? Bisher war er in diesen Dingen nicht gerade nachlässig, aber es gab natürlich immer einen

Grund, sein Verhalten zu ändern. „Danke, dass Sie mich darauf aufmerksam machen. Es stimmt. Man sollte sich vergewissern, wer sich in der Nähe befindet. Besonders dann, wenn einen die Müdigkeit überkommt. Wichtig ist, dass wir aus unseren Erfahrungen lernen“, wandte sich Ray an die ältere Frau. Sie verließen gemeinsam den Zug und liefen durch die Bahnhofshalle. Am Ausgang des Bahnhofs trennten sie sich. Die ältere Frau ging zu einer Station der Küstenbahn, Ray lief entlang des Yachthafens zur Polizeistation.

Er wollte sich Notizen zu dem Gespräch mit Vinz Maes machen. Auf dem Weg zu seinem Büro traf er Theo, der sich auf dem Gang befand und sich mit einer Kollegin unterhielt. Ray wartete, bis Theo sein Gespräch beendet hatte. Dann begrüßte er ihn. „Hast du Zeit für eine Besprechung?“ „Klar, was liegt dir auf dem Herzen?“ „Hatte ein längeres Gespräch mit Vinz Maes. Er ist sehr aufgeschlossen und konnte mir einige Hintergründe nennen. Vinz bedauert, dass er sich damals nicht gegen Wilms gewehrt hat. Er war gegen eine Einstellung der Ermittlung, und er konnte nicht verstehen, warum Wilms plötzlich alles stoppen wollte. Dafür gab es nach seiner Sicht keinen vernünftigen Grund.“ Theo lächelte. „Und was willst du mit deinem Wissen anfangen? Hast du neue Erkenntnisse?“ „Mit Sicherheit. Ich werde Wilms auf den Zahn fühlen. Er soll mir verdammt nochmal sagen, warum er alles abgebrochen hat. Damals hatte ihm keiner kritische Fragen gestellt. Jetzt wird es höchste Zeit.“

Theo bat Ray, ihn in sein Büro zu begleiten. „Kann man Vinz Maes vertrauen?“, fragte Theo. „Ich habe keinen Grund, an seinem Bericht zu zweifeln. Er ist authentisch, räumt Fehler ein und, was besonders wichtig ist, er hat die gleiche Meinung zu Wilms wie ich. Ich kann mich gut in seine damalige Situation versetzen. Wahrscheinlich hätte ich mit Wilms keinen einzigen Tag gemeinsam ermitteln können, ohne dass es zu Mord und Totschlag gekommen wäre.“ Theo lachte. „Deinen Ärger über Wilms solltest du nicht überbewerten. Wilms ist ein armer Hund, der niemandem mehr schaden kann.“ „Kann schon sein, aber er könnte auch der Schlüssel zur Lösung des Falls sein“, widersprach Ray. Verwundert fuhr sich Theo über die Stirn. „Wie meinst du das?“ „Es könnte sein, dass Wilms damals die Ermittlungen bewusst und mit voller Absicht abgebrochen hat, um die Wahrheit zu unterdrücken.“

Theo schüttelte den Kopf. „Nein, das glaub ich nicht. Wilms ist nicht clever genug, er ist beschränkt und kann, wenn überhaupt, nur kurze, greifbare Ziele ansteuern. Wenn er nicht sofort Erfolg hat, gibt er auf.“ „Gerade darin könnte seine Stärke liegen. Vielleicht überzeugte ihn ein bestimmtes Ereignis.“ „Du meinst, er hat etwas erfahren, was ihn von weiteren Ermittlungen abhielt?“ „Was weiß ich? Vielleicht hat ihn jemand davon überzeugt, nicht weiter an dem Fall zu rühren und hat mit Geld nachgeholfen.“ „Das sind alles nur Spekulationen für die du keine Beweise hast.“ „Deshalb werde ich die Beweise suchen.“ Theo hatte verstanden, Ray hatte eine klare Vorstellung. „Gut, such die Beweise, aber konzentriere dich nicht allein auf Wilms. Es bringt nichts, wenn du nach drei Monaten alles über Wilms weißt, aber bei den Ermittlungen keinen Schritt vorangekommen bist. Das wäre vergeudete Zeit.“ „Was hältst du davon, wenn mir Vinz Maes als Ermittler zugeordnet wird? Ich halte ihn für fähig, und er hat sich schon in den Fall eingearbeitet. Er könnte gut seine Kenntnisse nutzen.“ Theo kratzte sich am

Kopf. „Das kann ich nicht entscheiden. Das hängt davon ab, ob er damit einverstanden ist, und außerdem müsste ihn seine Polizeidienststelle freistellen. Die werden nicht erfreut sein, uns einen Kollegen abzugeben.“

Eine Weile schwiegen sie nachdenklich. „Ich habe mit Maes gesprochen. Er will sich bis morgen entscheiden. Wenn er zustimmt, sehe ich keine Schwierigkeiten“, erklärte Ray selbstbewusst. Theo wollte nicht widersprechen. „Warten wir es ab.“ Sie beendeten das Gespräch. Ray ging in sein Büro und fertigte einige Notizen an. Er war zuversichtlich. Er schätzte Maes als einen geradlinigen, gewissenhaften Ermittler ein, der sich in Ruhe seine Meinung bildete. Gleichzeitig hatte Ray das Gefühl, dass Maes immer noch unter seinem Misserfolg bei den Ermittlungen vor zehn Jahren litt. Maes hatte damals kein Verständnis für den Abbruch, und das hatte sich nicht geändert. Außerdem hatte er sich darüber geärgert, nicht entschieden Wilms widersprochen zu haben. Schon aus diesem Grund hat er eine zweite Chance verdient, dachte Ray.

Nach einer halben Stunde hatte Ray die wesentlichen Ergebnisse aufgeschrieben. Er legte die Akte zur Seite und beschloss, nach Hause zu fahren. Der nächste Punkt in seinen Planungen war ein weiteres Gespräch mit Wilms. Bei diesem Gespräch sollte Vinz Maes dabei sein. Also galt es abzuwarten. Am Abend besuchte Ray eine Pizzeria, aß einen großen Salat und trank eine Cola. Im Gegensatz zu seinen sonstigen Ermittlungen fühlte er sich nicht unter dem verdammten Druck, schnell etwas aufklären zu müssen. Er spürte auch keine allzu großen Erwartungen von Theo. Wahrscheinlich konnte Theo auch gut damit leben, wenn Ray keinen Erfolg hatte. Theo konnte dann erklären, dass man es wenigstens versucht habe. Ray betrachtete den düsteren, nebligen Himmel und ärgerte sich, dass er Theo nicht gefragt hatte, warum er gerade ihn für diese Ermittlung ausgewählt hatte. Noch vor einigen Stunden erschien ihm die Frage so wichtig, dass er von der Antwort sein weiteres Handeln abhängig machen wollte. Es hat sich eben nicht ergeben, diese Frage zu stellen, beruhigte er sich. Trotzdem machte er sich eine Notiz, um bei der nächsten Gelegenheit Theo zu fragen.

Bevor er nach Hause ging, machte er noch einen Spaziergang, um seine Gedanken zu sortieren. Bewegung half ihm beim Nachdenken. In seiner Wohnung räumte er dann etwas auf und sah noch einen Film im Fernsehen. Er hatte den Anfang verpasst und konnte nur schwer die Handlung begreifen. Oder es lag an der Handlung. Wahrscheinlich war er auch zu müde, immer wieder schlossen sich seine Augen. Mit letzter Kraft schaltete er alle Lichter und den Fernseher aus und ging in sein Bett. Die Nacht war ruhig und nur selten verirrte sich ein Auto durch die Langestraat.

Kurz nach acht Uhr morgens wachte er auf. Er hatte eine Nachricht auf seinem Handy erhalten. Das Signal hatte ihn geweckt. Sofort griff er nach dem Gerät. Vinz Maes hatte geschrieben: „Ich bin dabei. Muss noch mit meinem Chef reden. Aber ich gehe davon aus, es lässt sich irgendwie regeln.“ Ray freute sich und schrieb zurück. „Auf eine gute Zusammenarbeit, Vinz. Vielen Dank.“ Die Nachricht hatte ihm neue Energie gegeben. Er stand auf, brühte sich einen Kaffee auf, aß ein Müsli mit zerkleinerten Apfelstücken und anschließend noch einen Toast mit Honig. Gestärkt ging er danach ins Bad und nahm eine heiße und später eine kalte Dusche. Um zehn nach neun verließ er seine Wohnung und fuhr mit dem Fahrrad zum Polizeipräsidium. Ein nebliger Tag mit Temperaturen knapp über Null erwartete ihn.

Schon während der Fahrt entwickelte er einen Plan, wie er Theo überzeugen konnte. Nachdem er sein Rad auf dem Parkplatz der Polizeiwache abgestellt und abgeschlossen hatte, ging er zügig und eilig die Stufen im Treppenhaus nach oben. Er rechnete nicht damit, dass Theo bereits seinen Dienst begonnen hatte. Als Ray an seinem Büro vorüberging, hörte er jedoch Theos laute und energische Stimme. Anscheinend war Theo damit beschäftigt, den Kommissar in Brügge davon zu überzeugen, dass man Vinz Maes dringend für die weiteren Ermittlungen im Mordfall Grace brauche.

Es war nach Einschätzung von Ray, der sich an die Tür gelehnt hatte, um Informationen aus erster Quelle zu erhalten, ein harter Austausch. Theo musste alle Kraft aufbringen, um den Kommissar von der Notwendigkeit zu überzeugen. Einige Male stand das Gespräch auf der Kippe, und Theo war kurz davor, aufzugeben. Anscheinend lenkte der Kommissar dann doch noch unter gewissen Bedingungen ein. Nach zehn Minuten war das Gespräch beendet. Ray wartete einige Sekunden, bevor er vorsichtig die Bürotür öffnete. Er begrüße Theo und tat so, als hätte er das Gespräch nicht verfolgt. Theo lächelte. „Morgen, Ray. Du kannst dir nicht vorstellen welche Energie ich aufwenden musste, damit Maes für zwei Monate an unsere Dienststelle zugewiesen wird. Der Hauptkommissar aus Brügge ist ein äußerst harter Knochen. Da steht er mir in nichts nach. Er war kaum bereit, irgendwelche Zugeständnisse zu machen. Dann hat er darauf bestanden, dass im Gegenzug später ein Kollege für die gleiche Zeit in Brügge aushilft. Das wird deine Aufgabe sein, sobald der Fall geklärt ist. Bereite dich darauf vor. Du hast es Vinz und natürlich auch mir zu verdanken, dass Vinz dich unterstützt. Ich hoffe, du wirst uns nicht enttäuschen."

Ray setzte sich auf einen Stuhl, der vor dem Schreibtisch stand und lobte Theo für dessen Einsatz. „Vielen Dank. Noch mehr freue ich mich, dass du hinter mir stehst. Das ist ein gutes Gefühl." „Ein Vertrauensvorschuss. Mach das Beste daraus." Mehr wollte Theo nicht sagen. Aber das war schon genug. „Woher weißt du, dass Vinz Maes damit einverstanden ist?" „Er hat mich vor einer halben Stunde angerufen, um es mir persönlich zu sagen. Du scheinst einen guten Eindruck hinterlassen zu haben. Deine Beharrlichkeit und Zähigkeit zahlt sich aus." „Wahrscheinlich hat er auch den Antrieb, etwas wieder gut zu machen", konterte Ray. Theo nickte. „Auch das ist möglich. Vinz ist auf dem Weg zu uns. Ihr könnt sofort beginnen. Was habt ihr vor?" „Wir werden Wilms gemeinsam in die Mangel nehmen und erst dann Ruhe geben, wenn er uns plausible und einleuchtende Gründe für seinen Abbruch genannt hat." Theo hatte verstanden. Ray ging in sein Büro und wartete auf Maes.

Zwei Stunden später standen die Kommissare Ray Maertens und Vinz Maes im Hafenviertel von Ostende vor einem Haus und warteten. „Ich glaube nicht, dass Wilms öffnet. Er hat schon auf meinen letzten Besuch äußerst gereizt reagiert", vermutete Ray. Maes strich sich über sein Kinn. „Wir lassen uns etwas einfallen. Notfalls warten wir vor dem Haus, bis er es verlässt. Wir müssen Geduld haben." Ray nickte. Besser auf eine gute Gelegenheit warten, dachte er. Sie gingen zehn Minuten die Straße auf und ab, unter ständiger Beobachtung des Hauses, in dem Wilms wohnte. Nach zwanzig Minuten öffnete sich die Haustür und Wilms verließ das Haus. Er sah sich nach allen Seiten um und hatte sich nicht entschieden, welche Richtung er einschlagen sollte. Eine Minute verharrte er zögernd vor dem Haus. Dann trottete er in Richtung Zentrum. Die Kommissare beschlossen, ihm zu folgen.

Sie hatten sich geeinigt, es so aussehen zu lassen, als sei es eine zufällige Begegnung. An einer Straßenecke hatten sie ihn überholt und zeigten sich überrascht, als sie ihn sahen. Wilms hatte sie erkannt und warf ihnen einen vernichtenden Blick zu. „Vielleicht ist Ihre Laune heute etwas besser", versuchte Ray freundlich ein Gespräch zu beginnen. Der mürrische und abweisende Blick von Wilms ließ erkennen, dass sich nichts geändert hatte. Wilms wandte sich sofort ab. „Bleiben Sie stehen", forderte Vinz ihn energisch auf. Wilms lachte boshaft und bereitete sich auf einen Angriff vor. Ray und Maes hatten es geahnt. Noch bevor Wilms mit einem Faustschlag Maes treffen konnte, hatte ihn Ray an der Schulter gepackt und den linken Arm hinter den Rücken gezogen. „Lasst mich in Ruhe, verdammtes Pack!", schrie Wilms laut und verächtlich.

Maes half Ray Wilms zu überwältigen. Fußgängern, die an ihnen vorbeiliefen, bedeutete Ray, dass es eine private Angelegenheit sei. „Dem Herrn wird nichts passieren, wenn er unsere Fragen beantwortet." „Nichts werde ich tun", schrie Wilms zornig. Ray drückte Wilms linken Arm nach oben. Wilms tobte und krümmte sich vor Schmerzen. „Das ist Körperverletzung. Ich zeige euch an", fluchte er. Ray lockerte seinen Griff. Ray und Maes erwarteten einen neuen Angriff, den sie abwehren konnten. Wilms trat einige Schritte zurück, er hatte begriffen, dass die Kommissare auf eine Gelegenheit warteten, ihn zu schlagen. Besonders Maes begegnete Wilms mit starker, aufgestauter Wut und musste von Ray gebremst werden.

„Ich schlage vor, wir besprechen das in Ruhe“, schlug Ray vor und fügte hinzu: „Wir werden Sie erst in Ruhe lassen, wenn unsere Fragen beantwortet werden.“ Wilms schnaufte. „Verdammte Hunde. Von mir werdet ihr nichts erfahren.“ Dann lachte er höhnisch. „Wir haben noch eine Rechnung offen“, sagte Maes. „So einfach wirst du uns nicht los.“ „Zum Teufel. Lasst mich in Ruhe. Das Ganze ist zehn Jahre her.“ Wilms schlug Maes mit der Faust ins Gesicht. Trotz einer Abwehrbewegung traf er Maes am Kinn. Maes erwiderte sofort mit einem Schlag gegen Wilms Brust. Unversöhnlich standen sie sich gegenüber. Dann zog sich Maes etwas zurück. Ray hatte die Auseinandersetzung aus gewisser Entfernung beobachtet und bedeutete Maes, sich zurückzuziehen. „Ich kann Sie nicht verstehen, Wilms. Durch ihre Weigerung, Auskunft zu geben, setzen Sie sich einem schweren Verdacht aus. Ist es das, was Sie wollen?“, schrie Ray verbittert.

Wilms rieb sich seine schmerzhafte Brust. Der Schlag hatte ihm den Atem genommen. Er röchelte. „Macht doch, was ihr wollt. Von mir werdet ihr nichts erfahren. Ich habe nichts zu verlieren.“ Verächtlich sah Maes seinen früheren Kollegen an. „Ich habe jede Achtung und Respekt vor dir verloren. Jetzt will ich wissen, was damals passiert ist. Du trägst ein Geheimnis mit dir rum. Irgendwann kannst du die Last nicht mehr tragen.“ Wilms zuckte gleichgültig mit den Schultern, ging in die Hocke, stützte sich mit beiden Händen am Boden ab, um seine Atmung zu verbessern. Dann richtete er sich auf und entfernte sich mit einem vernichtenden

Blick. Erst nachdem er sich etwas entfernt hatte, schrie er: „Glaubt nur nicht, dass ihr etwas erfahrt. Es gibt nichts, was aufgedeckt werden kann. Nicht ohne mich.“ Dann schleuderte er eine Bierflasche, die er vom Boden aufgehoben hatte, in Richtung der Kommissare.

Ray und Maes gingen in die andere Richtung. „Verdammt. Wilms ist ein zäher Hund. Wir müssen einen anderen Weg finden, sein Geheimnis aufzudecken“, ärgerte sich Ray. Maes nickte. „So kenne ich ihn. Er ist seit unserer letzten Begegnung aggressiver geworden. Aber auch früher hatte er sich selten unter Kontrolle“, erwiderte Maes. „Die Sache stinkt zum Himmel. Ich kann nicht verstehen, warum er keine Andeutungen macht. Mit zwei, drei Sätzen könnte er den Abbruch der Ermittlungen erklären. Er könnte uns eine dreiste Lüge auftischen. Aber nicht einmal das hält er für nötig. Was denkt er sich denn?“ Maes nickte. „Man hat ihm lange genug geglaubt. Wahrscheinlich hatte man Angst, etwas Furchtbares zu entdecken. Besser nicht zu viel wissen, war das Prinzip.“

Ray lachte, er kannte dieses Prinzip. Es war ihm bei früheren Ermittlungen immer wieder begegnet. Immer dann, wenn es nicht opportun war, in trübem Gewässer zu fischen, zog man es vor, eine große Decke des Schweigens darüber zu legen. Oder es unter den Teppich zu kehren. „Wir dürfen es nicht Wilms überlassen, allein die Fäden zu führen. Wir müssen einen anderen Weg finden, das Geheimnis zu lüften“, schimpfte Ray. Maes nickte. „Was schlägst du vor?“ „Es geht darum, Tim Porter zu finden. Die Ermittlungen wurden vor zehn Jahren an dieser Stelle abgebrochen. Deshalb müssen sie damit wieder beginnen. Wilms scheint zu wissen, wo er sich aufhält. Entweder hat man ihn bestochen, es nicht zu verraten, oder es gibt einen anderen Grund, es nicht zu sagen. Vielleicht hat er sich in etwas verstrickt."

Maes zuckte unschlüssig mit den Schultern. „Darüber denke ich seit Jahren nach. Lass uns etwas trinken, bevor wir ins Büro fahren." Ray stimmte zu. Sie fuhren mit der Küstenbahn zum Kasino. In der Nähe fanden sie ein Bistro, tranken ein Bier und aßen ein Sandwich. Sie hatten keine Eile. „Mich beschäftigt das Ganze seit zehn Jahren, hatte aber nicht den Mut, Wilms anzuzeigen. Es fehlten mir Beweise, um Wilms ausreichend zu verdächtigen. Du kannst dir nicht vorstellen, welche Angst ich damals vor ihm hatte. Dagegen war ich heute wie ausgewechselt. Allein deshalb bin ich zufrieden, dass ich ihm begegnet bin." Ray lachte. „Kann ich mir vorstellen. Wir werden ihm sicher noch öfter begegnen. Ich schlage vor, wir fahren zu Tim Porters Eltern. Ich hatte bei meinem ersten Besuch dort viel Ablehnung gespürt. Aber vielleicht hatten sie auch einen schlechten Tag und verhalten sich anders, wenn du dabei bist. Außerdem bist du viel tiefer in den Fall eingestiegen als ich." Maes war etwas überrascht, stimmte aber zu.

„Hast du sie damals vernommen?" „Nein, Wilms hatte mit ihnen gesprochen, soweit ich mich erinnere. Wenig später hat er behauptet, dass es aussichtslos sei, Tim Porter zu finden." „Daraus könnte sich ein Zusammenhang ergeben", überlegte Ray. Nach einer halben Stunde fuhren sie ins Polizeipräsidium und bereiteten den Besuch bei Tim Porters Eltern vor. Ray berichtete über seinen ersten Besuch. „Wir müssen höllisch aufpassen, der Vater wirkte sehr gereizt. Und Tims Mutter reagierte sehr zurückhaltend. Ich hatte zwar nicht das Gefühl, dass sie mir bösartig Informationen vorenthalten wollten. Aber sie waren auch nicht sehr gesprächig. Besonders zwischen den Eltern bestanden erhebliche Spannungen, die sie ohne Rücksicht auf meine Anwesenheit offen austrugen. Ich habe mit dem Schlimmsten gerechnet.

6

Ruth hatte einige Tage gezögert, ob sie nachprüfen sollte, in welchem ungeklärten Fall Kommissar Ray Maertens ermittelte. Sarah, ihre Freundin, hatte seit einigen Tagen ihre zunehmende Nervosität und Unzufriedenheit bemerkt. „Du bist seit Tagen sehr abgelenkt. Was geht dir durch den Kopf? Hat dir Kommissar Maertens mal wieder einen Floh ins Ohr gesetzt?“ Ruth lachte verlegen. „Ich denke darüber nach, welcher Fall so interessant sein kann, dass man Maertens noch nach zwanzig Jahren auf einen ungeklärten Fall ansetzt. Ich glaube nicht daran, dass es nur um eine Verbesserung der Aufklärungsquote geht. Es würde mich nicht wundern, wenn jemand bei einer Überprüfung auf Fehler gestoßen ist. Schlampige Arbeit oder Nachlässigkeit wären nicht der einzige Grund. Könnte doch auch sein, dass sich frühere Ermittler in eine Sackgasse verrannt haben. Oder es ist etwas passiert, was zu einer neuen Spur geführt hat.“ „Nach zwanzig Jahren?“ „Ja, die Zeit spielt doch keine Rolle.“

Sarah sah Ruth verwundert an. „Ich kann mir nichts vorstellen, was so wichtig sein könnte, einen abgeschlossenen Fall nach zwanzig Jahren neu aufzurollen.“ Ruth lachte. „Erstens war der Fall noch nicht abgeschlossen, und zweitens kann selbst ein abgeschlossener Fall wieder neu bearbeitet werden, wenn sich neue Fakten ergeben. Nichts ist so sicher, dass man es nicht bei neuen Erkenntnissen nicht in Frage stellen kann. Denk nur an technische oder kulturelle Entwicklungen." Sarah schüttelte ungläubig den Kopf. „Jetzt gehst du zu weit. Wer hat nach zwanzig Jahren noch ein Interesse an der Aufklärung?" „Es gibt viele Menschen, wozu ich mich auch zähle, die sich nicht damit abfinden können, wenn etwas nicht aufgeklärt worden ist", widersprach Ruth.

Ruth wartete eine Weile, ob Sarah etwas sagen wollte. Sarah schwieg nachdenklich. „Stell dir vor, man hätte den Tod deines Sohnes vor fünf Jahren nicht aufgeklärt. Dann wäre ich mir sicher, dass du auch jetzt noch jedem noch so entfernten Hinweis nachgehen würdest. Wenn etwas wichtig ist, können wir uns nicht damit abfinden, dass wir es nicht klären können. Niemals. Stimmst du mir zu?" Sarah nickte. „Ja, du hast recht. Wenn ich an Eltern denke, die ihr Kind vermissen, wären sie über jedes Lebenszeichen selbst nach fünfzig Jahren froh." Sarah hatte begriffen. „Glaubst du, Ray Maertens ist auf der Suche nach einem vermissten Kind?", fragte Sarah. „Entweder das, oder er sucht den Mörder eines Menschen, dessen Eltern oder Kinder sich damit nicht abfinden können, dass er nicht gefunden wurde."

Ruth und Sarah schwiegen nachdenklich einige Minuten. „Was hast du vor?" fragte Sarah verlegen. „Du willst doch nicht etwa Maertens bei der Suche helfen? Lass das die Experten machen, bevor du dich in Gefahr bringst." „Noch habe ich keine Ahnung, wonach Maertens sucht. Sobald ich es weiß, kann ich mich immer noch entscheiden." „Nein, lass das sein. Das geht uns nichts an. Du willst helfen, weil du Spannung und Aufregung brauchst. Dir ist es langweilig, wenn du nicht gefordert wirst. Von mir aus kannst du zweimal täglich Morgengymnastik machen und den ganzen Tag Krimis lesen. Aber lass Maertens in Ruhe ermitteln. Er ist froh, wenn du dich nicht wieder einmischst. Und du hast keinerlei Bezug zu seinen Ermittlungen." „Gut, gut", wehrte Ruth ab, „noch habe ich nichts entschieden. Aber ich will herausfinden, womit sich Maertens beschäftigt. Und das werde ich auch machen, wenn es dir nicht passt."

Ruth vertrat ihre Absicht so energisch und deutlich, dass Sarah nicht widersprechen konnte. „Versprich mir wenigstens, dich nicht sofort einer Gefahr auszusetzen." Ruth lächelte und strich Sarah versöhnlich über die Schulter. „Versprochen." „Ich nehme dich beim Wort." Damit war alles geklärt, vorläufig. Sie übten neue Stücke für den Möwenchor von Händel. Nach dem klärenden Gespräch war Ruth konzentriert bei der Sache. Sie gab auf dem Klavier einige Takte einer Kantate vor und konnte gut den Takt halten. Sarah konnte sich bei ihrem Flötensolo gut auf Ruth verlassen. Danach übte Sarah noch ein Solostück für Flöte, und Ruth hörte ihr zu. „Klingt gut", lobte Ruth, „bei der nächsten Aufführung mit dem Chor kannst du damit glänzen."

Nach einer halben Stunde legten sie eine Pause ein und tranken einen grünen Tee. „Kannst du dir vorstellen, in welchem Fall Maertens ermittelt?" Sarah nickte. „Ich gebe zu, ich habe auch seit Tagen darüber nachgedacht. Ray Maertens sagte, es sei ein Mord, der vor zwanzig Jahren geschehen sei. Wir müssen also davon ausgehen, dass es Anfang Zweitausend war. Damals habe ich noch in Brüssel als Übersetzerin gearbeitet und war nur am Wochenende in Ostende. Du warst damals noch in Köln und hast für die Versicherung gearbeitet." „Ist dir eingefallen, welcher Mord in dieser Zeit Aufsehen erregt hat?“ „Es gab in dieser Zeit drei Morde, die Schlagzeilen gemacht haben. Ein Verfahren scheidet aus, nachdem der Täter verurteilt worden war. Bei den anderen zwei Fällen weiß ich nicht, ob sie aufgeklärt wurden.“ Ruth stand auf. „Das lässt sich leicht feststellen.“ „Was hast du vor?“, fragte Sarah. „Ich werde nach Informationen im Internet suchen.“

Ruth ging in ihr Zimmer und gab einige Stichwort auf ihrem Laptop ein. Nach einer Stunde hatte sie erste Informationen, die eine Grundlage bildeten. Sie ging zu Sarah, die eher gelangweilt eine Fernsehserie verfolgte. „Kann ich dich kurz stören?“ „Ja, ich langweile mich bei dieser blöden Serie.“ Ruth zeigte Sarah einen Zeitungsbericht, der vor zwanzig Jahren veröffentlicht wurde. „Das könnte es sein. Vor etwa zwanzig Jahren wurde eine junge Frau am Strand in Blankenberge gefunden. Man ging zuerst von einem Selbstmord aus, bis Zweifel kamen. Es bestand der Verdacht, dass sie erwürgt wurde. Der Mord konnte nicht aufgeklärt werden. Aber … und das ist interessant, vor zehn Jahren wurde der ganze Fall neu aufgerollt und es wurde erneut ermittelt.“ „Konnte er dann wenigstens abgeschlossen werden?“ „Nein“, erwiderte Ruth. „Es sollte angeblich ein Zeuge nochmal vernommen werden, der aber nicht gefunden werden konnte.“

„Hast du einen Bericht gefunden, wonach jetzt wieder ermittelt wird?“ „Nein, aber in dem letzten Bericht vor zehn Jahren sagte der Polizeisprecher, dass man wieder ermitteln würde, sobald der Zeuge gefunden werde.“ Sarah rieb sich die Hände. „Dann haben sie jetzt vielleicht den Zeugen gefunden. Maertens kann ihn vernehmen und die Sache nach zwanzig Jahren aufklären.“ Ruth lachte. „So einfach wird es nicht sein." „Willst du Ray Maertens fragen, ob er an diesem Fall arbeitet?", bohrte Sarah. Ruth lachte. „Ich glaube nicht, dass mir Ray Auskunft geben wird." „Na ja, so wie ich dich kenne, lässt du nicht locker, bis er es dir sagt. Aber sei vorsichtig." Sarah war sich sicher, dass Ruth keine Ruhe geben würde, bis sie die nötigen Informationen hatte

Am nächsten Tag rief Ruth im Polizeirevier in Ostende an und ließ sich mit Kommissar Maertens verbinden. „Hallo Maertens, wie hat Ihnen unsere Vorstellung mit dem Möwenchor gefallen?" Ray lachte. „Sehr gut, obwohl ich eigentlich wegen des Orgelkonzerts gekommen bin. Der Gesang des Chores war sehr harmonisch und Ihre Begleitung auf dem Klavier auch … Aber ich glaube nicht, dass Sie anrufen, um meine Meinung dazu zu hören." Ruth merkte, dass Maertens sich dachte, warum sie anrief. Sie legte eine kurze Pause ein. Natürlich war sie darauf vorbereitet, dass Ray schnell zur Sache käme. „Ach Maertens, jetzt haben Sie mich durchschaut." „Das ist nicht schwer", grinste Ray. „Sie wollen wissen, an welchem Fall ich ermittle. Stimmt´s?" „Na ja, ich hatte gemeinsam mit Sarah überlegt, welcher nicht abgeschlossene Fall von solcher Bedeutung ist." „Sie wissen, dass ich Ihnen das nicht verraten darf, um die Ermittlungen nicht zu gefährden. Außerdem hat dieser Fall selbst nach zwanzig Jahren noch genügend Brisanz. Ich will Sie nicht in Gefahr bringen, und ich weiß, dass Sie wieder in eine Falle tappen würden."

„Oh, Maertens, darüber müssen Sie sich keine Sorgen machen. Danke für die Rücksicht … Es wurde vor zwanzig Jahren eine junge Frau am Strand in Blankenberge gefunden. Dieser Fall wurde anscheinend noch nicht aufgeklärt, oder irre ich mich?" Ray Maertens lachte. „Darüber darf ich nicht reden. Bitte verstehen Sie es.“ Ruth spürte, dass sie richtig lag. „Vielen Dank, Herr Kommissar. Ich wünsche Ihnen einen schönen Tag.“ „Das wünsche ich Ihnen auch“, erwiderte Ray freundlich. Ruth hatte alles erreicht, was sie wollte. Sarah hatte das Gespräch mitgehört und lachte. Ray wird sich nicht freuen, wenn du dich wieder einmischst. Ich hoffe, du steigst nicht wieder in einen tiefen Sumpf.“ „Nein, ich versuche festzustellen, ob die Eltern der ermordeten Frau noch leben.“ „Muss das sein?“ Ruth nickte.

Ruth war wieder einmal von einer Neugierde gepackt, die sämtliches Denken in Anspruch nahm. Sie suchte nach einem direkten Weg und wehrte sich gegen jede Ablenkung. Wenig später entwarf sie einen Plan. Zuerst musste sie in Erfahrung bringen, wo die ermordete Frau vor zwanzig Jahren beerdigt worden war. Der Fall hatte damals für große Schlagzeilen gesorgt und der Name der Verstorbenen, Grace Buur, ging damals durch die Presse. In einem Bericht wurde damals über eine starke Teilnahme an der Beerdigung auf dem Friedhof an der Stuiverstraat berichtet. Mitglieder des Stadtrates und der Kirche waren erschienen und die Anteilnahme aus der Bevölkerung war groß. Ruth schrieb sich die wichtigen Namen aus dem Bericht heraus. Sie kannte den Friedhof, Sarahs Sohn war dort vor fünf Jahren beerdigt worden. Sarah ging mindestens einmal wöchentlich zum Grab ihres Sohnes. Vor allem dann, wenn ein besonderer Anlass bestand, besuchte sie den Friedhof öfter. Die Umgebung war ihr vertraut und sie brauchte die Zwiesprache mit ihrem Sohn. Ruth begleitete Sarah an manchen Tagen. Sie hatten dort vor einem Jahr Ray Maertens getroffen, der das Grab seiner verstorbenen Frau besucht hatte.

Ruth vermutete, dass sie irgendwann am Grab von Grace deren Eltern treffen würde. Zumindest konnte sie dort erfahren, ob sie regelmäßig das Grab besuchten. Meistens war an der Pflege des Grabes zu erkennen, ob sich jemand darum kümmerte. Der erste Teil ihres Planes war erledigt. Sie sprach mit Sarah darüber. „Ich hatte vor, morgen zum Friedhof zu gehen und frische Blumen auf das Grab meines Sohnes zu legen. Wenn du willst, kannst du mitkommen. Dann machen wir einen Spaziergang und fragen jemanden, wo das Grab von Grace Buur ist“, schlug Sarah vor. „Ich werde dich begleiten“, erklärte sich Ruth einverstanden. Sie beschlossen, am nächsten Morgen zum Friedhof zu laufen.

Wenig später ging Ruth einkaufen. Sie wechselte sich mit Sarah ab und sie war nun an der Reihe. Sarah hatte auf einem Einkaufszettel ihre Wünsche aufgeschrieben, die sich überwiegend mit denen von Ruth deckten. Ruth freute sich über etwas Bewegung an dem tristen, nasskalten Tag. Die Sonne hatte sich schon seit Tagen versteckt, und es war nicht zu erkennen, wann sie wieder auftauchen würde. Es waren die kurzen, trüben Tage, die ihr und vor allem Sarah zusetzten. Schon deshalb war es wichtig, neue Energie zu laden und eine Herausforderung zu suchen. Wahrscheinlich ist Sarah nicht begeistert, dachte Ruth. Aber sie hat sich nicht über meinen Entschluss gewundert, das Grab von Grace zu suchen. Deshalb glaubte sie, dass Sarah in gewisser Weise ebenfalls an einer Aufklärung interessiert war. Was Sarah am meisten störte, war, dass sich Ruth in Dinge einmischte, die sie nichts angingen. Sie ging in einen Supermarkt in der Langestraat und kaufte dort Nudeln, frische Tomaten und Gewürze. Dann legte sie noch Milch, Brot, Butter und zwei Obstsäfte in den Einkaufskorb. In einem Gespräch mit der

Kassiererin tauschte sie sich über Neuigkeiten aus. Besonders über ihre andauernde Wetterfühligkeit. „Wenn wir nicht damit rechnen, kommt die Sonne zurück“, lachte die Verkäuferin.

Am nächsten Tag liefen Ruth und Sarah zum Friedhof in der Stuiverstraat. Sie wollten sich bei anderen Friedhofsbesuchern nach dem Grab von Grace Buur erkundigen. Wie so oft in den letzten Tagen begleitete sie ein Nieselregen und die Wolken hingen sehr tief. Schützend hatten sie ihre Hände in den Taschen vergraben und sich dicke Jacken angezogen. Der Friedhof war am Morgen kaum besucht. Einige, noch verbliebene, Amseln pfiffen und die letzten Blätter fielen auf den nassen Weg. Ein tristes Bild, das dem November entsprach. Zwei älteren Frauen begegneten sie, die vom Besuch eines Grabes zurückkehrten. „Guten Morgen“, wandte sich Ruth an die Frauen, die freundlich nickten. „Wissen Sie, wo wir das Grab von Grace Buur finden. Die junge Frau, die vor zwanzig Jahren in Blankenberge ermordet wurde.“

Eine der beiden Frauen hatte verstanden, wen Ruth meinte. „Das Grab ist in der Nähe. Sollen wir es Ihnen zeigen?“ „Ja, das wäre sehr nett.“ Ruth und Sarah folgten den beiden Frauen, die sie auf etwa fünfzig schätzten. Sie gingen langsam und schweigend. „Dass nach über zwanzig Jahren noch Interesse besteht. Dachte, sie wäre längst vergessen“, sagte Greta Jong. „Kannten Sie Grace?“ „Nein, ich habe vor einigen Tagen über den schrecklichen Mord gelesen. Und es hat mich beschäftigt“, erklärte Ruth. Nach wenigen Minuten hatten sie das Grab erreicht. Es lag neben einem großen Ahornbaum, dessen dicke Wurzeln sichtbar waren. Das Grab war gepflegt, Blätter, die sonst die Erde bedeckten, waren zur Seite geschoben worden. Rosen standen in einer Vase in der Mitte. Ruth und Sarah betrachteten andächtig das Grab. „Es ist sehr gepflegt im Vergleich zu den übrigen Gräbern“, bemerkte Ruth. „Ja“, stimmte Greta Jong zu. „Der Vater kommt zwei- bis dreimal in der Woche und bleibt immer etwas bei seiner Tochter, obwohl er sehr geschwächt ist.“

„O, das ist traurig. Er leidet“, sagte Sarah, die an ihren verstorbenen Sohn dachte. „Er wird nie darüber hinwegkommen. Ein hartes Schicksal, seine Frau ist vor zwei Jahren gestorben und er hatte einen Schlaganfall. Jetzt ist er teilweise gelähmt.“ „Sie kennen ihn gut“, mischte sich Ruth ein. „Na ja, wir sprechen manchmal miteinander. Er möchte sich an manchen Tagen gern mitteilen. Und da wir uns seit Jahren begegnen, vertraut er sich mir an.“ „Spricht er noch oft über seine Tochter?“ „Immer wieder. Eine Erinnerung oder bestimmte Erlebnisse an besonderen Tagen.“ Ruth nickte verständnisvoll. „Und es ist traurig, dass er nicht erfahren hat, wer seine Tochter getötet hat.“ „Das macht ihm sehr zu schaffen. Es zermürbt ihn. Vor allem ist er sehr unsicher, wenn es um den früheren Freund seiner Tochter geht. Mal verdächtigt er ihn, dann nimmt er wieder alles zurück. Er hat ihn seit Jahren nicht gesehen. Vor Jahren hat er erfahren, dass der Freund einen schweren Unfall hatte und pflegebedürftig ist. Das hat ihn sehr mitgenommen. Seitdem nimmt er ihn in Schutz und hält ihn nicht mehr für verdächtig.“ „Wie hat er von dem Unfall erfahren?“ Greta zuckte mit den Achseln. „Weiß ich nicht.“

Sarah gab Ruth ein Zeichen, sie sollte sich zurückhalten. Hör endlich auf, die Frau zu bedrängen, gab sie Ruth zu verstehen. Auch Ruth spürte, dass sie endlich aufhören musste, die Frau auszuquetschen. Sie wechselte gekonnt das Thema und wenig später verabschiedeten sich Ruth und Sarah von der Frau. Beide gingen dann noch zum Grab von Sarahs Sohn und verharrten dort einige Minuten andächtig. Dann verließen sie den Friedhof. Sarah betrachtete den dunklen, regnerischen Himmel. „Ich weiß nicht, was in dich gefahren ist. Du hast die arme Frau ausgehorcht, als wäre sie eine Schwerverbrecherin. Lerne endlich, dich zu zügeln. Manchmal ist es mir peinlich, in deiner Nähe zu sein.“ „Jetzt sei nicht so grob. Ich habe mich mit ihr höflich unterhalten. Hatte nicht den Eindruck, dass sie sich gestört fühlte.“ „Deine Wahrnehmung“, lästerte Sarah.

Ruth warf ihr einen versöhnlichen Blick zu. „Lass uns nicht schon wieder streiten. Nicht jeder ist so empfindlich und zart besaitet wie du. Ich hatte nicht das Gefühl, die Frau belästigt zu haben.“ „Okay, schon gut. Vielleicht bin ich auch empfindlicher als andere. Weil ich ahne, wohin es führt. Und ich bin mir sicher, du wirst nicht Ruhe geben, bis du erfahren hast, wie der frühere Freund von Grace heißt und wo er wohnt.“ Ruth wollte nicht widersprechen. „Was ist falsch daran? Ich kann mich doch erkundigen, wie er heißt. Das ist doch ungefährlich. Reporter geben auch keine Ruhe, bevor sie die Wahrheit erfahren haben. Kommissare auch.“ „Ja, weiß ich, und auch Versicherungsagentinnen im Ruhestand lassen nicht locker, bevor sie in größter Gefahr stecken. Immer dasselbe“, erwiderte Sarah entrüstet.“

Ruth schwieg. Sie war, wie so oft, verunsichert, ob sie auf Sarah Rücksicht nehmen, oder ihrem Bedürfnis nach Aufklärung folgen sollte. „Lass uns über andere Dinge sprechen. Ich lade dich zu einem Kaffee ein. Und ich werde nicht selbst aktiv eingreifen, werde mich nur informieren. Versprochen." „Wo willst du etwas erfahren?" „Ich werde morgen zur Lokalzeitung, Ostende Nieuws, gehen und fragen, ob ich in ihrem Archiv nach Meldungen über den Mord suchen darf." Sarah hatte sich beruhigt. „Okay, wenn es dich beruhigt, dann mach es. Ich werde dich nicht begleiten." „Brauchst du nicht." Sarah deutete an, dass sie Ruth nicht mehr böse war. „Jetzt lass uns einen Kaffee trinken. Danke für die Einladung, ich habe mir ein großes Stück Himbeertorte verdient." Ruth lachte: „Sogar zwei." „Ich kenne meine Grenzen im Gegensatz zu dir", bemerkte Sarah schnippisch.

7

Ray und Vinz hatten sich auf einen Besuch bei den Eheleuten Porter vorbereitet. Vinz hatte bei seinen früheren Ermittlungen keinen Kontakt zu ihnen und wusste nur aus Berichten seines früheren Kollegen Wilms, dass es nicht einfach war, mit ihnen ins Gespräch zu kommen. „Verlass dich auf mein Gespür für schwierige Leute. Kannst dich ja zurückhalten", bedeute ihm Ray. Vorsorglich nahmen sie ihre Dienstwaffen mit. Das Haus, in dem die Porters wohnten, wirkte heute noch düsterer als bei Rays letztem Besuch. Man hätte nicht den Eindruck, als würde sich dort jemand aufhalten. Trotz nasskalten Wetters stieg kein Rauch aus dem Schornstein, im Gegensatz zu den Nachbarhäusern. „Wer weiß, ob sie zu Hause sind?", überlegte Vinz. „Ich glaube nicht, dass sie verreist sind. Vielleicht beim Einkaufen. Würde mich aber wundern, wenn Wim Porter seine Frau begleitet."

Ray klingelte. Sie warteten zwei Minuten geduldig. Dann öffnete sich die Tür. Jane Porter begrüßte sie zögerlich. „Unser Sohn ist nicht hier. Und wir wissen auch nicht, wo er ist“, sagte sie schroff. Sie hoffte, diese Erklärung würde ausreichen und wollte die Tür schließen. Ray kam ihr zuvor und lehnte sich gegen die Tür. „Lassen Sie uns kurz mit Ihnen sprechen. Vielleicht können wir etwas erfahren.“ Jane zögerte. „Ich wüsste nicht, was.“ Sie überlegte, ob sie die Kommissare in das Haus lassen sollte. Schließlich ließ sie Ray und Vinz eintreten. Die Zimmer waren kälter als ein zugiger Bahnhofswartesaal. Die Luft war verraucht und abgestanden. Ray verzog empfindlich das Gesicht und überlegte, ob er sie um das Öffnen der Fenster bitten konnte. Ließ es aber sein. Sie setzten sich auf Stühle am Wohnzimmertisch. Wenig später trottete Wim Porter hinzu. „Sie, schon wieder“, herrschte er Ray gereizt an. Ray blieb betont ruhig und stellte seinen Kollegen vor. „Das ist Kommissar Vinz Maes. Er war an den Ermittlungen vor zehn Jahren beteiligt.“ „So“, lachte Wim gereizt und abschätzig, „hat aber nicht zu einem Ergebnis geführt.“ Vinz nickte. „Deshalb müssen wir weiter ermitteln.“ Wim schüttelte den Kopf. „Dummes Zeug. Ihr müsst gar nichts. Lasst die Sache endlich ruhen. Gibt genug andere Verbrechen.“

Vinz war schon nach wenigen Sekunden äußerst gereizt. „Jetzt ist aber gut. Was glauben Sie eigentlich? Es ist verdammt nochmal Ihre Aufgabe, an den Ermittlungen mitzuwirken. Sonst müssen wir annehmen, dass Sie etwas verschweigen. Ich glaube nicht, dass Sie vor zehn Jahren alles gesagt haben, was Sie wissen.“ Ray gefiel das energische Auftreten von Vinz. Er sah Wim ebenfalls gereizt an. „Mein

Kollege hat genau die richtigen Worte gefunden. Wir werden Sie solange belästigen, bis Sie unsere Fragen beantwortet haben. Und es drängt sich mir der Verdacht auf, dass Sie gemeinsam mit dem früheren Ermittler Wilms etwas verheimlichen. Ich glaube Ihnen nicht, dass Sie nicht wissen, wo Ihr Sohn lebt. Sie wissen es genau und wollen es nicht sagen.“ Wim schlug wütend seine Faust auf den Tisch und erhob sie anschließend drohend in Richtung der Kommissare.

„Da sind haltlose Unterstellungen. Sie machen bei Ihren Vorwürfen nicht mal vor Ihren eigenen Kollegen Halt. Wohin soll diese Fahrt führen?“ „Das werde ich Ihnen genau sagen“, schrie Ray. „Wir haben Ihr gemeinsames Spiel durchschaut. Und auch auf Kommissar Wilms werden wir keine Rücksicht nehmen. Er hatte genügend Gelegenheiten, Licht in die Sache zu bringen. So, wie er auf unsere Fragen reagiert, verhält sich niemand, der eine reine Weste hat.“ Wim Porter sah die Kommissare verächtlich an. „Von mir werden Sie nichts erfahren. Wenn Sie mich schlagen, werde ich mich wehren.“ Jane Porter sah ihren Mann verständnislos an. „Jetzt spiel dich nicht so auf. Versuch wenigstens etwas Anstand zu bewahren, du mieser Trottel.“

Wim stand auf und schlug seiner Frau mit der Faust ins Gesicht. Jane, die mit diesem Angriff gerechnet hatte und ihn noch leicht abwehren konnte, trat ihm mit voller Wucht gegen das rechte Bein und lachte bitter. „Mehr kannst du nicht. Wenn du nicht weiterkommst, schlägst du zu. Gib den Kommissaren endlich eine Antwort. Dann lassen Sie dich in Ruhe. Begreifst du Blödmann denn nicht, dass du nur so aus der Sache herauskommst.“ Wim trat wütend gegen den

Tisch. Ray lachte. Selten hatte er einen so aggressiven Austausch unter Ehegatten erlebt. Schon bei seinem letzten Besuch hatte er sich gewundert, wie sie es schafften, unter einem Dach zu leben. In den letzten Tagen konnte er es sich nur damit erklären, dass sie anderen gegenüber Theater spielten, um Besucher zu verwirren. Ray hatte Vinz darauf vorbereitet, dass man ihnen dieses Theater vorspielen würde. „Du wirst voll und ganz auf deine Kosten kommen", hatte er ihm angedeutet.

Auch Vinz hatte begriffen. „Hören Sie endlich mit dem Theater auf. Sie brauchen uns nicht zu zeigen, mit welcher tiefen Abneigung sie sich begegnen. Gerne können Sie sich streiten und quälen, wenn wir gegangen sind." Verlegen setzte sich Jane auf einen Stuhl am Tisch. Wim gab sich wieder wütend und plante den nächsten Angriff. Doch bevor er zu einem Schlag gegen Vinz ausholen konnte, hatte ihn Ray gepackt und überwältigt. „So, mein Herr, Sie setzen sich jetzt neben Ihre Frau und beruhigen sich. Dann überlegen Sie, wie Sie am besten die Situation für sich lösen können. Gehen Sie davon aus, dass wir nicht lockerlassen." Wim schluckte und starrte grimmig aus dem Fenster. „Nichts werde ich tun. Da können Sie sicher sein. Und jetzt verlassen Sie mein Haus und kommen wieder, wenn Sie etwas gegen mich in der Hand haben."

Ray hatte diese Reaktion erwartet und bedeutete Vinz, es sei Zeit, aufzubrechen. „Vielen Dank für das nette Gespräch. Sie können sich sicher sein, dass wir darauf zurückkommen. Wir werden Sie beobachten, und sobald sich erste Anzeichen ergeben, sind wir wieder da. Ich vermute, Sie haben Dreck unter den Teppich gekehrt und machen gemeinsame

Sache mit Wilms. Das rechnet sich nicht und wird Ihnen früher oder später das Genick brechen. Ich habe Verständnis, wenn Sie Ihren Sohn schützen wollen. Aber durch die hartnäckige Weigerung, Auskunft zu geben, machen Sie die Sache nur schlimmer. Lassen Sie sich von einem Anwalt beraten." Wim Porter ließ nicht erkennen, was er dachte. Grimmig und stumm saß er auf seinem Stuhl, innerlich brodelte es. Vinz und Ray verließen die Wohnung und warfen Jane einen bedauernden Blick zu.

Nachdem sie das Haus verlassen hatten, blieben sie noch einige Sekunden vor dem Eingang stehen. Aus dem Haus hörten sie Gelächter. Vinz glaubte, gehört zu haben, dass sich Jane über die Kommissare lustig machte. Ray bestätigte seinen Eindruck. „Die ziehen eine durchsichtige Show ab. Lass ihnen den Spaß. Wir werden auch noch einen Grund finden, zu lachen." „Was schlägst du vor?", fragte Vinz verlegen. „Das war erst der Anfang. Ich habe jetzt zweimal mit Wilms und den Porters gesprochen. Auch, wenn es sich so anfühlt, als hätte ich nichts erreicht, ein Eindruck hat sich gefestigt. Etwas stimmt nicht, und ich vermute, dass die Porters und Wilms etwas verheimlichen." Vinz lachte. „Lass es uns herausfinden. Wir haben nur bescheidene Mittel, deshalb ist Fantasie gefragt."

Ray nickte. „Wir haben es nicht eilig. Ich schlage vor, wir beobachten die Porters und Frank Wilms und prüfen, welche Verbindung zwischen ihnen besteht. Eine Telefonüberwachung wird uns sicher noch nicht genehmigt werden." „Ja, eine Telefonüberwachung wäre der einfachste Weg. Aber dazu brauchen wir einen klaren und ausreichenden Verdacht. Allein unser Eindruck aus den Gesprächen reicht nicht aus." Beide waren sich einig, dass ein anderer Weg gefunden werden musste. Sie schwiegen eine Weile und gingen in ein Bistro in der Breidelstraat. Dort tranken sie einen Kaffee und sprachen über Fußball und das Wetter. Ray berichtete über seinen Winterblues und bedauerte, dass es noch einige Zeit dauern würde, bis er wieder eine Radtour unternehmen konnte. Vinz lachte. „Das musst du doch nicht vom Wetter abhängig machen. Mit guter Kleidung kannst du auch im Winter fahren." „Stimmt", entgegnete Ray, „ aber da macht es nicht so richtig Spaß. Keine Lust bei Nebel oder im Nieselregen zu fahren."

Vinz verstand. „Ja, mir macht es auch mehr Spaß, im Frühjahr zu fahren, wenn es länger hell bleibt. Trotzdem müssen wir auch im Winter trainieren, damit wir nicht einrosten. Dann wird es doppelt schwer, im März wieder in die Gänge zu kommen." „Wem sagst du das. Ich nehme mir jedes Jahr vor, selbst im Winter kurze Strecken zu fahren. Meistens bleibt es beim Vorsatz." Nach einer halben Stunde gingen sie zurück zur Polizeiwache und verbrachten den restlichen Tag bis zum Abend damit, im Internet etwas über Wilms und Wim Porter zu erfahren. Eine besondere Herausforderung, weil nur wenig über sie bekannt war. Wim Porter wurde vor fünfzehn Jahren im Zusammenhang mit einer Demonstration von Busfahrern erwähnt. Er hatte sich damals als Sprecher einer Organisation von Busfahrern gegen die unmenschlichen Arbeitsbedingungen gewehrt. Daraus war zu schließen, dass er als Busfahrer in der Region Brügge gearbeitet hatte.

„Lohnt es sich, mit früheren Kollegen zu sprechen?", fragte Vinz. Ray schüttelte den Kopf. „Ich glaube nicht, dass wir etwas zu seinem Verhalten gegenüber der Polizei erfahren, und vor allem, warum er den Aufenthalt seines Sohns verheimlicht. Wir müssen etwas über das Verhältnis zu seinem Sohn erfahren. Ich dachte schon daran, nach anderen Familienmitgliedern zu suchen, die uns etwas sagen können." Vinz kratzte sich am Kopf. „Gute Idee. Ich schätze Wims Eltern sind schon sehr alt, wenn sie noch leben. Wim ist über 70 Jahre. Wir wissen nicht, ob Tim Porter Geschwister hat. Naheliegend wäre es, mit ihnen zu sprechen. Ansonsten könnten wir mit Geschwistern von Wim und Jane Porter sprechen." Ray nickte. „Ich werde mich beim Standesamt Ostende erkundigen. Dort wissen sie sicher, wo Wim Porter geboren wurde, ob seine Eltern noch leben, und ob er Geschwister hat."

Vinz war einverstanden. „Wann hast du die letzte Anfrage beim Meldeamt wegen Tim Porter gemacht?" „Vor einigen Tagen. Sein Aufenthalt ist seit zehn Jahren unbekannt. Er wurde vor zehn Jahren zur Fahndung ausgeschrieben. Seitdem gibt es kein Lebenszeichen von ihm. Wenn er gestorben wäre, hätten sie die Polizei benachrichtigt. Er ist untergetaucht, lebt vielleicht mit einem falschen Namen in einer Großstadt oder im Ausland. Vielleicht hat er sein Aussehen verändert. Zum Teufel, was weiß ich?"

Theo, Rays Chef, betrat das Büro. Er hatte Rays Worte gehört. „Ich sehe, ihr seid immer noch damit beschäftigt, nach Tim Porter zu suchen." „Ja, das ist der wunde und sensible Punkt in den Ermittlungen", versicherte Ray. „Vor zehn Jahren wurden die Ermittlungen wieder aufgenommen, weil es Unstimmigkeiten bei Tim Porters Aussage gab." Vinz nickte. „Ja, das kann ich bestätigen. Wir hatten uns vor zehn Jahren auf Tim Porter konzentriert. Nicht nur, weil er verdächtigt wurde. Eher, weil wir davon ausgingen, dass er etwas über den Freundeskreis von Grace sagen konnte." Theo zuckte mit den Schultern. „Es gibt keine klare Vorgabe, nur nach Tim Porter zu suchen. Vielleicht findet ihr andere Personen, die mit Grace Kontakt hatten. Habt Ihr mit ihren Eltern gesprochen?“ Vinz war überrascht. „Nein, dazu bestand kein Anlass. Nach den Vermerken und den Protokollen in der Akte, wurden sie gleich nach Graces Tod vernommen. Es war eine besondere Belastung für sie. Grace war die einzige Tochter. Ich wüsste nicht, was sie nach zwanzig Jahren sagen könnten. Und ich bin mir sicher, dass sie die ersten wären, die sich melden würden, wenn ihnen etwas einfiel. Es wäre eine große Belastung für sie, wenn sie wieder an das schreckliche Ereignis erinnert werden.“ „Na gut“, beruhigte Theo, „ war nur ein Vorschlag. Aber ich habe Angst, ihr geratet in eine Sackgasse, wenn ihr ausschließlich nach Tim Porter sucht.“

Ray berichtete über die Gespräche mit Kommissar Frank Wilms und den Porters. „Es kann Zufall sein, beide reagieren äußerst dünnhäutig, wenn man sie auf Tim Porter anspricht. Wir vermuten, sie haben sich abgesprochen. Ein Geheimnis, das gehütet wird.“ Theo lachte bitter. „Da wärt ihr nicht die ersten, die so etwas denken. Ich habe mich auch über Wilms komische Art gewundert. Hatte ihn mal in einer Bar getroffen, er war ziemlich angeheitert. Und wir waren uns vorher eigentlich immer aus dem Weg gegangen. Er hatte mich erkannt und mich zu einem Drink eingeladen. Dann hat er sich über seinen Rausschmiss bei der Polizei beklagt, und er war sauer, dass die Rentenzahlung gekürzt wurde. Ich sagte ihm, er sollte dagegen vorgehen, wenn er glaubt im Recht zu sein. Hat nur unschlüssig mit den Achseln gezuckt. Wahrscheinlich hat er jemanden gesucht, bei dem er seinen Ärger loswerden konnte. Ich habe ihn auf die

Ermittlungen im Mordfall Grace angesprochen. Plötzlich wurde er sehr einsilbig und sah mich böse an, als hätte ich ihm eine Schweinerei unterstellt."

Ray war gereizt. „So, das hast du mir noch nicht erzählt, obwohl ich seit fast zwei Wochen ermittle. Was hältst du noch alles zurück?" „Jetzt stell dich nicht so an. Ich habe nicht mehr daran gedacht. Außerdem hatte ich angenommen, Wilms ärgerte sich, weil er die Ermittlungen nicht erfolgreich abschließen konnte. Ich halte es auch jetzt noch für möglich, dass er es niemanden gönnt, mehr Erfolg zu haben, als ihm vergönnt war." „Das ist doch Blödsinn", mischte sich Vinz ein. „Ihm war es möglich, die Ermittlungen jederzeit wieder aufzunehmen. Niemand hat ihn zum Abbruch gedrängt. Ich habe ihn wiederholt gebeten, noch abzuwarten. Nein, er hatte es eilig, zum Ende zu kommen, als hätte er Angst, es wäre zu spät. Wie in Panik."

Theo war verwundert. „Was soll das heißen?" „Genau das, was ich sage. Wilms war plötzlich sehr nervös, unkonzentriert und launisch. Er hat mich angeschrien, was ich mir herausnähme. Nur weil ich ihn nach dem Grund für den eiligen Abbruch gefragt habe. Auch den anderen Kollegen, der leider verstorben ist, hatte er angeschnauzt. Er meinte, das Beste wäre es, die Sache so schnell wie möglich zu vergessen. Wir würden uns unnötig die Hände schmutzig machen." „Warum hast du das nicht mitgeteilt?" „Habe ich, aber ich wurde nicht ernst genommen. Man ließ damals nichts auf Wilms als erfahrenen Ermittler kommen. Er wüsste schon, was er macht, war die platte Antwort. Hey, ich war damals ein junger Polizist mit wenig Erfahrung." „Schon gut", beruhigte Theo, „ich mache dir keinen Vorwurf."

Vinz fühlte sich angegriffen und zu Unrecht beschuldigt. „Ich muss hier nicht mitmachen. Ich kann auch zu meiner Dienststelle nach Brügge zurück. Vielleicht ist das besser." „Nein", erwiderte Ray. „Ich brauche deine Unterstützung. Das sind knallharte Ermittlungen, und es ist besser, wenn jemand mit dem Fall vertraut ist." Ray sah seinen Chef verärgert an. „Wenn du mir jetzt auch noch Vinz vergraulst, werfe ich den ganzen Kram hin." Theo beschwichtigte. „Jetzt beruhigt euch. Ich habe Vinz keinen Vorwurf gemacht. Ihr müsst nicht gleich auf die Palme gehen, nur weil ich etwas gefragt habe. Tut mir leid." Ray und Vinz nahmen die Entschuldigung an. Theo verabschiedete sich. Er hielt es für besser, die Kommissare in Ruhe arbeiten zu lassen statt sie zu verunsichern.

„Ich hoffe, du denkst nicht genauso wie dein Chef, Ein junger Kommissar, der sich nicht traut, seinem Chef gegen das Schienbein zu treten", fragte Vinz. „Nein, du musst dich erst noch an Theo gewöhnen. Er zweifelt manchmal an den Qualitäten der anderen. An seinen eigenen auch. Er braucht immer wieder das Gefühl, überzeugt zu werden. Obwohl ich ihn seit Jahren kenne, habe ich oft den Eindruck, dass er mir nicht genügend Vertrauen entgegenbringt. Andererseits kannst du dir sicher sein, dass er dich gegenüber anderen verteidigt. Um jeden Preis. Er lässt dich nicht hängen." „Gut zu wissen", erwiderte Vinz.

Ray hatte einen Gedanken, der ihn seit einigen Minuten beschäftigte. „Das hört sich blöd an. Aber es ist zu keinem Zeitpunkt vor zehn Jahren in den Kliniken nachgefragt worden, ob sich Tim Porter dort in Behandlung befand." „Dazu bestand kein Anlass", erwiderte Vinz. „Nein. Trotzdem könnte Tim Porter vor zehn Jahren krank gewesen sein oder einen Unfall gehabt haben. Ist doch nicht ausgeschlossen, oder?" „Nein." Ray notierte sich die Nummern sämtlicher Kliniken in Ostende und Brügge und rief dort an. Eine ungewöhnliche Anfrage. Die in der Verwaltung der Kliniken zuständigen Mitarbeiter wiesen ihn darauf hin, dass Patientendaten nur für einen begrenzten Zeitraum gespeichert werden dürften. Sie machten ihm wenig Hoffnung, nach zehn Jahren noch festzustellen zu können, wann ein Patient behandelt oder entlassen worden sei.

„Haben Sie eine Ahnung, wer mir darüber Auskunft geben könnte?", fragte Ray bei einem Gespräch ungeduldig. Eine Klinikangestellte, die sich große Mühe gab, ihm zu helfen, verwies ihn an die zuständige Krankenversicherung. „Sobald Sie herausgefunden haben, wo Herr Porter zuletzt krankenversichert war, dürfte es kein Problem sein, die Frage zu beantworten." Ray bedankte sich für den Hinweis. „Sie können nicht sagen, wer vor zehn Jahren im Krankenhaus war", zeigte sich Ray enttäuscht. „Dann musst du eben den Weg über die Krankenversicherung gehen." „Hast du eine Vorstellung wie viele Versicherungen es gibt?" Vinz schmunzelte. „Natürlich gibt es eine Menge. Aber wenn du bei den großen Versicherungen anfängst, könntest du schnell etwas klären."

Vinz und Ray teilten sich die Aufgabe und riefen bei den bekanntesten Versicherungen an. Nach zwei Stunden hatte Vinz Maes Erfolg. Bei der Condoor Versicherung wurde Joost Braan hellhörig. Er fand nach zwei Minuten heraus, dass Tim Porter, geboren 23.7.75 in Ostende, am 3.August 2011 in Brügge einen Autounfall hatte. Er hatte sich schwer verletzt und musste eine Woche im Krankenhaus behandelt werden. Es bestand der Verdacht einer dauerhaften Querschnittslähmung. Er wurde aus dem Krankenhaus zu seinen Eltern entlassen.

8

„Bis zu welchem Zeitpunkt hat Tim Porter Leistungen aus der Versicherung erhalten?“, fragte Vinz überrascht. „Darüber darf ich Ihnen keine Auskunft geben.“ „Okay, dann fordere ich Sie auf, im Mordkommissariat Oostende anzurufen. Verlangen Sie Kommissar Vinz Maes.“ Ray, der aufmerksam das Ende des Gesprächs gehört hatte, lachte. „Wow, hast du den Fisch an Land gezogen?“ „Danach sieht es aus. Tim hatte vor zehn Jahren, als wir ermittelten, einen Autounfall in Brügge, sagt der Versicherungsheini. Kam ins Krankenhaus, war teilweise gelähmt und wurde anschließend zu seinen Eltern entlassen. Darüber haben die Eltern kein Wort verloren.“ „Die Eltern mauern und verschließen sich allem. Die werden sich einen Dreck darum scheren, was die Mitarbeiter der Versicherung behaupten. Wir brauchen eine schriftliche Auskunft der Klinik, die belegt, dass Tim Porter dort behandelt worden war und zu seinen Eltern entlassen wurde … Ich verstehe nicht, warum es keine Polizeimeldung über den Unfall gibt.“ Vinz seufzte. „Wahrscheinlich wurde er nicht gemeldet. Wer weiß, ob es überhaupt ein Autounfall war.“

Ray strich sich nervös über die Stirn. „In diesem Fall wird alles unter die Decke geschoben. Mich wundert da nichts mehr. Wurde dir ein Rückruf versprochen?“ „Ja, der Versicherungsmitarbeiter hat wohl kalte Füße bekommen. Ich hatte mich schon gewundert, dass er mir überhaupt Auskunft gab. Sonst sind die Typen so wortkarg wie ein Schneemann.“ „Schimpf nicht immer über die Schneemänner. Deine Frage danach, wie lange die Versicherung gezahlt hat, war sicher indiskret.“

Vinz lachte höhnisch. „Wenn sie nichts zu verbergen haben, ruft er sicher zurück. An sich war es in Ordnung, dass er wegen des Datenschutzes zurückhaltend war. Da könnte sich ja jeder als Kommissar Vinz Maes ausgeben. Aber jetzt hat er eine zuverlässige Nummer, die er überprüfen kann. Und dann ist es seine verdammte Pflicht, anzurufen. Sonst machen wir ihm Beine.“ Ray nickte. „Warten wir es ab. Er kann auch bei der Mordkommission in Ostende anrufen und sich vergewissern, dass du dort arbeitest.“

Die Kommissare tranken einen Kaffee und warteten geduldig auf einen Anruf von der Condoor. Nach zwanzig Minuten war es mit der Geduld zu Ende. Genervt sah Ray auf das Telefon. „So geht das nicht. Ich werde mich mit dem Chef der Abteilung verbinden lassen und ihn auffordern, sofort zurückzurufen. Wenn er es ablehnt, werden wir nach Brügge fahren. Dann kann er einen frühen Feierabend vergessen.“ Vinz freute sich über Rays Entschlossenheit. Ray rief bei der Versicherung an und ließ sich mit dem Abteilungsleiter verbinden. „Der ist auf einer Fortbildung“, erwiderte ihm die freundliche Stimme einer Sekretärin. „Kann ich Sie mit Joost Braan verbinden?“ „Ja, bitte verbinden Sie mich.“

Ray war sicher, dass er mit dem Mitarbeiter verbunden werden sollte, mit dem Vinz vor einer halben Stunde gesprochen hatte. Als Braan sich meldete, antwortete Ray in einem vorwurfsvollen Ton. „Herr Braan, Sie hatten versprochen, bei der Mordkommission anzurufen. Wir haben uns darauf verlassen. Was ist dazwischengekommen? Anscheinend haben Sie nicht begriffen, dass es sich um ein wichtiges Anliegen handelt?“ Braan wurde auf dem falschen Fuß erwischt. Er druckste: „Ich hatte es mir vorgenommen. Aber es kamen zwei andere wichtige Gespräche dazwischen.“ „Gut, werden Sie mir jetzt Auskunft geben, oder muss ich wieder auf einen Rückruf warten.“ „Ich ruf sofort zurück. Versprochen.“

Ray legte auf. Tatsächlich kam nach wenigen Sekunden ein Rückruf von Braan. „Entschuldigen Sie, dass ich Sie habe warten lassen. Ich habe mir alles durchgesehen. Aber ich kann Ihnen am Telefon keine Auskunft geben. Es ist besser, wenn Sie selbst kommen mit einem Beschluss, der eine Einsicht in die Unterlagen zulässt.“ Ray lachte höhnisch. „Dachte mir schon, dass es nicht so einfach ist. Kein Problem. Sie sind sicher noch zwei Stunden da.“ „Nein, leider nicht. In einer halben Stunde ist Feierabend. Ich kann nicht warten.“ „Wenn Sie vermeiden wollen, dass die Geschäftsräume auf den Kopf gestellt werden, rate ich Ihnen, sicherzustellen, dass jemand angetroffen werden kann, der uns sämtliche Versicherungsdaten von Tim Porter zeigt.“

Braan schnaufte. „Warum so unfreundlich? Was habe ich Ihnen getan?“ „Nichts, aber Sie verkennen die Dringlichkeit unserer Aufgaben. Wir können nicht warten, bis Sie Zeit und Lust haben, uns gnädigerweise Einblick zu gewähren.“ „Ich glaube nicht an die besondere Eilbedürftigkeit Ihres Anliegens.“ „Ist mir egal, was Sie glauben“, schnauzte Ray ungehalten zurück und beendete das Gespräch. Vinz nickte. „Besser hätte ich es nicht auf den Punkt bringen können.“ „Ja, aber nachdem ich meinen Mund so voll genommen habe, brauche ich jetzt den Durchsuchungsbeschluss.“ „Na dann“, erwiderte Vinz unaufgeregt. Im Gegensatz zu Ray wartete er geduldig, wie sich die Sache entwickeln würde. Und er glaubte nicht an Rays Geschick, innerhalb einer halben Stunde einen Beschluss zu besorgen.

Ray verließ das Büro und rannte zu Theo, den er gerade noch erwischte, bevor er sein Büro verlassen wollte. „Theo, wir brauchen dringend einen Beschluss zur Durchsuchung der Geschäftsräume bei der Condoor Versicherung in Brügge.“ „Gut, ich werde mich drum kümmern. Spätestens morgen bekommst du ihn.“ „Nein, ich brauche ihn jetzt.“ „Warum? Es ist fünf Uhr, und ich habe Feierabend. Was ist verdammt nochmal so eilig? Geht´s um Leben oder Tod ?“ „Wir haben einen dicken Fisch an der Angel, und es ist zu befürchten, dass wichtige Beweise vernichtet werden.“ „Das hast du schon oft gesagt, und es hat nicht gestimmt.“ Ray schluckte. „Jetzt ist keine Zeit für Vorwürfe. Wenn du jetzt nicht handelst, behinderst du unsere Ermittlungen.“

Theo war sauer. „Ich lasse mir von dir nicht vorwerfen, die Ermittlungen zu behindern. Sag mir genau, was so wichtig ist. Dann entscheide ich, ob es so eilig ist.“ Ray berichtete mit wenigen Worten über die neue Entwicklung bei der Suche nach Tim Porter. Theo hatte verstanden. „Das klingt sehr überzeugend. Ich habe zwar Zweifel, ob tatsächlich die Gefahr der Beweisvernichtung besteht. Aber du könntest recht haben.“ Theo telefonierte mit dem zuständigen Staatsanwalt, den er wider Erwarten schnell von der Eilbedürftigkeit überzeugen konnte.

„In einer halben Stunde wird der Beschluss gefaxt. Mach das Beste daraus. Ich muss mich beeilen, sonst verpasse ich den nächsten Zug. Und dann muss ich zwei Stunden warten.“ Mit diesen Worten verabschiedete sich Theo hastig. Ray blieb in Theos Büro und wartete auf das Fax. Er schickte Vinz eine SMS: „Ich warte in Theos Büro auf den Beschluss.“ Vinz kam nach fünf Minuten. „Konntest du ihn überzeugen?“ „Ihn weniger, aber den Staatsanwalt sofort.“ Nach zwanzig Minuten kam der Durchsuchungsbeschluss. Bevor sie nach Brügge aufbrachen, teilte Ray der Condoor mit, dass ein Durchsuchungsbeschluss vorliege und er ihn gerade an die Versicherung weitergeleitet habe. „Unverschämt“, schimpfte Braan und stampfte mit den Füßen auf den Boden. „Sie wissen, was passiert, wenn wir bei Condoor niemanden antreffen“, sagte Ray. „Ich kann´s mir denken“, erwiderte Braan und legte wütend auf.

Um 17,40 Uhr parkte Vinz seinen Peugeot vor dem Gebäude der Condoor im Zentrum von Brügge. Die Kommissare ließen sich Zeit beim Aussteigen. Sie hatten es nicht eilig. Im zweiten Stock brannte Licht. Sie gingen deshalb davon aus, dass Braan in seinem Büro wartete. Ray öffnete die unverschlossene Tür und sie fuhren mit dem Aufzug in den zweiten Stock. Die Tür zum Flur war verschlossen, daher klopfte Vinz, um sich bemerkbar zu machen. Zwei Minuten warteten sie, bis Ray ungeduldig wurde. „Bist du sicher, dass im zweiten Stock Licht gebrannt hat?“ „Ja, ziemlich. Aber wenn du zweifelst, fahr nach unten. Ich warte hier.“ Ray sah Vinz grübelnd an. „Wahrscheinlich hast du recht.“ Dann klopfte er energisch gegen die Tür, die vibrierte. Dumpfe Schläge, die nachhallten.

Kurz darauf hörten die Kommissare Schritte. Ein Mann, Mitte vierzig in einem modischen Outfit näherte sich von innen der Tür. Misstrauisch sah er Ray und dann Vinz an. Seine Miene verriet, dass es kein leichtes Spiel werden würde. Darauf waren die Kommissare vorbereitet. Ray griff nach seinem Dienstausweis und schob ihn in Augenhöhe vor die Glastür. Gerade in diesem Moment ging das Treppenhauslicht aus. Vinz betätigte den Lichtschalter. Der Versicherungsmitarbeiter schien immer noch zu hoffen, dass die Kommissare unverrichteter Dinge wieder abziehen würden. Jedenfalls deutete nichts darauf hin, dass er in den nächsten Sekunden die Tür von innen öffnen würde. Ray betrachtete den Mann abschätzig und trotzig. Er wollte ihm Zeit geben, die richtige Entscheidung zu treffen.

Erst nach einer Minute wurde es ihm zu blöd. „Was stehen Sie hier so dumm herum. Machen Sie endlich die Tür auf. Oder haben Sie vergessen, wie man eine Tür öffnet.“ Vinz lachte. Der Mann hinter der Tür erwiderte einen grimmigen, hasserfüllten Blick. „Sie denken wohl, Sie können sich alles erlauben, weil man Ihnen mal einen Ausweis gegeben hat.“ „Nicht alles“, korrigierte Ray, „ aber wir nutzen unsere Befugnisse.“ Dann hielt er den Durchsuchungsbeschluss gegen die Scheibe. „Den haben Sie sicher schon gelesen.“

Der Mann hinter der Tür ließ sich nicht beeindrucken. Zumindest deutete nichts darauf hin, dass er beabsichtigte, irgendwann in den nächsten Minuten die Tür zu öffnen. Vinz wurde ärgerlich. „Sollen wir einen Schlüsseldienst rufen“, schrie er und fügte hinzu: „Ich zähle bis drei …“ Der Mann hinter der Tür schnaufte und überlegte, was er machen sollte. Schließlich gab er sich einen Ruck und öffnete vorsichtig etwas die Tür. „Was soll das Theater?“, schnauzte ihn Ray an. „Guten Tag“, erklärte Braan, so freundlich es ging. „Ich hatte nicht damit gerechnet, Sie so schnell zu sehen. Ich hatte Ihnen eine Nachricht geschickt. Wenn Sie die gelesen hätten, hätten Sie sich den Weg sparen können.“ „Soll das heißen, wir sind umsonst gekommen?“, fragte

Vinz ungeduldig. „Ja, tut mir leid. Ich habe Ihnen eine falsche Auskunft gegeben."

Ray und Vinz standen immer noch im Flur, Braan blockierte die Tür. Ray überlegte, was Braan meinte. „Lassen Sie uns eintreten. Dann können wir die Sache in Ruhe besprechen. Und wir brauchen nicht ein zweites Mal zu kommen." Braan war unschlüssig. „Ich wüsste nicht, was es zu besprechen gibt. Ich sagte doch, Sie sind umsonst gekommen. Ich habe eine falsche Auskunft gegeben. Tut mir leid." „Soll das heißen, Tim Porter hatte keinen Unfall?", entgegnete Ray ungehalten. „Das weiß ich nicht. Er war jedenfalls nicht bei uns krankenversichert." Vinz war unruhig und gereizt. Er musste sich bremsen, am liebsten hätte er Braan gepackt und geschüttelt. „Herr Braan, das kann nicht stimmen. Sie haben mir am Telefon bestätigt, dass Tim Porter bei Ihnen versichert war und einen Unfall hatte. Wir hatten das Geburtsdatum abgeglichen."

Braan versuchte zu beruhigen. „Das stimmt. Aber ich habe mich geirrt. Ich habe ihn mit einer anderen Person verwechselt." „So, das glaube ich nicht", schmetterte ihm Vinz entgegen. „Das ist Ihre Sache." Ray schob Braan zur Seite und betrat die Räume der Versicherung. Vinz folgte ihm. Braan hatte nicht damit gerechnet und sah die Kommissare wütend an. „Was erlauben Sie sich?" „Wir haben einen Durchsuchungsbeschluss und machen jetzt unsere Arbeit. Wollen Sie uns daran hindern?", entgegnete Ray scharf und eindringlich. „Es gibt nicht zu durchsuchen", fauchte Braan. „Wie oft soll ich Ihnen das noch sagen. Ich habe mich geirrt. Machen Sie keinen Aufstand und fahren zurück. Wenn Sie darauf bestehen, zahle ich Ihnen die Auslagen."

Ray und Vinz lachten. „Nein, jetzt klären wir das Missverständnis auf. Sie sagten, Sie hätten sich geirrt. Mit welcher Person haben Sie Tim Porter verwechselt?“ Braan war auf diese Frage vorbereitet. „Wollen Sie das jetzt nachprüfen?“ „Natürlich, das wird doch einfach sein. Ich kann mir nicht vorstellen, dass es eine Person mit ähnlichem Namen und gleichem Geburtsdatum gibt, die bei Ihnen versichert ist.“ Ray gab sich locker. „Auch beim Geburtsdatum habe ich mich leider geirrt. Wenn mal der Wurm drin ist. Ich habe Ihrem Kollegen das Datum bestätigt, obwohl der Patient deutlich jünger ist.“ Vinz lachte überheblich. „Sie haben heute keinen guten Tag. Sie haben mich nach dem Geburtsdatum von Tim Porter gefragt. Ich habe es Ihnen genannt und Sie haben es bestätigt. Wo kann sich da ein Fehler einschleichen. Versteh ich nicht. Sie können doch lesen, oder?“ „Ja, habe aber eine Leseschwäche. Verdrehe manchmal die Buchstaben und Zahlen.“

Ray warf ihm einen mitleidsvollen Blick zu. „Armer Mann. Dann ist es sicher eine große Herausforderung in diesem Job.“ „Ja, tatsächlich. An manchen Tagen klappt es besser und an manchen Tagen eben nicht.“ „Und heute ist so ein Tag.“ „Ja, leider. Deshalb sollte ich besser Feierabend machen.“ „Das denke ich auch“, stimmte Ray zu. „Zeigen Sie uns noch die Versicherungsdaten mit dem Geburtsdatum, das Ihnen mein Kollege genannt hat, dann lassen wir Sie in Ruhe und Sie können ein Bier zum Feierabend trinken und entspannen.“ Vinz lachte, langsam machte ihm das Spiel Spaß.

„Was soll das? Haben Sie immer noch nicht begriffen. Tim Porter war nicht bei uns versichert“, schrie Braan erregt. „Dann können Sie uns doch die Patientendaten zeigen. Wir überprüfen es, und wenn es stimmt, verlassen wir Sie." „Nein, das ist nicht von dem Beschluss gedeckt. Sie können doch nicht auf Verdacht auf sämtliche Patientendaten zugreifen. Das verstößt gegen Persönlichkeitsrechte. Woher soll ich wissen, dass Sie nicht etwas ausplaudern?" Rays Geduld war zu Ende. „Jetzt ist es aber gut. Wie lange wollen Sie uns noch hinhalten? Wir gehen jetzt gemeinsam zu Ihrem Rechner. Sie öffnen die Dateien und verschaffen uns einen Zugriff auf die Versicherten. Dann geben Sie unter unserer Aufsicht den Namen Tim Porter ein, oder das Geburtsdatum. Wenn Sie wegen Ihrer Lese- oder Schreibschwäche dazu nicht in der Lage sind, können wir es für Sie übernehmen. Mein Kollege und ich haben damit keine Probleme. Wenn wir uns vergewissert haben, dass Tim Porter nicht bei der Condoor versichert ist oder war, und es keine Person mit gleichem Geburtsdatum gibt, verlassen wir die Räume geräuschlos, als wäre nichts geschehen. Dann sehen wir Ihnen auch Ihren Fehler nach. Kann ja mal passieren, dass man an einem schlechten Tag eine falsche Auskunft gibt."

Braans fahles und blasses Gesicht deutete an, dass er sich weiter der Aufforderung widersetzen wollte. Allein, um seine Stärke zu beweisen. Aber es fehlten ihm die Argumente. Selten war er in den letzten Jahren so eindringlich bedrängt worden. Selten hatte ihm jemand so sehr seine Grenzen aufgezeigt. Ray bemerkte, dass Braans Widerstand schmolz wie der Schnee im April. „Meine Geduld ist zu Ende. Bitte führen Sie uns zu Ihrem Rechner und geben den Namen Tim Porter im Programm ein. Dieser Aufgabe sind Sie doch gewachsen, oder?" Vinz nickte. Braans bewegte sich nicht. Er tat so, als hätte er die Aufforderung nicht verstanden. Deshalb ging Vinz in den Flur und suchte nach einem geöffneten Büroraum. Ray folgte ihm. Nur Braan blieb wie versteinert stehen. Erst als die Ermittler Braans Büro betraten, kam Braan hinzu.

Der Rechner war noch eingeschaltet. Braan hatte zuletzt eine Anfrage bei einem anderen Versicherten durchgeführt. „Unterstehen Sie sich, selbst in den Daten zu suchen“, brüllte er. „Nur die Ruhe“, erwiderte Ray. „Sie geben jetzt den Namen Tim Porter und das Geburtsdatum ein. Nicht mehr und nicht weniger.“ Das war keine Aufforderung, sondern ein Befehl. Rays Blick bedeutete, dass er unnachgiebig seine Forderung mit Nachdruck durchsetzen würde. Braan ging mechanisch, wie fremdgesteuert, zu seinem Rechner und wechselte das Programm. Dann gab er unter strenger Aufsicht der Kommissare den Namen Porter und ein anderes Geburtsdatum ein. Vinz merkte den Fehler sofort und schmunzelte. „Und jetzt bitte den richtigen Geburtstag.“ Widerwillig gab Braan die richtigen Daten ein. „Haben Sie jetzt erreicht, was Sie wollten?“, schimpfte er und verließ das Büro.

Ray und Vinz starrten auf die Eintragungen zu Tim Porter. Sie hatten nicht bemerkt, dass Braan den Raum verlassen hatte. Es war der Versicherungsverlauf der letzten Jahre sichtbar. Tatsächlich waren nach einem Unfall vor zehn Jahren erhebliche Kosten entstanden, und die Condoor hatte einen großen Betrag gezahlt. Danach erhielt Tim Porter monatlich Leistungen von über siebenhundert Euro. Vinz druckte sich einige Seiten, beginnend mit dem Unfall aus und suchte Braan, um ihm das mitzuteilen. Braan stand unscheinbar in einer dunklen Ecke des Flurs und rauchte eine

Zigarette. Er war in sich versunken und nicht ansprechbar. Vinz tippte ihn vorsichtig an. Doch Braan reagierte nicht.

Geduldig warteten die Kommissare, bis er seine Kippe in einem Abfalleimer entsorgt hatte, der unter einem Schild „Absolutes Rauchverbot“ stand. „Herr Braan, Sie sind uns eine Erklärung für dieses Affentheater schuldig. Und wir verlangen eine umfassende Aufklärung“, versuchte es Vinz höflich. Es war nicht der Zeitpunkt für Vorwürfe. Damit würden sie sich jede Kooperation von Braan verbauen. Auch Ray war damit einverstanden, behutsam mit Braan zu sprechen. Er forderte Braan auf, ihnen in das Büro zu folgen. Dann deutete er auf die von Vinz ausgedruckten Daten. „Wir haben uns Kopien gemacht und die Versicherungsleistungen nach Tim Porters Unfall erfasst. Es wird Ihnen also nichts nützen, wenn Sie die Daten in dem Programm löschen.“

Braan seufzte. „Dann wissen Sie jetzt alles?“ „Nein“, entgegnete Ray, „das ist erst der Anfang.“ „Was wollen Sie noch?“ „Sagen Sie uns endlich, warum Sie so ein Theater machen. Sie haben mehrmals versucht, diese Information uns vorzuenthalten. Und dafür muss es einen Grund geben. Kommen Sie bitte nicht mit Ihrer Leseschwäche. Da steckt mehr dahinter.“ Braan zuckte zusammen. „Von mir erfahren Sie nichts.“ „Gut, dann werden wir Sie vorladen. Morgen um neun vormittags werden Sie im Polizeipräsidium in Ostende erscheinen und verhört werden. Machen Sie nicht den Fehler und löschen die Daten von Tim Porter. Das könnte Ihnen zum Verhängnis werden.“ Ohne Braan weiter zu beachten, verließen Vinz und Ray das Büro und gingen zum Aufzug. Nachdem sie das Gebäude verlassen hatten, atmeten sie tief durch. Trotz starken Regens fühlten sie sich zufrieden. „Das war eine schwere Geburt“, lachte Ray. Vinz nickte. „Ja, ein absolut dummes und riskantes Versteckspiel. Braan dachte anscheinend, er könnte uns an der Nase herumführen. Scheint nicht zu begreifen, dass er sich verdächtig macht.“

Ray dachte nach. „Er führt uns auf eine Spur. Möchte gern wissen, bei welchem verdammten Spiel er mitwirkt. Glaubst du, er wusste, dass man seit Jahren nach Porter sucht?“ Vinz zuckte die Schultern. „Kann ich mir nicht vorstellen. Bei meinem ersten Anruf bestätigte er, dass Porter bei der Condoor versichert ist. Was hat ihn dazu getrieben, uns in die Irre zu führen? Hat er bemerkt, einen Fehler gemacht zu haben, den er korrigieren wollte?“ „Wir werden ihn morgen in die Zange nehmen. Wir haben die Informationen, die wir brauchen.“ Ray verabschiedete sich von Vinz: „Schönen Abend, pass auf die Unterlagen auf.“ Ray fuhr mit der Bahn zurück nach Brügge, er brauchte Ruhe und Zeit zum Nachdenken. Vinz fuhr mit dem Auto in seine Wohnung, die nur einige Straßen entfernt war.

9

Ruth Pauls war seit einigen Tagen unruhig. Es ließ ihr keine Ruhe, zu erfahren, woran Ray ermittelt. Bisher war nur sicher, dass Ray an der Aufklärung eines Verbrechens arbeitet, das viele Jahre zurücklag. Sie war auch nahezu sicher, dass es sich um den Mord an Grace vor zwanzig Jahren handelt. Nach dem Besuch des Friedhofs und dem Gespräch mit der Frau, ging Ruth davon aus, dass Ray Tim Porter suchte. Sie konnte nicht verstehen, dass Tim Porter in all den Jahren nicht gefunden werden konnte. Nach den Informationen der Frau hatte er vor zehn Jahren einen schweren Unfall und als Folge eine dauerhafte Beeinträchtigung. Wie konnte es sein, eine Person, die schwer beeinträchtigt war und sich kaum bewegen konnte, nicht zu finden.

Ruth bezweifelte, ob die Informationen der Frau stimmten. Sie hatte es nur von Graces Vater erfahren, und es selbst nicht überprüft. Ruth sprach manchmal mit Sarah über ihre Zweifel. Aber Sarah war ihr keine große Hilfe. Sie war nicht besonders interessiert an der Aufklärung. Außerdem fühlte sie sich immer wieder an den Tod ihres Sohnes vor über fünf Jahren erinnert. Ruth musste deshalb vorsichtig sein. „Ich kann verstehen, dass es dir schwerfällt, darüber zu reden. Trotzdem glaube ich, dass es wichtig ist, ein solches Verbrechen aufzuklären. Stell dir vor, du hättest nicht erfahren, warum Ben gestorben ist. Wenn du selbst nicht in der Lage bist, es festzustellen, brauchst du eben andere, die dir helfen.“ Mit solchen Worten konnte Ruth bei Sarah Verständnis wecken. „Ich habe nichts dagegen, wenn du dich dafür interessierst. Aber bitte nehme auf meine Gefühle Rücksicht. Immer, wenn du darüber sprichst, sehe ich Ben vor mir. Und ich muss daran denken, wie grausam er gestorben ist. Es verfolgt mich dann in meine Träume.“ Ruth nickte verständnisvoll. „Ja, ich werde darauf Rücksicht nehmen. Natürlich kann ich mir vorstellen, wie es dir geht.“

Einfach war es nicht. Ruth fragte sich selbst oft, warum sie ein so besonderes Interesse an der Aufklärung hatte. Sie war seit längerer Zeit Rentnerin. Und wenn sie früher bei einer Versicherung für die Schadensabwicklung zuständig war, und diese Aufgabe mehr oder weniger als Lebensaufgabe verinnerlicht hatte, so hatte diese Aufklärung doch eine völlig andere Bedeutung. War es ihr Drang, der Wahrheit und Gerechtigkeit zum Sieg zu verhelfen? Sie hatte damals Sarah bei der Aufklärung an dem Mord ihres Sohnes geholfen. Sie war maßgeblich daran beteiligt, und ihr war es aufgrund ihrer Beharrlichkeit und Ausdauer zu verdanken, dass die Täterin gefunden werden konnte. Auch danach hatte sie immer wieder bei der Aufklärung von Verbrechen, die sich an der belgischen Küste ereigneten, mitgewirkt. Kommissar Ray Maertens war darüber alles andere als erfreut. Er betrachtete es als Einmischung und hatte Angst, sie würde sich in Gefahr begeben. Eine gewisse Sympathie von Ray gegenüber Ruth, der, auch wenn er es immer wieder leugnete, ihr kriminalistisches Gespür zu schätzen wusste. Ruth dachte oft, sie hätte in früheren Jahren sicher gut als Kommissarin in Ostende ermitteln können. Über solche Gedanken konnte sie schmunzeln mit einer gewissen Portion Wehmut.

Sarah kam in Ruths Zimmer. „Du bist noch mit Rays Ermittlungen beschäftigt. Wenn dir Ray nicht bei dem Konzert gesagt hätte, dass er an einem alten ungeklärten Fall ermittelt, wärst du nie im Leben auf den Gedanken gekommen, einem alten Fall eine solche Bedeutung beizumessen. Ich verstehe nicht, warum du dich immer an Rays Ermittlungen dranhängst. Kannst du ihn nicht allein machen lassen? Glaubst du wirklich, dass er deine Spürnase braucht, um den Fall zu lösen?“ Ruth war verlegen. Sie spürte Sarahs schlechte Laune. „Was soll ich dir sagen? Was verlangst du von mir? Soll ich zu Hause sitzen und warten, bis eine Zeitungsmeldung über Rays Erfolge oder Misserfolge kommt. Ich kann nicht den ganzen Tag mit dir für den Möwenchor üben, oder einen Spaziergang machen, oder fürs Essen einkaufen, oder mit dir Musik hören.“ „Es gibt noch eine Menge anderer Dinge mit denen du dich beschäftigen kannst. Du machst bei der Strandgymnastik mit, kannst ein spannendes Buch lesen. Wir können zusammen nach Brügge oder Gent fahren, und wir können dort ein Museum besuchen.“

Ruth schüttelte den Kopf. „Das sind alles Sachen, die ich machen kann. Aber sie füllen mich nicht aus. Ich brauche eine Herausforderung. Verstehst du?“ „Du bist nicht mehr die jüngste. Du machst dir etwas vor, wenn du glaubst, du könntest noch wie in alten Zeiten mit Ausdauer jeder verdächtigen Spur nachgehen. Überlass das den jüngeren.“ Ruth kicherte. „Ray ist auch schon deutlich über fünfzig. Glaubst du er hat den Elan, den an ihn gestellten Anforderungen gerecht zu werden?“ „Weiß ich nicht. Und es interessiert mich auch nicht. Es ist sein Job, und wir sollten ihm vertrauen.“

Ruth wollte nicht widersprechen. „Ich habe das Gefühl, dir geht etwas anderes durch den Kopf. Etwas, was mit Rays Ermittlungen zusammenhängt.“ Sarah war verlegen. „Ich denke seit einigen Tagen wieder sehr stark an Ben und frage mich, warum er sterben musste. Ich beschäftige mich auch immer wieder mit Lily Weng. Warum hat sie Ben getötet? Sie sagte damals, sie wollte ihm nur einen Denkzettel verpassen, weil er mit ihrer besten Freundin befreundet war. Warum hat sie ihm nicht geholfen, als sie merkte, dass er sich nicht aus dem Wasser retten konnte? Ich glaube ihr nicht.“ „Wir haben damals versucht mit ihr zu sprechen. Sie war krank und wollte oder konnte nichts sagen. Sie wurde verurteilt und kam später in die Gerichtspsychiatrie. Dort wird sie sicher noch einige Jahre verbringen. Willst du mit ihr sprechen?“ Sarah grübelte. „Ich weiß es nicht. Ich will etwas erfahren, weiß aber nicht, ob ich die Wahrheit vertragen kann. Ich habe Angst vor dem Gespräch, bin aber neugierig. Du kennst das Gefühl sicher.“ „Ja, das ist mir nicht neu. Ich kann mir vorstellen, dass dich der Gedanke, mit ihr zu sprechen, quält. Trotzdem willst du dich davon überzeugen, was passiert ist. Du kannst bis heute nicht glauben, dass Ben deshalb sterben musste, weil Lily ihm einen Denkzettel verpassen wollte. Du willst die Wahrheit erfahren. Ich habe auch oft darüber nachgedacht und konnte es nicht begreifen.“

Ruth sah Sarah traurig an und überlegte, ob Sarah weiter darüber sprechen wollte. Manchmal machte Sarah plötzlich dicht, wenn ein Gespräch sie zu sehr belastete. Dies geschah völlig unerwartet. Auch jetzt hatte Ruth das Gefühl, Sarah würde das Gespräch abbrechen. „Es fällt mir schwer darüber zu sprechen. Aber wenn ich nicht darüber reden kann, belastet es mich noch mehr.“ „Du musst jetzt keine Entscheidung treffen. Wenn du glaubst, einem Gespräch mit Lily gewachsen zu sein, sag es mir. Ich werde dich begleiten. Und ich habe auch die Hoffnung, dass ein Gespräch dir helfen kann. Vielleicht kannst du etwas für dich klären.“ Sarah räusperte sich. „Ich kann Lily nicht verurteilen. Sie ist krank und hat aus einem Affekt gehandelt. Ich will doch nur wissen, warum Ben sterben musste.“ Sarah war sehr erregt. Deshalb wechselte Ruth das Thema.

„Ich werde gleich einkaufen gehen und dann will ich bei der Zeitung vorbeischauen und fragen, ob sie in ihrem Archiv ältere Artikel zu den Ermittlungen im Mordfall Grace haben.“ „Bei welcher Zeitung?“ „Bei den Oostende

Nieuws.“ „Wenn dich das interessiert, mach das. Ich habe einen Einkaufszettel geschrieben. Wenn dir noch was anderes einfällt, kannst du es auch noch kaufen.“ Ruth überflog den Zettel. „Du willst eine Gemüsepfanne machen?“ „Ja, habe Lust auf Auberginen und Zucchini.“ „Gute Idee, dann brauchen wir noch Käse und Kartoffeln.“ „Ja, habe ich vergessen. Und falls du noch frische Kräuter findest …“ Ruth zog ihre Schuhe und ihren Mantel an. Sie überlegte, ob sie Sarah mit ihren Sorgen allein lassen konnte. Manchmal hatte sie Sarahs Stimmung falsch eingeschätzt und hatte Sarah später in einer sehr schlechten Verfassung vorgefunden.

„Ich bin in spätestens zwei Stunden wieder da. Ist das okay?“ „Ja, mach dir keine Sorgen. Es ist gut, dass ich über Ben reden konnte. Ich glaube, es tut mir gut, wenn ich etwas Zeit für mich habe.“ „Mach keine Dummheiten“, erinnerte Ruth ihre Freundin. „Nein, darauf kannst du dich verlassen.“ Ruth lachte und legte ihre rechte Hand zärtlich auf Sarahs Rücken. Dann verließ sie die Wohnung und ging die Treppe nach unten. Sie lief in Richtung Langestraat und begegnete einer Bekannten, die sie gelegentlich bei der Morgengymnastik traf. „Hallo Fanny, einige Zeit nicht gesehen.“ „Hallo Ruth, ich muss bei der Wetterlage etwas vorsichtig sein. Gerade bei der nasskalten Witterung holt man sich schnell eine Erkältung. Das Training ist gut, aber ich brauche danach immer einige Zeit, bis ich zu Hause bin und warm duschen kann. Da bist du im Vorteil. Du gehst aus dem Haus, rennst hundert Meter und schon bist du am Strand. Die Lage ist einmalig. Ich wäre froh, ich würde auch so vorteilhaft wohnen.“ Ruth lachte. „Das stimmt. Ich habe es Sarah zu verdanken, dass sie die Wohnung vor langer Zeit gekauft hat und mich bei ihr wohnen lässt.“

„Wie geht es Sarah?“ „O, alles in Ordnung. Sie ist gesund. Ich werde die Einkäufe erledigen. Wir machen einen Gemüsetag.“ „Genau das richtige zur Stärkung der Muskeln in dieser Jahreszeit.“ Nach fünf Minuten verabschiedete sich Ruth. Sie hatte es eilig. Bevor sie die Einkäufe erledigte, ging sie zur Oostende Nieuws. Sie war gespannt, ob in deren Archiv noch ältere Artikel über die Ermittlungen in dem Mordfall zu finden waren.

Kurz vor vier Uhr nachmittags betrat sie das Verlagsgebäude in der Nähe des Casinos und ließ sich von dem Pförtner den Weg zur Zeitungsredaktion beschreiben. Im zweiten Stock betrat sie die Räume der Redaktion und wurde freundlich empfangen. „Ich bin Ruth Pauls und suche nach älteren Artikeln zu Ermittlungen im Mordfall Grace Mill.“ Kyra Fonkel, eine Reporterin der Zeitung, sah sie erstaunt an. „Warum interessieren Sie sich gerade für diesen Fall? Das ist doch schon vor zwanzig Jahren passiert.“ „Aber bisher noch nicht aufgeklärt worden“, ergänzte Ruth. Kyra nickte. „Ich habe vor zehn Jahren über die polizeilichen Ermittlungen berichtet und mich gewundert, dass sie so überraschend eingestellt wurden. Das war wirklich komisch.“

Ruth spürte, dass sie genau an die richtige Person geraten war. Jetzt war es wichtig, die richtigen Fragen zu stellen und nicht allzu aufdringlich zu sein. Eine Eigenschaft, die Ruth fehlte. Ruth rieb sich die Stirn. „Wissen Sie, ich bin eine fitte Rentnerin und habe viel Zeit meines Lebens mit allen möglichen nützlichen und weniger nützlichen Recherchen verbracht, Das hält den Geist fit. Und vor einigen Tagen bin ich auf den ungeklärten Mordfall gestoßen.“ Kyra lachte. „Wie kommt es dazu?“ Ruth hatte mit solchen Fragen gerechnet und sich darauf vorbereitet. „Eine Bekannte hat diesen Mordfall in einem Gespräch erwähnt. Wir hatten über ungeklärte Mordfälle gesprochen.“ „Was man so als Rentner macht, wenn das Leben zu langweilig ist“, lachte Kyra. Es war nicht ablehnend, sondern verständnisvoll. „Dann haben Sie anscheinend Verständnis für die Interessen einer umtriebigen Rentnerin?“ „Durchaus. Wie kann ich Ihnen helfen?“ „Ich suche nach Artikeln über die Ermittlungen vor zehn Jahren. Ich habe die Hoffnung, dass einige Artikel archiviert wurden. Stimmt das?“ „Ja, wir haben die meisten Artikel der letzten fünfzehn Jahre archiviert und die der letzten fünf Jahre digitalisiert. Damit sind Sie frei verfügbar.“ „Großartig“, freute sich Ruth.

Kyra führte Ruth in das Archiv. Ein sehr heller Raum im Gegensatz zu den Archiven, die Ruth bisher gesehen hatte, und die meistens in einem Kellerraum untergebracht waren. Kyra ging zielstrebig zu einer hinteren Reihe der Regalwand. Sie fischte eine Mappe aus dem Regal, die als Mordfall Grace Mill bezeichnet worden war. Sie gab Ruth die Mappe zur Ansicht. „Wir legen für Themen, die von besonderem Interesse sind, Einzelmappen an, um auf dem Laufenden zu bleiben. So kann der Reporter sofort einen lückenlosen Einblick bekommen. Wir achten darauf, dass sämtliche Neuigkeiten enthalten sind. Manchmal fügen wir sogar Artikel anderer Zeitungen dazu.“ „Das ist erstaunlich“, lobte Ruth. „Ich hätte nicht gedacht, dass an der Aufklärung dieses Mordfalls so ein großes Interesse besteht.“

Kyra lächelte. „Berichte über Verbrechen verkaufen sich immer gut. Unsere Leser brauchen etwas Spannendes, und gerade dann, wenn die Polizei im Dunkeln tappt, rätseln sie mit, wer der Mörder ist. Ihnen scheint es ähnlich zu gehen.“

Ruth lächelte. „Ja, so ist es. Kommen denn oft Leute her, die sich für diese Mappe interessieren?“ Kyra überlegte. „Nein, eher selten. Ich kann mich nicht erinnern, dass mal jemand nach der Mappe gefragt hat. Bevor wir jemandem die Mappe zur Einsicht geben, notieren wir den Namen des Interessenten und verlangen eine Gebühr von zehn Euro. Das hält die meisten davon ab. Akzeptieren Sie die Bedingungen?“ Ruth tat so, als würde sie überlegen. Es war nie von Vorteil, ein besonderes Interesse zu zeigen. Besser war eine vornehme Zurückhaltung.

Kyra wartete geduldig. Sie glaubte nicht daran, dass Ruth unter diesen Umständen die Akte sehen wollte. „Kann ich dann auch ein paar Seiten aus der Mappe kopieren?“ „So viel Sie wollen. Wenn Sie selbst kopieren kostet die Kopie pro Seite zwei Euro. Wenn wir es machen fünf Euro.“ „Okay, ich akzeptiere die Bedingungen.“ Plötzlich hatte es Ruth eilig. „Wo kann ich meinen Namen und meine Adresse eintragen? Wer erfährt davon, dass ich die Mappe gesehen habe? Wo kann ich Kopien machen?“

Kyra war überrascht von Ruths schnellem Entschluss. „Sie sind wirklich einverstanden?“ Zum Beweis für ihre Zustimmung gab Ruth Kyra ihren Ausweis und vierzig Euro. „Das ist es mir wert. Stimmt so.“ Kyra lachte und gab Ruth die Akte. Ruth setzt sich an einen Tisch und blätterte durch die Akte. Interessant waren vor allem die letzten Seiten. Warum wurden die Ermittlungen damals abgebrochen und gegen wen richtete sich der Verdacht? Sie hatte nichts verlernt, obwohl sie schon über fünf Jahre Rentnerin war. Schnell fand sie die wichtigen Stellen und ging gezielt zu den Ergebnissen und Beurteilungen. In den Berichten wurde ein Tim Porter als früherer Freund von Grace erwähnt, gegen den bereits nach der Tat vor zwanzig Jahren ermittelt wurde. Er konnte sich entlasten, aber nach Einschätzung der Kommissare verhedderte er sich in Widersprüche. So war jedenfalls die Einschätzung des damals leitenden Kommissars W.

„Kennen Sie den Kommissar W?“, fragte Ruth. Kyra lachte. „Klar, ich habe immer wieder mit ihm gesprochen. Anfangs war er gesprächig. Das hat sich aber irgendwann schlagartig geändert. Dann hat er sämtliche Auskünfte verweigert. Wahrscheinlich hat er Ärger von oben bekommen. Ich schätze, er war nicht verantwortlich für den Abbruch der Ermittlungen.“ „Und kennen Sie Tim Porter?“ „Nein, angeblich war er plötzlich verschwunden. Es gab eine Suchmeldung, die wenige Tage später zurückgenommen wurde.“ „Dann wurde er wahrscheinlich gefunden und konnte die Widersprüche aufklären.“ „Das könnte sein. Aber ich bin mir nicht sicher.“ „Warum?“ „Weil die Polizei dann mitgeteilt hätte, warum die Ermittlungen erneut eingestellt wurden.“ „Das haben sie nicht gemacht?“ „Nein, da wurde einiges unter den Teppich gekehrt.“

Tausend Fragen gingen Ruth durch den Kopf. Doch sie wurde durch einen Anruf von Sarah unterbrochen. Ruth meldete sich. „Bist du noch beim Einkaufen?“ „Nein, es wird noch etwas dauern. Unterhalte mich gerade mit einer Reporterin der Nieuws.“ „Okay, bring bitte noch etwas Lauch und Stangensellerie mit.“ „Mach ich. In einer Stunde bin ich zurück.“ „Werden Sie erwartet?“, fragte Kyra. „Ja, ich wollte eigentlich nur vorbeischauen. Ich hatte nicht die Hoffnung, etwas zu finden. Ich werde einige Seiten kopieren. Wenn es Ihnen nichts ausmacht, komme ich bald wieder.“ „Klar, lesen Sie alles in Ruhe durch. Wenn Sie Fragen haben, rufen Sie an.“ Kyra gab Ruth den Ausweis zurück und drückte ihr eine Visitenkarte in die Hand. Ruth kopierte acht Seiten aus der Akte und gab die Akte zurück. Dann verabschiedete sie sich und bedankte sich bei Kyra für deren Geduld. „Gerne, kommen Sie wieder, wenn es Fragen gibt."

Ruth verließ die Redaktion und eilte zurück zur Langestraat, wo sie einkaufen wollte. Nach zwei Stunden war sie wieder in der Wohnung und präsentierte Sarah frischen Stangensellerie und eine Flasche Bordeaux. Auch die anderen Lebensmittel hatten sie gekauft und durfte sich auf ein Lob von Sarah freuen. „Konntest du etwas erreichen?" „Klar, du siehst doch, ich habe alles besorgt wie du es gewünscht hast." Sarah kicherte. „Du weißt genau, was ich meine." Ruth tat so, als würde sie nichts verstehen, obwohl sie genau wusste, was Sarah meinte. Aber sie wollte sich mit Informationen zurückhalten. „Na sag schon, was du erfahren hast. Oder hast du es vergessen?"

Beide mussten lachen, weil sie sicher waren, Ruth könnte alles vergessen, aber nicht interessante Informationen für eine spannende Ermittlung. „Ich glaube nicht, dass es dich interessiert. Ich habe eine Reporterin getroffen, die vor zehn Jahren über den Fall berichtet hat, und sie hat mir eine Mappe mit vollständigen Artikeln zu dem Fall gezeigt. Ich habe einige wichtige Seiten kopiert." „Dann hat sich der Weg zur Zeitung gelohnt", erwiderte Sarah und konnte ein Schnaufen nicht unterdrücken. „Wahrscheinlich bist du die nächsten Tage mit der Auswertung beschäftigt." Ruth zuckte unentschlossen mit den Achseln. „Wer weiß? Jetzt kochen wir und danach üben wir für den Möwenchor. Wenn ich danach nicht zu müde bin, werde ich noch einige Artikel lesen." Sarah lächelte. Es fiel ihr schwer, Ruth zu glauben.

So, wie sie Ruth kannte, war sie ungeduldig und brannte darauf, endlich Licht in die Sache zu bekommen. Ruth wollte nach Einschätzung von Sarah eine gewisse Gleichgültigkeit vortäuschen, um sich nicht rechtfertigen zu müssen.

Sarah ließ nicht locker. „Du hast mehr erfahren, das weiß ich.“ Ruth setzte sich und trank einen Schluck vom Rotwein, den sie vor einigen Minuten geöffnet hatte. Dann bot sie Sarah ebenfalls Rotwein an. „Versuch nicht abzulenken. Pack endlich aus, sag was du erfahren hast. Du brauchst keine Rücksicht zu nehmen und musst mich nicht auf die Folter spannen. Ich kann einiges ertragen.“ „Gut, wenn du es unbedingt wissen willst. Kyra, die Reporterin, zeigte mir ihren letzten Artikel, den sie vor zehn Jahren geschrieben hat. Sie hatten nach einem Tim Porter, dem früheren Freund von Grace, gesucht. Er war verdächtig, weil er widersprüchliche Aussagen gemacht hatte. Kurz darauf wurden die Ermittlungen eingestellt. Kyra sagte, sie könne nicht verstehen, warum die Ermittlungen eingestellt worden waren.“ „Wahrscheinlich hatten sie Tim Porter gefunden und der Verdacht hat sich nicht bestätigt?“ „Das dachte ich auch. Kyra hatte Zweifel.“

„Wie schätzt du Kyra ein?“ „Sie hat auf mich einen aufgeweckten, kritischen und intelligenten Eindruck gemacht. Sie wirkt sehr sportlich und gewissenhaft. Ich schätze sie auf Mitte dreißig. Könnte mich aber irren.“ „Du glaubst ihr also?“ „Ich habe keinen Grund, an ihrem Verstand oder ihrer Offenheit zu zweifeln. Sie hat einen vernünftigen, interessierten Eindruck hinterlassen.“ „Na, dann wirst du jetzt nach Tim Porter suchen. Schließlich muss es einen Grund geben, wenn sie die Ermittlung nach zehn Jahren wieder aufnehmen.“ Ruth stand auf. „Jetzt kochen wir, dann essen wir und üben für den Chor. Was ich danach mache, entscheide ich später." Sarah nickte, sie wunderte sich zwar über Ruths geheimnisvolle Art, aber sie dachte sich nichts dabei. Mit Sicherheit würde Ruth spätestens morgen darüber jammern, wie schwer es sei, Tim Porter zu finden.

10

Die Kommissare Ray Maertens und Vinz Maes warteten auf Braan. Er sollte um neun Uhr zu einer Befragung ins Präsidium kommen. Um zehn nach neun wurde Ray ungeduldig. „Entweder nimmt er es mit der Pünktlichkeit nicht so ernst, oder er hat Angst etwas auszuplaudern." „Oder beides. Wir haben die wesentlichen Daten zu Tim Porter. Es wird ihm nicht gelingen, wichtige Daten zu vernichten. Wichtig ist, wie er uns seine Lügen begründet. Er war bei unserem Abschied gestern sehr nervös und gereizt." Ray lachte. „Kein Wunder. Er hat nicht damit gerechnet, dass wir uns sämtliche Daten zu Tim Porter auf seinem Rechner ansehen und dann alles auch noch ausdrucken."

Kurz vor halb zehn Uhr klopfte jemand zaghaft an der Tür. Ray bat Braan in das Büro und zeigte auf einen Stuhl. Braan setzte sich verlegen und schüchtern auf den Stuhl. Er erwartete Fragen der Kommissare. Aber Ray und Vinz warteten ab. Sie musterten ihn. Braan erschien ängstlich und angespannt. „Wollen Sie etwas trinken?", begann Vinz höflich und deutete auf eine Flasche Selters, die auf dem Tisch stand. „Ja, wäre gut", erwiderte Braan. Vinz füllte ein Glas mit Wasser und schob es zu Braan. Braan trank einen Schluck und wischte sich über die Lippen. „Bitte stellen Sie

Ihre Fragen, damit ich zur Arbeit gehen kann." „Wir warten auf eine Erklärung für Ihr gestriges Verhalten. Was haben Sie sich eigentlich dabei gedacht, uns zu täuschen. Haben Sie wirklich geglaubt, wir würden die Versicherung verlassen, ohne uns selbst zu überzeugen."

„Ich habe Porter mit einer anderen Person verwechselt. Das war ein Fehler, den ich bereits gestern eingeräumt habe. Was wollen Sie noch?" „Das war erst der Anfang. Tim Porter hatte nach Ihren Unterlagen vor zehn Jahren einen Unfall. Seit dieser Zeit zahlt die Versicherung monatlich über fünfhundert Euro. Wann hat sich zuletzt einer Ihrer Kollegen von Porters Gesundheitszustand überzeugt? Auf welches Konto wird das Geld gezahlt? Wo wohnt Porter? Wenn Sie uns befriedigende Antworten auf diese Fragen geben, vergessen wir den Unsinn, den Sie uns gestern erzählt haben. Aber diesmal bitte gleich die Wahrheit. Versuchen Sie nicht wieder, uns zu täuschen."

Braan sah Ray verlegen an. „Erwarten Sie nicht zu viel. Die Ermittlungen Sind Ihre Sache, und ich sehe keinen Anlass, Ihnen dabei zu helfen." Rays Geduld war am Ende. „Junger Mann, passen Sie gut auf, was Sie sagen. Sonst setzen Sie sich vielleicht dem Verdacht aus, ein Verbrechen zu unterstützen oder sogar daran mitzuwirken." Braan schnaufte. „Ich habe Tim Porter nie gesehen. Vor zehn Jahren wurde uns der Unfall gemeldet. Wir haben die Kosten des Krankenhauses gezahlt und danach Krankengeld. Nach einer ärztlichen Bescheinigung war Porter nicht arbeitsfähig und pflegebedürftig. Jedes Jahr wurde erneut die Krankheit und die daraus folgende Behinderung bestätigt. Schwere Beeinträchtigungen, die eine Pflege erfordern." Braan deutete auf die ärztlichen Bescheinigungen, die sich in der Akte befanden. Ray und Vinz überflogen die Arztberichte. „Haben Sie mit dem Arzt gesprochen, oder hat sich ein Kollege mal selbst über den Zustand von Porter vergewissert?"

„Was verlangen Sie von uns? Wir müssen den Angaben der Ärzte vertrauen, solange wir keine berechtigten Zweifel haben. Wir haben nicht die Zeit, alles zu überprüfen." Vinz lachte. „Das glaube ich nicht. Meine Nachbarin hat Besuch eines Mitarbeiters der Krankenversicherung bekommen, weil sie zwei Monte krank war." „Dann ist sie sicher aufgefallen, vielleicht saß sie abends in Bars oder hat an einem Tauchkurs teilgenommen." „Okay, haben Sie das Konto überprüft, auf das gezahlt wurde?" „Wir haben an das Konto gezahlt, das uns Porter mitgeteilt hat. Und seine Adresse hat sich seit fünfzehn Jahren nicht geändert." Ray bohrte nach. „Und es kamen Ihnen zu keinem Zeitpunkt Zweifel?" „Nein. Wir haben über tausend Versicherte. Wir können, im Gegensatz zu Ihnen, nicht jedem Versicherten nachspüren."

„Ich glaube Ihnen nicht. Nicht nach dem Theater, das Sie gestern veranstaltet haben. Es sah gestern danach aus, als wollten Sie uns etwas verheimlichen. Warum haben Sie uns nicht freiwillig die Daten gegeben?", fragte Ray. „Ich war gestern nervös." „Nein, das war es nicht. Sie erweckten den Eindruck, als würde etwas mit Porters Versicherung nicht stimmen." „Das ist eine Unterstellung. Jetzt haben Sie alles, was Sie brauchen. Mehr kann ich Ihnen nicht sagen." „Gut, wir werden Sie im Auge behalten. Sobald wir Unregelmäßigkeiten entdecken, werden wir Sie erneut aufsuchen. Und dann können Sie sich warm anziehen und einen Anwalt nehmen", wetterte Ray. Ihm war Braans Verhalten weiterhin völlig unerklärlich, aber er sah keinen Grund, ihn weiter in die Mangel zu nehmen. Noch nicht. Braans verabschiedete sich und verließ das Kommissariat. Beim Verlassen sagte er noch: „Ich bitte Sie im Interesse unserer Versicherten um eine gewisse Vertraulichkeit. Es sind sensible Daten." „Darauf können Sie sich verlassen", entgegnete Vinz.

Ray und Vinz atmeten tief durch, nachdem Braan gegangen war. „Irgendetwas ist faul an der Sache", empörte sich Ray. „Ich kann das Verhalten dieses aufgeblähten Heinis nicht verstehen. Das hat nichts mit fehlender Kooperation zu tun. Der will etwas unter den Teppich kehren." Vinz nickte. „Lass uns zu den Porters fahren. Nach den Unterlagen ist Tim Porter bei ihnen gemeldet."

Nach zwei Stunden standen die Kommissare vor dem Haus der Porters. Es brannte Licht im Haus und es war zu erkennen, dass eine Werbesendung im Fernsehen lief. Deshalb waren die Kommissare sicher, jemanden anzutreffen. Sie klingelten und klopften an der Haustür und warteten geduldig. Nach fünf Minuten verstärkten sie das Klingeln und Klopfen. Plötzlich öffnete sich das Fenster und Wim Porter streckte seinen Kopf heraus. „Sie werden wohl keine Ruhe geben. Was wollen Sie denn schon wieder. Ich haben Ihnen schon dreimal gesagt, dass ich nicht weiß, wo Tim steckt."

Ray war auf großen Widerstand gefasst. Trotzdem gab er sich ruhig und sachlich. „Wir haben sämtliche Auskünfte von der Krankenversicherung. Danach wohnt Tim bei Ihnen und bekommt seit zehn Jahren Geld von der Versicherung. Sagen Sie endlich die Wahrheit." Wim Porter war sehr aufgebracht. „Verfluchte Bande, lasst uns endlich in Ruhe." „Wollen Sie, dass die ganze Nachbarschaft von Ihrem Betrug erfährt?", schaltete sich Vinz ein. Wim schloss das

Fenster, nach drei Minuten öffnete er die Haustür. Die Kommissare sahen Wim Porter an. Wollte er sie eintreten lassen? Porters grimmiger Blick verriet nicht, was er dachte. Einige Sekunden verharrten sie vor der Tür und warteten auf eine Aufforderung, in das Haus zu kommen.

Ray gab seinem Kollegen zu verstehen, dass man geduldig abwarten muss. Nach einer Minute forderte Porter die Kommissare auf, ihm in das Haus zu folgen. Er war wütend und alles steuerte auf eine Auseinandersetzung hin. Ray und Vinz betraten vorsichtig das Haus, bereit, sich sofort gegen einen körperlichen Angriff zu wehren. „Wo ist Ihre Frau?“, fragte Ray, um die Situation zu entkrampfen. „Sie ist einkaufen“, knurrte Wim Porter. „Was haben Sie da gerade über die Versicherung gesagt?“, schrie er die Kommissare an und wandte sich an Ray. „Ach so.“ Ray überreichte ihm einen Ausdruck der Versicherungsdaten über die Zahlungen an Tim Porter. Wim Porter überflog die Blätter und gab sie zurück. „Und? Was habe ich damit zu tun?“ Ray lachte. „Die Zahlungen gingen auf Ihr Konto. Das haben wir überprüft. Warum haben Sie verschwiegen, dass Sie seit Jahren Geld von der Versicherung erhalten?“ „Das geht Sie nichts an.“

Ray, der nach Absprache mit Vinz, das Gespräch mit Wim übernommen hatte, wartete, ob Porter noch etwas sagen wollte. Wim Porter setzte sich auf seinen Sessel und schaltete den Fernseher ein. Er beachtete die Kommissare nicht. Ray stellte sich demonstrativ vor Porter und versperrte ihm die Sicht. „Sagen Sie uns endlich, welches Spiel Sie spielen. Sie kassieren seit Jahren Leistungen der Krankenversicherungen und behaupten, nicht zu wissen, wo Ihr Sohn ist. Das passt nicht zusammen.“ „Natürlich weiß ich, wo mein Sohn ist. Aber das geht Sie nichts an“, polterte Porter. „Doch. Und Sie wissen genau, dass wir erst Ruhe geben, wenn Sie es uns gesagt haben.“ Vinz nickte, um der Forderung seines Kollegen Nachdruck zu verleihen.

„Okay“, brummte Porter, „mein Sohn hatte vor zehn Jahren einen schweren Unfall. Seitdem muss er gepflegt werden. Er kann nicht stehen, laufen und selbständig essen. Wir haben ihn nach Bulgarien gebracht, weil die Pflege hier zu teuer wäre.“ „Sagen Sie uns, wo er dort gepflegt wird. Dann überprüfen wir es“, erwiderte Ray freundlich. Ray glaubt Porter kein Wort. Porter, der mit den Zweifeln der Kommissare gerechnet hatte, stand auf und humpelte zu einem Schrank, der in der Ecke des Zimmers stand. Daraus nahm er einen Umschlag und warf ihn verärgert auf den Tisch. „Dann überprüfen Sie es.“ Vinz nahm den Umschlag und zog einige Blätter heraus. Er las flüchtig und gab sie Ray.

„Ihr Sohn lebt in Sofia und wird von einer Frau Julia Sezkov gepflegt. Sie haben ihr Anfang des Jahres fünfhundert Euro überwiesen. Für die Pflege?“ „Natürlich, was glauben Sie denn. Jeden Monat erhält sie diesen Betrag.“ Ray notierte sich die Adresse und die Kontodaten von Julia Sezkov. „Wie oft rufen Sie Frau Sezkov an? Sprechen Sie auch mit Ihrem Sohn? Oder fahren Sie selbst mal nach Sofia?“ „Was geht Sie das an?“, raunzte Wim Porter. „Sie mischen sich in mein Privatleben ein, mehr als nötig. Sie haben die Adresse, wo mein Sohn betreut wird. Mehr brauchen Sie nicht. Und verschwinden Sie endlich“, brüllte Wim. Sein Gesicht war von Wut und Zorn errötet und es war zu erwarten, dass er sich in den nächsten Sekunden zu einer Gewalttätigkeit hinreißen ließ. Vinz beobachtete genau jede seiner Bewegungen und hatte sein Pfefferspray griffbereit. Ray gab ein Zeichen zum Aufbruch. Kurz darauf verließen die Kommissare die Wohnung. Ray versicherte: „Wir kommen wieder. Beste Grüße an Ihre Frau.“

Vor dem Haus atmeten die Kommissare tief durch und beschlossen, zur Beruhigung ein Bier in einer Bar zu trinken. Der Eindruck der letzten Minuten musste verdaut werden. In der Nähe fanden sie eine Bar und setzten sich in eine hintere Ecke. Schweigend saßen sie vor ihrem Jupiler und aßen Fritten. Es dauerte fünf Minuten bis sich Ray räusperte. „Ich hatte mal einen Bekannten, der einen guten Job hatte. Von einem auf den anderen Tag hat er gekündigt und sich dem Glücksspiel gewidmet. Anfangs hat er öfter gewonnen, aber eine richtige Glückssträhne hatte er nicht. Immer wieder hat er nach einem Gewinn alles am gleichen Abend wieder verloren. Trotzdem gab er nicht auf und verschuldete sich. Seine Familie, seine Frau und die drei kleinen Kinder, litten darunter. Er beschwichtigte sie dann und beteuerte, bald auf einen großen Gewinn zu stoßen. So wie die Goldgräber, deren einzige Hoffnung darin besteht, nach Jahren der Entsagung endlich belohnt zu werden. Er gewann einige Tage später und brachte den Kindern den teuersten Kuchen. Seine Frau und die Kinder glaubten, alles würde sich nun zum Guten wenden. Das war der Anfang vom Ende.“ Vinz lachte bitter. „Solche Geschichten könnte ich auch erzählen. Ich kenne nicht nur einen, dem so was passiert ist.“

Ray nickte. „Ja, die Versuchung ist groß, auf schnellem Weg Kohle zu machen.“ „Warum fällt dir gerade jetzt die Geschichte ein. Hast du an Wim Porter gedacht? Meinst du, er ist ein Spieler?“ „Ich habe das Gefühl, dass er alles versucht, uns zu täuschen. Immer dann, wenn wir ihm auf die

Schliche kommen, zieht er etwas aus dem Versteck, wie eine Spielkarte, die noch in seinem Ärmel steckte. Ich glaube ihm kein Wort. Trotzdem müssen wir seinen Behauptungen nachgehen und ihn widerlegen.“ Vinz rieb sich die Stirn. „Seine Geschichte hört sich gut an. Der Sohn hatte einen schweren Unfall, kann nicht von seinen Eltern gepflegt werden. Eine Pflege in Ostende wäre zu teuer, also bringt man ihn nach Bulgarien und zahlt einen äußerst mickrigen Betrag. Für das Geld kannst du dir hier gerade eine Assistentin für zwei Stunden täglich leisten.“

Ray nickte. „Trotzdem treibt er ein übles Spiel mit uns. Ich vermute, Braan hat ihn gestern angerufen und ihm gebeichtet, dass wir von dem Unfall seines Sohnes und den Zahlungen der Versicherung erfahren haben.“ „Das ist naheliegend. Wir hätten eine Überwachung von Braans Telefon beantragen sollen.“ Ray schüttelte den Kopf. „Das hätte nichts gebracht. Du glaubst doch nicht im Ernst, dass Braan Wim Porter von seinem Handy anruft. Er geht zu einer Telefonzelle, besucht Porter oder schickt ihm einen Brief.“ „Oder sie treffen sich in einer Bar. Wir müssen aufpassen, noch können wir Braan nichts vorwerfen. Falls die Geschichte von Porter stimmt, hat er nichts falsch gemacht. Die Versicherung zahlt die Leistungen und es interessiert sie nicht, wie das Geld verwendet wird. Wir können auch Wim Porter keinen Vorwurf machen, wenn sein Sohn tatsächlich in Sofia gepflegt wird.“ Ray war nachdenklich. „Aber warum verheimlicht er, dass sein Sohn in Bulgarien gepflegt wird. Das hätte er doch gleich sagen können. Ich habe das verdammte Gefühl, etwas wird unter den Teppich gekehrt. Und es hat mit dem Mord an Grace zu tun. Da bin ich mir sicher.“ Vinz nickte. „Anders kann ich es mir auch nicht erklären.“

Sie fuhren zurück in das Kommissariat. Auf dem Gang begegnete ihnen Theo. „Hallo Kollegen, man sieht euch kaum. Arbeitet ihr noch an dem Mordfall Grace?“ „Ja, mit Hochdruck.“ „Und gibt es neue Ergebnisse?“ „Wir sind immer noch auf der Suche nach Tim Porter“, antwortete Ray. „Macht nicht den Fehler, euch allein auf ihn zu konzentrieren.“ „Aktuell gibt es keinen anderen Verdächtigen“, beteuerte Ray. Vinz stimmte ihm zu. Theo zweifelte, wollte aber nicht widersprechen. „Mehr als drei Wochen habt ihr nicht. Dann müsst ihr wieder andere Untersuchungen durchführen. Wir können nicht für einen Mord, der zwanzig Jahre zurückliegt so viel Zeit opfern.“ Eine klare Ansage. Ray hatte es erwartet.

Die Kommissare gingen in ihr Büro und ließen Theo zurück. „Theo macht es sich sehr einfach. Seit zwanzig Jahren ist der Mord an Grace nicht aufgeklärt und jetzt gibt er uns läppische drei Wochen. Ihm scheint nicht allzu viel an der Aufklärung zu liegen“, machte Ray seinem Ärger Luft. „Anscheinend geht es ihm nur darum, zu zeigen, dass er etwas unternommen hat.“ Vinz lachte. „Wir sollten uns nicht ärgern. Drei Wochen sind eine Menge Zeit. Und wenn er sieht, dass wir eine gute Spur verfolgen, lässt er sicher mit sich reden.“

11

Kommissar Dimitri Shoikov, der in Sofia für Verbrechen mit Auslandsberührung zuständig ist, war von Kommissar Ray Maertens gebeten worden, nach Julia Sezkov zu suchen. Der vierzigjährige, korpulente Shoikov war zuerst zurückhaltend. Erst nachdem ihm Ray Einzelheiten geschildert hatte, erklärte er sich bereit, unter der von Ray angegebenen Adresse nach Julia Sezkov zu suchen. „Es ist nicht mehr als eine Routineüberprüfung", erklärte Ray und fügte hinzu: „Wir haben das Gefühl, angelogen zu werden. Frau Sezkov soll nach Angaben eines Verdächtigen seit zehn Jahren dessen Sohn pflegen. Klingt alles sehr unwahrscheinlich, trotzdem bleibt uns nichts anderes übrig, als seine Angaben zu überprüfen." Shoikov ließ sich Zeit, und erst nach einer förmlichen Anfrage im Wege internationaler Rechtshilfe und einem Rüffel seines Vorgesetzten, bequemte er sich, zu der Adresse von Frau Sezkov, am Rande der Stadt zu fahren, und Erkundigungen anzustellen.

An einem nasskalten, grauen Novembertag parkte Shoikov seinen Golf vor einem in die Jahre gekommenen Hochhaus, dem jeglicher Glanz abhandengekommen war. Der Putz bröckelte an vielen Stellen und Wandschmierereien waren nur notdürftig übermalt worden. Eine Unmenge Dreck lag wohl seit einiger Zeit neben umgestürzten Einkaufswagen vor dem Haus. Bei einigen Fenstern war das Glas herausgebrochen, mit Kartons waren sie abgedichtet worden. Shoikov wurde schon bei dem Anblick von außen übel. Und er konnte sich vorstellen, dass es im Inneren nicht besser aussah. Er regte sich über die Stadtverwaltung auf, die es zuließ, dass Wohnungen in solchen Drecklöchern überhaupt vermietet wurden. Die Menschen, die dort wohnen mussten, taten ihm leid.

Shoikov war es gewohnt, in solchen Behausungen zu ermitteln, und er wusste, was ihn erwartete. Ein kaum lesbares

Klingelschild, was nicht auf dem neuesten Stand war. Namen von Personen, die schon vor Jahren ausgezogen waren, wurden, wenn überhaupt, durchgestrichen oder überklebt. Neue Bewohner machten sich nicht die Mühe, ihren Namen so zu schreiben, dass er auf Anhieb gelesen werden konnte. Wozu das Ganze, wenn man nicht wusste, wie lange man hier bleiben würde? Für viele war es tatsächlich nicht mehr als eine Notunterkunft, eine Übergangslösung, bis man etwas Besseres gefunden hatte. Manchmal dauerte es über fünf Jahre. Schlechter konnte es nicht werden. Andere schämten sich, dass sie hier gelandet waren und gaben deshalb ihren Namen nicht an. Und hier sollte seit zehn Jahren ein pflegebedürftiger, gelähmter Mann Mitte vierzig betreut werden? Eigentlich kaum vorstellbar. Trotzdem war es nicht unmöglich. Wenn eine Familie in Belgien auf die Idee kam, ihren kranken Sohn in Bulgarien zu geringen Kosten pflegen zu lassen, war daran an sich nichts anstößig. Und der Zustand des Hauses und der Wohnungen sagte schließlich nichts über die Pflege aus. Er hatte viele Pflegerinnen kennengelernt, die sich unter äußerst widrigen Bedingungen für ihre Betreuten einsetzten. Sie taten manchmal mehr, als von ihnen verlangt wurde zu einem Hungerlohn, der kaum zum Überleben reichte.

Stoikov richtete seinen Blick auf das verdreckte Klingelschild. Selbst für geübte Menschen wie Briefträger oder Paketzusteller durfte es schwer sein, den richtigen Namen zu finden. Fünf Minuten studierte er aufmerksam die etwa vierzig Namen. Einige Namen waren mit der Hand geschrieben und kaum lesbar. Er konnte den Namen Sezkov nicht finden und war kurz davor, aufzugeben. Eine Bewohnerin, die aus dem Haus kam fragte er. Aber mehr als ein Schulterzucken war nicht drin. Er nahm sich vor, geduldig zu warten und noch zehn Minuten vor dem Haus nach Bewohnern Ausschau zu halten. Kurz bevor er abbrechen wollte, sah er eine Briefträgerin, die sich dem Haus näherte. Sie trottete sehr langsam in seine Richtung. Wahrscheinlich bereitete sie sich gedanklich auf die schwerste Aufgabe an diesem Arbeitstag vor. Sie zog einen Bündel Post aus ihrem großen Fahrradkorb und ordnete die Briefe.

Stoikov näherte sich ihr, zeigte seinen Dienstausweis und bat um ihre Hilfe. „Können Sie sich daran erinnern, Post bei Frau Sezkov eingeworfen zu haben?“ Die Postbotin dachte nach. „Der Name kommt mir nicht bekannt vor. Aber ich will nicht ausschließen, ihr mal einen Brief eingeworfen zu haben. Wohnt sie schon länger hier?“ „Angeblich seit zehn Jahren.“ „Dann müsste sie mir aufgefallen sein. Ich kann mir nicht vorstellen, wie jemand hier seit zehn Jahren wohnen kann.“ Die Postbotin betrachtete das Klingelschild und die Briefkästen und versuchte, sich zu erinnern. „Ich glaube, sie wohnt im dritten Stock links. Manchmal werfe ich Päckchen mit Medikamenten bei ihr ein. Ich habe noch nie bei ihr geklingelt und sie noch nie gesehen.“

Die Briefträgerin zeigte auf einen Briefkasten. Stoikov las den Namen auf dem Briefkasten: 3lSez. Mehr nicht. Warum kürzte jemand, der Sezkov hieß, seinen Namen ab? Gab es einen Grund für die Abkürzung? Wollte Frau Sezkov unerkannt bleiben? Hatte sie etwas zu verbergen? Dieses unscheinbare Hochhaus war alles andere als das Tor zur Welt. Warum also diese Verschleierung? Die Briefträgerin sah Stoikov verlegen an. „Stimmt was nicht?“ „Doch, doch. Ich wundere mich nur, warum Frau Sezkov Ihren Namen abkürzt. Wie sind Sie darauf gekommen, dass es Frau Sezkov sein könnte?“ Die Frau zuckte verlegen mit den Schultern. „Weiß ich nicht. Nach den internen Berechnungen darf ich nicht länger als fünf Minuten täglich vor dem Haus verbringen, sonst schaffe ich meine Arbeit nicht und es kommen Beschwerden.“ „Und wenn es in fünf Minuten nicht gelingt, den richtigen Namen zu finden, wird das Päckchen eben irgendwo eingeworfen. Auf gut Glück.“ Die Briefträgerin lachte verlegen. „Ich hoffe, Sie werfen mir das nicht vor.“ Dabei sah sie auf ihr Handy. Sie stand unter Zeitdruck.

Stoikov nickte verständnisvoll. „Ich kann mir vorstellen, unter welchem Druck Sie stehen. Einerseits die Aufgabe korrekt zu erledigen und andererseits pünktlich die Post zu bringen.“ „Ja, es gibt genaue Vorgaben, bis wann die Post bei den Bewohnern sein soll. Die beschweren sich, wenn man sie ihnen eine halbe Stunde zu spät bringt. Dann gibt es Abzüge vom Lohn.“ „Würde ich mir nicht gefallen lassen.“ „Sie haben gut reden. Ich bekäme die Kündigung, und am nächsten Tag würde ein anderer die Tour machen.“ „Vielen Dank. Ich will Sie nicht länger aufhalten.“ Stoikov gab ihr fünf Euro, die sie nicht annehmen wollte. Aber Stoikov bestand darauf. Die Briefträgerin bedankte sich und eilte sich, die Post zu verteilen. Nach drei Minuten war sie fertig und verabschiedete sich.

Stoikov hatte die passende Klingel gefunden. Wieder die Abkürzung: 31Sez. Warum auch immer? Wahrscheinlich kommt nie Besuch und es fällt niemandem auf, dachte er. Oder sie will eben nicht gefunden werden. Er hatte vergessen, nachzuprüfen, ob Frau Sezkov polizeilich gesucht wurde. Dazu bestand auch kein Anlass, beruhigte er sich. Nach den Angaben des belgischen Kommissars deutete nichts auf einen Verdacht gegen diese Frau hin. Oder hatte er etwas falsch verstanden? Er blieb noch kurz vor dem Haus stehen und dachte über die Worte der Briefträgerin nach. Oft hatte er von den beschissenen Arbeitsbedingungen der Postboten gehört, jetzt war er einer begegnet und konnte verstehen, unter welchem Stress sie stand. Und dazu war sie sicher froh über jeden Meter, den sie sich von diesem Haus nach getaner Arbeit entfernen konnte.

Wie gut ging es ihm im Vergleich zu ihr. Keiner beobachtete ihn und gab ihm vor, in welcher Zeit er seine Ermittlungen erledigen sollte. Stoikov zündete sich eine Zigarette an und genoss seine Freiheit. Fünf Minuten später klingelte er bei 31Sez und wartete geduldig. Keine Reaktion. Deshalb überprüfte er, ob die Klingel funktionierte. Er drückte auf die Taste und wartete auf ein schrilles Geräusch. Nein, er täuschte sich nicht, die Klingel war kaputt oder abgestellt. Manche Leute stellen bewusst ihre Klingel ab, wenn sie nicht gestört werden wollen. Weil sie ihren Mittagsschlaf vorziehen, oder grundsätzlich keinen Besuch haben wollen. Das war zu akzeptieren, schließlich war niemand verpflichtet, eine funktionierende Klingel vorzuweisen. Eben doch anders als beim Rauchmelder, dessen fehlende Funktion zu einem Bußgeld führte. Wenigstens hatte Frau Sezkov durch die Angabe 31 eine gewisse Orientierung gegeben, und die Haustüre stand offen.

Also nach oben. Der Aufzug war kaputt, kein Wunder. Berechtigt die Frage, ob er seit einem Monat, einem Jahr oder noch nie funktionierte. Das herauszufinden wollte Stoikov anderen Personen überlassen. Vielleicht wäre eine Befragung der älteren Bewohner angebracht. Stoikov ging durch das unsaubere Treppenhaus nach oben, begleitet von lauter fetziger Musik in jeder Etage. Ein Klangbrei voller Disharmonie. Seine Ohren schmerzten wie bei einem Metall Konzert in der ersten Reihe. Erst beim Übergang vom zweiten in den dritten Stock wurde es harmonischer. Plötzlich hörte er klare und eindrucksvolle Orgelklänge, so als wollte jemand dem Lärm etwas entgegensetzen. Stoikov verharrte kurz vor den letzten Stufen zum dritten Stock und atmete befreit durch. Selten hatte er sich so gefreut, der Lärmhölle zu entrinnen. Er hätte es nicht für möglich gehalten, solche harmonische, klaren Klänge hier zu hören. Er war auf der Suche nach den besonderen Tönen.

Er klopfte an die Tür, aus der er die Orgelmusik hörte. Es dauerte einige Sekunden bis ihm eine junge Frau, die er auf Ende zwanzig schätzte, öffnete. Sie war erstaunt, dass jemand den Weg zu ihr gefunden hatte. Trotzdem wirkte sie freundlich. Stoikov stellte sich vor. „Ich suche einen Herrn Tim Porter. Stimmt es, dass er von Ihnen gepflegt wird?“ Frau Sezkov, die sich ebenfalls vorgestellt hatte, räusperte sich nachdenklich. „Wer will das wissen?“ „Es ist eine Bitte der belgischen Polizei. Das Kommissariat in Ostende, einer Stadt an der belgischen Küste interessiert sich für ihn. Warum kann ich Ihnen nicht sagen?“ Julia Sezkov bat Stoikov in die Wohnung. Es bot sich ihm eine angenehme, etwas sterile Atmosphäre. Hohe Wände und große Fenster. Schnell war zu erkennen, dass die Wohnung der Pflege kranker Menschen diente. Der Geruch nach Puder, nach Creme.

„Wir pflegen überwiegend schwerstpflegebedürftige Menschen. Es muss immer jemand da sein, der sie unterstützt“, erklärte Julia Sezkov. Stoikov war beeindruckt von der Ruhe, die die Wohnung ausstrahlte. In einem Zimmer lagen zwei ältere Menschen in ihren Betten. In einem anderen

Raum lag eine etwas jüngere Frau in einem Pflegebett. In einem dritten Zimmer befanden sich Packungen mit Windeln und einige Kisten Fruchtsaft und Wasser. In der Ecke befand sich ein Bett. Julia Stoikov hatte die Musik leiser gestellt. „Die Musik trägt zur Beruhigung bei“, erklärte sie. Stoikov nickte. Er konnte sich vorstellen, wie die Menschen hier gepflegt wurden. „War Herr Porter bei Ihnen zur Pflege?“, hakte er nach. „Ja, ich habe ihn bis vor einem halben Jahr gepflegt. Dann kam er ins Krankenhaus und ist dort gestorben“, erwiderte die Pflegerin. „Haben Sie es seinen Eltern mitgeteilt?“ Verlegen sah Julia Stoikov auf den Boden. „Ich gehe davon aus, sie sind vom Krankenhaus benachrichtigt worden.

Stoikov spürte, dass weitere Fragen unangenehm waren. Deshalb wollte er sich zurückhalten. Er ließ sich die Adresse des Krankenhauses geben und verabschiedete sich. Er fuhr zu dem Krankenhaus und fragte bei der Patientenaufnahme nach Tim Porter. Trotz längerer Suche konnte der Name in den Unterlagen nicht gefunden werden. Er wurde gebeten, die Schreibweise des Namens und das Geburtsdatum zu überprüfen. Kein Erfolg. Ein Tim Porter war in den letzten Jahren nicht aufgenommen und behandelt worden. Verärgert verließ Stoikov das Krankenhaus und bat Frau Sezkov zu überprüfen, ob Tim Porter tatsächlich in dem von ihr genannten Krankenhaus behandelt worden war. „Ja, ich bin mir sicher. Er wurde dort aufgenommen“, erklärte Julia Sezkov.

Stoikov sah es als sinnlos an, ein weiteres Mal die Mitarbeiter des Krankenhauses um Überprüfung zu bitten. Er konnte sich nicht vorstellen, dass es zu einem anderen Ergebnis führen würde. Er ärgerte sich. Warum hatte er Julia

Sezkov geglaubt? Sie hatte ihn mit wenigen Worten dazu gebracht, ihrem Vorschlag zu folgen. Er ärgerte sich auch über sich selbst. Warum hatte er ihr blind vertraut und war direkt zum Krankenhaus gefahren? Ein Anruf hätte genügt. Auch dann wäre ihm dasselbe gesagt worden. Kurz vor drei Uhr nachmittags fuhr er zurück in sein Büro. Er wollte überlegen, was zu tun sei. Schließlich konnte er seine Kollegen in Belgien nicht damit abspeisen, Tim Porter sei vor einem halben Jahr von Julia Sezkov ins Krankenhaus gebracht worden. Dort sei über seine Aufnahme und Behandlung aber nichts bekannt.

Er kratzte sich an der Stirn. Ihm kam ein starker Verdacht. Eine Stunde später stand er wieder vor dem Hochhaus. Jetzt ging er zielstrebig nach oben und achtete nicht auf die Geräusche, die ihm aus den Stockwerken entgegenkamen. Er blendete sämtliche anderen Eindrücke aus. Auch die harmonischen Orgelklänge konnten ihn nicht mehr berühren. Verärgert klopfte er an die Wohnungstür. Wütend und verärgert sah er Julia an, als sie die Türe öffnete. „Was für ein Spiel wird hier gespielt?“ Julia spürte seinen aufgestauten Ärger und versuchte ihn zu beruhigen. „Konnten Sie im Krankenhaus nichts über ihn erfahren?“, gab sie sich erstaunt. „Nein, und Sie wissen auch warum?“

„Das kann nicht sein, er wurde dort vor einem halben Jahr behandelt. Sicher. Er ist dort gestorben. Das haben sie mir gesagt.“ „Nein. Bitte hören Sie auf mit den Lügen. Entweder ist Tim Porter bei Ihnen gestorben oder ...“ „Oder was?“, stammelte Julia. Sie zitterte am ganzen Körper. Obwohl Stoikov zornig war, empfand er plötzlich Mitleid mit Julia. Es fiel ihm schwer, sie zu verurteilen, auch wenn sie ihn angelogen hatte. Julia bat ihn in die Wohnung und forderte ihn auf, leise zu sprechen, damit sich die von ihr gepflegten Menschen nicht aufregten. „Bitte beruhigen Sie sich und sprechen langsam und leise. Die Menschen können keinen Lärm und Aufregung vertragen.“ Es widerstrebte Stoikov innerlich, ihr zu folgen. Trotzdem musste er zugeben, dass es die Falschen traf, wenn er jetzt ungezügelt seinem Ärger freien Lauf lassen und poltern würde. Er nahm sich vor, ruhig und sachlich zu bleiben.

„Sie sagten, Tim Porter wäre von Ihnen gepflegt worden. Im Krankenhaus wurde er nicht behandelt. Ich habe Sie gebeten, nachzuprüfen, ob er in das Maria Hospital kam. Sie waren sich sicher. Dort ist er nie angekommen und jedenfalls nicht behandelt worden. Also gibt es nur zwei Möglichkeiten: Entweder ist er bei Ihnen gestorben, oder er wurde nicht von Ihnen gepflegt. Sagen Sie endlich die Wahrheit.“ Julia zitterte und war bleich. „Es stimmt. Tim Porter war nicht hier. Sein Vater hat mir Geld gegeben. Dafür sollte ich angeben, dass Tim Porter von mir gepflegt wird. Bisher hat es geklappt, wurde aber auch kaum überprüft. Was haben Sie vor?“

Stoikov überlegte. So, wie Julia ihm die Wahrheit gebeichtet hatte, hatte er es sich vorgestellt. Aus ihrem Mund hörte es sich allerdings so an, als wäre daran nichts auszusetzen. „Wir haben das Geld der Porters für die Pflege gebraucht“, fügte sie hinzu. „Welche Absprache haben Sie mit den Porters getroffen?“ „Wir sollten alle im Glauben lassen, ihr Sohn würde von uns gepflegt werden. Wenn herauskommt, dass es nicht stimmt, müssen wir das Geld zurückzahlen.“ „Nein, das werde ich mit den Porters klären“, widersprach Stoikov energisch. Er lächelte verständnisvoll. Julia konnte er keinen Vorwurf machen. Freundlich verabschiedete er sich.

Er atmete tief durch, nachdem er das Hochhaus verlassen hatte. Auf den letzten Stufen nahm er den Lärm aus den Wohnungen wieder wahr und erinnerte sich an die wohltuenden Klänge aus Julias Wohnung. Er versuchte zu begreifen, was er erlebt hatte. Wie sollte er Julias Aussage einordnen? Machte sie bei einem bösen Spiel mit? Was wusste sie über Tim Porter? Und was über seine Eltern? Er sah beim besten Willen keine Verstrickung in ein Verbrechen. Eher verstand er Julias Bereitschaft eine Geldquelle auszubeuten. Was war ihr vorzuwerfen? Niemand hatte sie bisher nach Tim Porter gefragt, niemand in Sofia interessierte sich für Tim Porter. Es war die Beteiligung an einem Betrug gegenüber der belgischen Krankenversicherung. Und die würden sich in erster Linie an Wim Porter halten. Also musste sich Julia vorerst keine Sorgen machen.

Schwieriger war es für Wim Porter, die Sache zu erklären. Stoikov überlegte, wie es Wim Porter gelungen war, Julia Sezkov zu finden und sie skrupellos für seine Interessen zu missbrauchen. Natürlich hätte Julia seine Bitte ablehnen und ihn anzeigen können. Aber dann war die Versuchung, etwas Geld zu bekommen und es für die Pflegebedürftigen zu verwenden, doch größer. Stoikov konnte ihr keinen Vorwurf machen. Selbst ihre anfängliche Lüge, mit der sie versucht hatte, das Gebäude vor dem Einsturz zu bewahren, wog nicht so schwer, dass er sich ärgerte. Er hatte einen Tag verbraucht, den er sinnvoller hätte nutzen können. Aber auch das wollte er nicht überbewerten. Wie oft hatte er solche Tage, an denen er seine Schuhe und seinen Verstand abnutzte, ohne etwas zu erreichen.

Stoikov fuhr zurück in sein Büro und machte einen Vermerk. Bevor er ihn an das Kommissariat in Ostende sendete, hielt er es für sinnvoll, mit Kommissar Ray Maertens zu telefonieren. Ray lachte schallend, als er von Stoikovs Ermittlungen erfuhr. „Genau das habe ich mir gedacht. Vielen Dank für Ihre Nachforschungen“, lobte Ray in englischer Sprache Stoikovs Bemühungen. Damit war die Sache für Stoikov erledigt. Er legte eine CD mit Orgelmusik auf und genoss die harmonischen Klänge. Alles andere als Hochhausmusik.

Draußen wurde es dunkel und eine feuchte Kälte drückte auf die Stadt. Er dachte über die Stille nach, die er in der Wohnung von Julia Sezkov empfunden hatte. Unvorstellbar, dass es in einem Hochhaus, das nie zur Ruhe kommt, einen Platz gibt, der so viel Wärme und Behaglichkeit ausstrahlt. Der dem Leiden der Mensch so viel an Ruhe und Geborgenheit entgegensetzt. Stoikov verharrte in seinen Gedanken. Wenige Minuten später wurde er durch einen Anruf von Kommissar Maertens unterbrochen. „Tut mir leid, Sie zu stören. Haben Sie sich davon überzeugt, dass Tim Porter nicht doch in der Wohnung ist? Kann Frau Sezkov nachweisen, Geld von Wim Porter bekommen zu haben, ohne Tim Porter zu pflegen?“ Stoikov war irritiert. Warum diese Fragen? Glaubte Maertens seinen Angaben etwa nicht? „Kommissar Maertens, ich bin verwundert. Mein Eindruck war klar und eindeutig. Und ich habe keine Zweifel an Frau Sezkovs Angaben. Wenn Sie mir nicht glauben, überzeugen Sie sich selbst.“ Ray Maertens spürte Stoikovs Ärger. „Nein, ich habe keine Zweifel. Aber es wäre besser, wenn wir handfeste, sichere Beweise für Porters Lügen haben. Ich unterstelle Ihnen keine Nachlässigkeit. Keinesfalls.“ „Schon gut, wenn es Ihnen hilft, werde ich Julia Stoikov bitten, nach einem Beleg über den Geldeingang zu suchen. Vielleicht findet sie sogar eine Nachricht von Porter." „Ja, das wäre sehr hilfreich. Vielen Dank für Ihre Unterstützung." Ray beendete das Gespräch.

Stoikov rieb sich die Stirn. Eigentlich hatte er sich nach Erledigung seines Jobs auf einen geruhsamen Feierabend eingestellt. In Gedanken war er in seiner beheizten Wohnung bei einem warmen Tee und anregender Barockmusik. Aber er konnte auch den belgischen Kommissar verstehen, dessen weitere Ermittlungen davon abhingen, ob man Porter der Lüge überführen konnte. Und dazu brauchte er wasserdichte Beweise. Wie würde es ihm gehen, wenn er an seiner Stelle stünde? Er brauchte nicht lange für eine Entscheidung. Und schließlich wurde auch nicht zu viel von ihm verlangt. In einer Stunde, vielleicht zwei, konnte er sich vergewissern und Julia Sezkov fragen, ob sie eine schriftliche Bitte von Porter erhalten hatte, eine Pflege seines Sohnes zu bestätigen. War doch nicht unwahrscheinlich, und auch nicht unwahrscheinlich, dass sie sich für den Ernstfall absichern wollte. Sobald aus irgendwelchen Gründen der Betrug gegenüber der Versicherung aufgeflogen war, würde man sich zuerst an sie halten.

Stoikov stand eine halbe Stunde später wieder vor dem Hochhaus. Auf ein Neues. Er durchquerte das Treppenhaus und stieg leichtfüßig die Stockwerke nach oben. Der Lärm im Hausflur war lauter und durchdringender geworden. Anscheinend waren einige Bewohner von der Arbeit oder vom Einkaufen zurück und entspannten bei Heavy Metal oder House Music. Wie konnte man so was nur aushalten ohne durchzudrehen. Sicher, auch er hatte manchmal das Bedürfnis, fetzigen Rock zu hören. Aber nach zwanzig Minuten hatte er genug. Auf die Dauer blieb nur der Lärm haften, der ihn nervös machte. Vor der Wohnungstür angekommen, hörte er wieder zarte Orgelklänge und tippte auf einen Choral von Bach. Er klopfte und wartete geduldig. Julia Sezkov öffnete ihm, begrüßte ihn freundlich und bat ihn in die Wohnung.

„Ich dachte es wäre alles geklärt." „Ja, aus meiner Sicht schon. Der belgische Kommissar bat mich, nachzufragen, ob es eine Nachricht von Porter gibt, die er ihm unter die Nase halten kann. Wissen Sie, was ich meine?" „Klar, Sie wollen ihn zur Strecke bringen. Muss das sein? Da ziehen Sie mich unnötig mit rein. Die werden gegen mich ermitteln, weil ich mitgemacht habe. Und dann verliere ich meine berufliche Existenz. Was soll dann aus den armen, kranken Menschen werden? Ich glaube nicht, dass sie so schnell wieder was finden." Stoikov sah Julia betroffen und nachdenklich an. „Daran habe ich nicht gedacht. Ich werde jedenfalls den Kommissar bitten, Sie da herauszuhalten. Ich werde mich für Sie einsetzen und betonen, dass Sie sich keiner Schuld bewusst sind. Dass er eine Notlage ausgenutzt hätte und Sie das Geld für die Pflege verwendet hätten. Ich versichere Ihnen, alles zu tun, was in meiner Macht steht.

Julia rümpfte die Nase. „Wer weiß, ob das hilft? Ich bezweifle nicht, dass Sie mir helfen wollen. Aber meistens trifft es die Schwachen. Porter wird sich irgendwie aus der Schlinge ziehen können und einige Beamte bestechen. Aber die Polizei wird sich auf mich stürzen. Mein guter Ruf ist dann dahin, nur weil ich Geld angenommen habe, um zu bestätigen, dass Tim Porter von mir gepflegt wird. Erklären

Sie mir bitte, was ich rechtlich oder moralisch falsch gemacht habe." „Sie haben an einem Betrug gegenüber der Krankenkasse mitgewirkt. Und Sie haben mir gegenüber falsche Angaben gemacht." „So? Was hätte ich denn machen sollen?" „Sie hätten Wim Porter anzeigen können." Julia lachte. „Meinen Sie, es hätte sich ein Polizist in Sofia für meine Anzeige interessiert?" „Was hätten Sie gesagt, wenn die belgische Krankenversicherung sich nach Tim Porter erkundigt hätte?" „Das haben Sie nicht. Deshalb habe ich mir keine Gedanken darüber gemacht."

Stoikov lachte. Irgendwie erschien ihm Julias Antwort zu einfach. „Sie haben sich niemals die Frage gestellt, was Sie antworten würden, wenn man Sie nach Tim Porter fragen würde?", fragte er ungläubig. „Nein, ich hatte nicht damit gerechnet. Bis Sie heute gekommen sind. Warum soll ich mir den Kopf über solche Dinge zerbrechen? Es gibt Wichtigeres zu tun." Ein älterer, bettlägeriger Mann rief Julia. Julia wandte sich ab, ohne Stoikov zu beachten, half dem Mann, sich im Bett aufzurichten und gab ihm seine Schnabeltasse. Der Mann trank durstig und fiel danach wieder erschöpft auf seinen Rücken. Julia deckte ihn zu und fühlte seine Temperatur. Stoikov, der scheu vor dem Raum wartete und Julias Pflege beobachtete, war beeindruckt von der Geduld, mit der sie sich dem Mann widmete.

„Sie können ruhig eintreten. Sie stören niemanden. Vielleicht hilft es Ihnen, wenn Sie sich selbst von dem Schicksal dieses Mannes überzeugen." Stoilov ging vorsichtig und leise in den Raum. Er nickte anerkennend. „Ich bin mir sicher, dass Sie einen wichtigen Beitrag leisten." Julia wartete, bis der alte Mann eingeschlafen war. Dann ging sie mit Stoikov wieder ins Wohnzimmer. „Ich mache Ihnen einen

Vorschlag. Ich muss noch Medikamente besorgen. Ich kann die Menschen nicht alleine lassen. In dieser Zeit bleiben Sie hier und versorgen die kranken Menschen. Wird schon nichts passieren. In einer halben Stunde bin ich zurück. Dann werde ich nach der Nachricht von Wim Porter suchen, falls Sie dann noch darauf bestehen."

Stoikov war beeindruckt von der resoluten Art wie Julia auftrat. Sie hatte ihn mit ihrem selbstbewussten und sicheren Auftreten verunsichert. Er konnte ihr nicht widersprechen. „Also?" „Gut, ich warte, bis Sie zurückkommen. Und ich werde mich um die Patienten kümmern." „Danke." Julia zog sich ihre Stiefel und den Mantel an und verließ die Wohnung. Stoikov brauchte etwas Zeit, um zu begreifen, auf was er sich eingelassen hatte. Jetzt hatte er, wenn auch nur für kurze Zeit, Verantwortung übernommen. Er ging in die Pflegezimmer und beobachtete die Menschen, die schwer atmeten. Ein älterer Mensch lächelte ihn aus seinem Bett an. „Sind Sie die Vertretung?" „Nur solange, bis Frau Stoikov die Medikamente geholt hat", erwiderte Stoikov vorsichtig. „Danke für die Unterstützung. Können Sie mir das Kissen richten?", krächzte der ältere Mann.

Stoikov schüttelte das Kissen und legte dann den Kopf des Mannes auf das Kissen. Wenige Minuten später kehrte Julia zurück. Sie legte die Medikamente auf den Tisch. „Was glauben Sie, was die Medikamente kosten?" „Keine Ahnung." „Fast so viel, wie das, was ich von Porter bekommen habe." Julia ging zu einem Schrank und nahm ein Schreiben aus einer Mappe. Sie gab das Schreiben Stoikov. „Diese Mail hat er mir geschrieben. Reicht das?" Stoikov las den englischen Text. Eine Anfrage, ob es möglich sei, den Aufenthalt von Tim Porter zur Pflege bei Julia zu bestätigen. Im

Gegenzug wollte er fünfhundert Euro zahlen. Nicht mehr und nicht weniger. Stoikov war erschüttert von der Skrupellosigkeit und Hartnäckigkeit des Schreibens. Was dachte sich dieser Mensch? „Brauchen Sie eine Kopie?“, unterbrach Julia die Stille. „Ja. Und ich versichere Ihnen, ich werde Sie aus der Sache heraushalten. Ich werde alles dafür tun.“ Julia übergab ihm eine Kopie. „Ich vertraue Ihnen.“ Stoikov bedankte sich und verließ die Wohnung. Er fuhr nach Hause und dachte den ganzen Abend über diesen Tag nach. Am nächsten Tag faxte er Ray Maertens Porters Mail an Julia und forderte ihn auf, sämtliche Ermittlungen gegenüber Julia zu unterlassen. Darauf bestand er. Ray bedankte sich und versicherte ihm, Julia in Ruhe zu lassen.

12

Kyra Fonkel hatte sich über Ruths Besuch gewundert. Warum war Ruth daran interessiert, ob der Mord an Grace aufgeklärt worden war? Zwanzig Jahre waren es her, dass man Grace tot aufgefunden hatte. Kyra hatte den Verdacht, dass neue Erkenntnisse vorlagen. Zuletzt waren die Ermittlungen vor zehn Jahren abgebrochen worden, weil Tim Porter nicht gefunden werden konnte. Sie konnte sich nicht vorstellen, dass die Ermittlungen wieder aufgenommen worden waren, wenn Tim Porters Aufenthalt immer noch unbekannt war. Sie hatte vor zehn Jahren regelmäßig für die Zeitung über den Fall berichtet. Es war eine ihrer ersten Reportagen, die sie als junge Reporterin gemacht hatte. Und sie hatte sich sehr intensiv damit beschäftigt. Weil sie von den Kommissaren nur sehr dürftig unterrichtet worden war, hatte sie selbst Gespräche mit dem Vater von Grace und den Eltern von Tim Porter geführt.

Es war äußerst schwer, mit den Eltern von Tim Porter ins Gespräch zu kommen. Sie waren äußerst misstrauisch und verweigerten anfangs jede Auskunft. Nur mit viel Hartnäckigkeit war es ihr gelungen, etwas von ihnen zu erfahren. Die Porters meinten, sie hätten den Kommissaren doch schon alles gesagt. Sie wüssten nicht, wohin ihr Sohn gegangen sei. Und schließlich sei ihr Verhältnis nicht sehr vertrauensvoll gewesen. Tim habe gleich nach dem Tod von Grace eine umfassende Aussage gemacht. Er habe mit ihrem Tod nichts zu tun und habe sehr darunter gelitten. Man habe ihm damals geglaubt. Die Porters konnten nicht verstehen, warum die Kommissare wegen kleiner, unbedeutender Unstimmigkeiten in Tim Porters Aussage wieder neu ermittelten. Irgendwann muss doch auch mal Schluss sein, sagten sie. Man solle ihren Sohn endlich in Ruhe lassen und nicht immer wieder alles neu aufwühlen. Tim Porter leide am meisten darunter. Daher sei es doch verständlich, dass er sich abgesetzt habe.

Kyra hatte damals einige Zeit gebraucht, um zu begreifen, warum die Ermittlungen eingestellt worden waren. Umso mehr wunderte sie sich jetzt, wenn jemand Interesse an ihren alten Artikeln hatte. Es kann nicht schaden, wenn ich mich selbst von dem aktuellen Stand überzeuge, sagte sie sich. Sie sprach mit Gerald Pieters, ihrem Chef, darüber. Aber er verzog die Augen. „Das interessiert heute niemanden mehr“, gab er ihr unwirsch und flapsig zur Antwort. „Du solltest dich besser mit aktuellen Themen beschäftigen.“

Kyra konnte sich an eine Bekannte von Jane Porter erinnern, die in der Spalaan wohnte. Mit ihr hatte sie damals ein längeres Gespräch und hatte einiges über die Porters erfahren. Wenn jemand etwas über eine neue Entwicklung wüsste, dann war es Martha Jakobs, versicherte sich Kyra. Sie brauchte nicht lange zu überlegen. Warum sollte sie sich nicht bei Martha Jakobs nach Jane Porter erkundigen? Sie verließ ihr Büro und fuhr zur Spalaan. Falls Martha sich über ihr Interesse wunderte, müsste sie sich etwas einfallen lassen. Damit hatte Kyra keine Probleme.

Martha brauchte einige Zeit, um sich an Kyra zu erinnern. Erst nachdem Kyra nachgeholfen und sie an ihre Besuche vor zehn Jahren erinnert hatte, fiel es Martha wieder ein. „Wir hatten damals über den grausamen Tod von Grace Buur und ihr Verhältnis zu Tim Porter gesprochen“, erinnerte sich Martha. „Dann wurden die Ermittlungen eingestellt“, warf Kyra ein. „Ja, aber ich habe das Gefühl, in den letzten Tagen passiert etwas.“ Kyra sah Martha neugierig an. Durfte sie nachfragen, ohne allzu aufdringlich zu sein? Sie bemühte sich, ihr Interesse in Grenzen zu halten. „Was ist Ihnen aufgefallen?“ Martha überlegte. Sie zögerte mit einer Antwort. „Wenn ich Ihnen jetzt etwas sage, erscheint es in den nächsten Tagen in den „Nieuws“.“ Kyra lachte, um dem Gespräch etwas an Anspannung zu nehmen. „Nicht unbedingt. Wenn es nicht wichtig ist, lohnt sich ein Bericht nicht. Das Interesse an der Aufklärung eines Mordes, der zwanzig Jahre zurückliegt, dürfte sich in Grenzen halten. Da gibt es wichtigere Dinge.“

Martha bot Kyra einen Tee an. Kyra war einverstanden. Sie hatte den Eindruck, Martha wollte ihr etwas anvertrauen, wusste jedoch nicht, ob sie darüber reden durfte. Deshalb war es ratsam, eine angenehme und vertrauensvolle Atmosphäre zu schaffen. „Wenn Sie nicht darüber reden können oder wollen, ist es auch okay. Vielleicht ist es nicht von Bedeutung“, wiegelte Kyra ab. „Nein, das ist es wahrscheinlich nicht. Ich habe in den letzten Tagen einige Männer gesehen, die die Porters besuchten. Es kam mir so vor, als kämen sie in einer dienstlichen Angelegenheit. Sahen aus wie Finanzbeamte oder Kommissare.“ Kyra kicherte. „Lässt sich für einen Außenstehenden manchmal nicht so leicht erkennen.“ Martha nickte. „Geht mich ja auch nichts an. Jedenfalls hatte ich das Gefühl, den Porters kam der Besuch nicht sehr gelegen. Wim Porter kann sehr ärgerlich werden, wenn ihm was nicht passt. Und ich hatte den Eindruck, die Männer atmeten durch, nachdem sie gegangen waren. War nur ein kurzer Besuch, vielleicht zehn Minuten.“

Kyra dachte nach. Sie hatte die Hoffnung, etwas zu erfahren und erinnerte sich an eine alte Weisheit: Geduld ist ein Element sorgfältiger Planung. Deshalb wollte sie nicht weiter bohren und abwarten. Es sah danach aus, als hätte Martha noch mehr zu berichten. So kam es auch. „Vor ein paar Tagen ist Jane Porter ausgezogen“, erklärte sie mit ungewohnter Bestimmtheit. Kurz darauf zuckte sie zusammen. Hatte sie etwas ausgeplaudert, was sie nichts anging? Sie sah Kyra schüchtern und verlegen an. „Eigentlich geht's mich nichts an. Aber das wird sicher auch niemanden interessieren.“ Dann lachte Martha über ihre Dummheit. Auch Kyra musste lachen. Kyra wollte nicht zugeben, dass sie den Auszug von Jane Porter für eine bedeutende Angelegenheit hielt. Trotzdem war es besser, das Thema zu wechseln, um später darauf zurückzukommen. Sie sprachen einige Zeit über das Wetter, gestiegene Preise und Urlaube.

Nach zehn Minuten gab Kyra zu erkennen, dass sie aufbrechen wollte. Sie stand auf und verabschiedete sich von

Martha. „Danke für Ihren Besuch“, erklärte Martha, die sich gefreut hatte, weil jemand ihre Einsamkeit für einen Moment unterbrochen hatte. „Ich hoffe, Sie werden nicht in einem Artikel meine Vermutung wiedergeben.“ „Nein“, versicherte Kyra“ , „ich war in der Nähe und dachte an unsere freundliche Gespräche vor vielen Jahren. Ich glaube nicht, dass es etwas Neues zu berichten gibt … Es war abzusehen, dass Jane sich irgendwann von ihrem Mann trennt. Wundere mich, dass sie es dort solange ausgehalten hat.“ „Sie konnte es sich nicht leisten mit ihrer geringen Rente.“ „Ja, so wird es gewesen sein.“ Kyra bedankte sich für den Tee und verließ die Wohnung.

Nachdenklich überlegte Kyra am Abend, ob es sinnvoll war, tiefer in die Sache einzusteigen. Sie hatte damals nach dem Abbruch der Ermittlungen lange gebraucht, um sich damit abzufinden. Sie war in ein tiefes Loch gefallen und hatte das Gefühl, sämtliche Recherchen waren umsonst gewesen. Gleichgültig gingen die Bewohner in Ostende darüber hinweg, dass keine neuen Berichte kamen. Keiner interessierte sich dafür, warum die Polizei nicht weiter ermittelte. Der Mord an Grace wurde ausgeblendet und kam höchstens bei der Erinnerung an spektakuläre Fälle zur Sprache. Bei einem Glas Rotwein zögerte Kyra, die alten Erinnerungen wieder aufleben zu lassen. Trotzdem ließ sie das Gespräch mit Ruth nicht los. Sie hatte genug Menschenkenntnis, um zu erkennen, dass Ruth nicht aus Langeweile und Zeitvertreib in der Redaktion erschienen war. Ruth wollte ihr besonderes Interesse nicht zu erkennen geben, dachte Kyra. Da steckt deutlich mehr dahinter. Kyra nahm sich vor, Ruth morgen anzurufen. Vorsichtig wollte sie ausloten, wo Ruths eigentliches

Interesse lag. Vielleicht wusste Ruth etwas über die zwei Männer, die die Porters aufgesucht hatten.

Mit Wim Porter wollte sie nicht sprechen. Das war vergeudete Zeit. In ihrer Erinnerung war Wim Porter ein misstrauischer, jähzorniger Mann, der nur einen Grund suchte, sich zu prügeln. Er hatte sie bei ihrem letzten Besuch angegriffen und sie mit obszönen Worten beleidigt. Bei Jane Porter war sie sich unsicher. Sie stand nach ihrem Eindruck sehr unter Beobachtung ihres Mannes und widersprach ihm nicht. Das konnte sich geändert haben. Ihr Auszug war wohl ein Hinweis darauf, sich nicht alles gefallen zu lassen. Kyra seufzte und fuhr sich über den Rücken. Sie wollte sich nicht schon wieder in einer Sache verbeißen, die keine Substanz hatte. Ihr Chef hatte ihr klar und deutlich zu verstehen gegeben, dass ihn die Sache nicht interessierte. „Glaubst du wirklich, du könntest Leser finden, die sich für die Aufklärung des Mordes interessieren? Dann schreib lieber über Prominente, die über die Strandpromenade laufen. Schreib, in welche Bars sie gehen und welche Affären sie haben“, waren seine abfälligen Worte.

Nein, das würde sie sicher nicht machen. Sie würde sich nicht auf diese geschmacklose Ebene begeben und damit für alle Zeit ihren Ruf ruinieren. Müde und verspannt fiel Kyra kurz nach drei Uhr nachts ins Bett. Sie träumte schwer und ihr begegneten wieder die unverarbeiteten Momente. Tim Porter, den sie vor zehn Jahren nur einmal kurz gesehen hatte, bevor er verschwunden war. Wim Porter, der einen nachhaltigen Eindruck hinterlassen hatte, und schließlich Jane Porter, die ihr leid tat, weil sie sich nicht gegen die Erniedrigungen durch ihren Mann wehren konnte. Auch Kommissar Wilms, der damals ermittelte, tauchte wieder auf, als wäre die Zeit stehengeblieben. Kyra wachte verstört auf und fuhr sich über die Augen. Sie konnte sich nur an einige Szenen erinnern. Die Worte von Wim Porter, „der Mord wird niemals aufgeklärt werden", blieben jedoch hängen. Ebenso das verächtliche Lachen von Kommissar Wilms, der später aus dem Polizeidienst frühzeitig ausgeschieden war. Was war die eigentliche Bedeutung dieses Traums? War es ein Hinweis mit der Aufforderung, ihm nachzugehen? Sie rieb sich die Augen und konnte nicht mehr schlafen. Sie trank einen Kaffee in der Küche und beschloss, später Ruth Pauls anzurufen. Vielleicht wusste Ruth mehr, als sie zugegeben hatte. Vielleicht gab es neue Ermittlungen und der Auszug von Jane Porter aus der Wohnung hatte damit etwas zu tun.

Kyra wartete bis neun Uhr. Eine ältere Frau konnte man nicht schon um acht aus dem Bett holen. Dann rief sie Ruth an. Ruth meldete sich sofort. Nachdem Kyra ihren Namen genannt hatte, wurde Ruth sofort hellhörig. „Konnten Sie feststellen, ob die Ermittlungen wieder aufgenommen wurden?" „Nein. Ich bin mir nicht sicher. Aber einiges wundert mich. Was wissen Sie über neue Ermittlungen?" Ruth lächelte verlegen und fühlte sich bedrängt. „Ich hatte in einem Gespräch erfahren, dass das Kommissariat in Ostende einen älteren ungeklärten Fall aufrollt und dachte, es wäre der Mord an Grace Buur." „Wer hat Ihnen das gesagt?" Ruth überlegte kurz, was sie antworten konnte. „Ist das wichtig?" „Natürlich", hielt Kyra dagegen. „Wenn es jemand war, der sich wichtigtun wollte, können wir es vergessen." „Nein, es war jemand, dem man glauben konnte."

Eine Weile schwiegen sie. Ruth wartete neugierig auf weitere Fragen. „Bitte sagen sie mir, von wem Sie es erfahren haben“, drängte Kyra. Ruth zögerte. „Warum ist es so wichtig?“ „Sie selbst haben mich auf die Spur gebracht. Bitte sagen Sie mir, woher sie Ihre Information haben.“ „Okay, ich hatte zufällig Kommissar Ray Maertens vom Kommissariat in Ostende getroffen. Hatte schon öfter Gelegenheit, seine Ermittlungen kennenzulernen. Und er meinte, er würde einen alten Fall neu aufrollen. War nicht gerade begeistert.“ „Dann werde ich mich mal an Kommissar Maertens wenden.“ „Aber bitte halten Sie mich aus der Sache raus, wenn es geht.“ Kyra lachte. „Wenn es Ihnen wichtig ist, werde ich Sie nicht erwähnen.“ Ruth bedankte sich. Sie unterhielten sich noch einige Minuten. Am Ende des Gesprächs bat Ruth Kyra, ihr mitzuteilen, falls es eine neue Entwicklung gebe. „Sicher. Ich werde anrufen“, versicherte Kyra, „auch wenn mir nicht klar ist, woher ihr besonderes Interesse kommt.“ Ruth lachte. „Das zu erklären würde zu lange dauern.“ „Na dann“, verabschiedete sich Kyra

Eine halbe Stunde später sprach Kyra mit Kommissar Ray Maertens, über dessen Ermittlungen sie gelegentlich berichtet hatte. Er war ihr als aufgeweckter, zielstrebiger Kommissar in Erinnerung. „Können Sie mir bestätigen, ob der Mordfall Grace Buur wieder untersucht wird?“ „Wir haben die Ermittlungen nie wirklich eingestellt“, war die flapsige Antwort von Maertens. „Warum wollen Sie das wissen?“ „Ich hatte vor zehn Jahren die Ermittlungen mit Reportagen für die „Nieuws“ begleitet. Seit einigen Jahren hatte ich nichts mehr von Ermittlungen gehört und dachte, sie wären eingestellt worden.

Ray schwieg einen Moment. Er überlegte, was er verraten konnte, ohne seine Ermittlungen zu gefährden. „Warten Sie ab, bis eine offizielle Stellungnahme der Polizeibehörde kommt.“ „Dann nehme ich an, Sie ermitteln wieder in der Sache.“ „Glauben Sie, was Sie wollen“, erklärte Ray barsch. Er wollte Kyra nicht davon abhalten, selbst tätig zu werden. „Ich glaube nicht, dass sich noch jemand für diesen Mordfall interessiert. Schließlich liegt das Verbrechen zwanzig Jahre zurück.“ „Aber es wurde noch nicht aufgeklärt.“ „Viele Verbrechen werden nicht aufgeklärt“, wehrte Ray ab. „Was halten Sie davon, wenn ich eine offizielle Anfrage an die Behörde richte?“ Ray lachte zynisch. „Können Sie gerne machen. Aber ich glaube nicht, dass Ihnen das hilft.“ Kyra lachte ebenfalls. „Ja, meine Erfahrungen sind alles andere als gut.“ „Na dann“, beendete Ray das eher einseitige Gespräch.

Kyra rieb sich die Stirn und überlegte, wie Rays Auskunft zu bewerten war. Eine eindeutige Aussage klang anders. Vor allem seine erste Antwort, die Ermittlungen seien zu keinem Zeitpunkt eingestellt worden, ließ aufhorchen. So äußerte sich niemand, der eine Sache als abgeschlossen ansah. Außerdem wunderte sich Kyra darüber, dass Ray nicht, wie sonst üblich, eine konkrete Antwort ablehnte. Sie vermutete, Ray war nicht verärgert, wenn sie wieder in der Sache herumstocherte. Es war beim Kommissariat allgemein bekannt, dass sie selbst Gespräche mit den Verdächtigen geführt hatte. Mit Tim Porter hatte sie einige Tage vor seinem Verschwinden gesprochen. Auch das war der Polizei bekannt, weil sie über das Gespräch anschließend in einem Artikel berichtet hatte. Sie konnte sich gut an die Reaktion der Kommissare erinnern. Sie hatten öffentlich verbreitet, man suche mit Nachdruck nach Tim Porter und er sei zur Fahndung ausgeschrieben worden.

Sie machte sich Notizen von dem Gespräch und entwickelte einen Plan. Auch wenn Pieters, ihr Chef, nicht damit einverstanden war, wollte sie auf eigene Faust zumindest nachforschen, ob Maertens für die Ermittlungen zuständig war und wohin Jane Porter umgezogen war. Sie überlegte sich, ob sie Ruth mit ins Boot holen sollte. Vielleicht war es sinnvoll, eine weitere bisher unbeteiligte Person an der Seite zu wissen, die unauffällig auftreten konnte. Sie rief Ruth an, sagte ihr, sie sei nahezu sicher, dass Maertens in dem Fall ermittle. „Haben Sie Lust, festzustellen, wohin jemand umgezogen ist?“ Ruth war überrascht. Natürlich konnte sie die Bitte nicht ablehnen. Aber Sarah, die sich in ihrer Nähe befand, sollte ihre Bereitschaft, zu helfen, nicht mitbekommen. Deshalb zögerte sie. Kyra teilte ihr noch einiges mit. „Ich werde mir darüber Gedanken machen. Morgen rufe ich zurück.“ Kyra lachte, sie hatte Ruths Interesse bemerkt.

Sarah hatte es eilig. Sie arbeitete seit zwei Wochen ehrenamtlich in einem Hospiz in Ostende. Heute war sie für eine vierstündige Betreuung eingeteilt. „Ich muss los. Wahrscheinlich komme ich am Abend gegen acht Uhr zurück. Falls es später wird, ruf ich an.“ „Dann wünsche ich dir einen guten Dienst. Lass dir Zeit“, erwiderte Ruth. Sarah zog ihre Jacke und die Schuhe an. „Falls du später noch unterwegs bist, kannst du mich anrufen.“ Ruth nickte. Dann verließ Sarah die Wohnung. Ruth sah, wie Sarah schnell über die Promenade in Richtung Bahnhof lief. Dann trank sie etwas Kaffee und setzte sich auf das Sofa. Sie dachte an Kyras Anruf. Was hatte er zu bedeuten? Was erwartete Kyra von ihr.

Kyra war sich sicher, dass Ray Maertens im Mordfall Grace Buur ermittelte. Anscheinend verfolgte er immer noch die Spur von Tim Porter, dessen Aussage widersprüchlich war. Kyra hatte sie gebeten, nach einer Jane Porter zu suchen, die vor einigen Tagen umgezogen war. Und Kyra vermutete, dass sie in ein Apartment an der Strandpromenade gezogen war. Ein Apartment in einem dieser achtstöckigen Hochhäuser in Richtung Midelkerke. Kyra wusste, dass Ruth in der Nähe wohnte und daher schneller an Informationen kam. Ruth konnte nicht abwarten. Sie rief Kyra an. „Sie gehen also davon aus, man sollte nach der Mutter von Tim Porter suchen?“ „Ja, die Ermittlungen konzentrieren sich immer noch auf Tim Porter. Er konnte bisher nicht gefunden werden. Kommissar Maertens hat vermutlich seine Eltern aufgesucht, um zu erfahren, wo er steckt. So wie ich die Eltern einschätze, verweigern sie jedes Gespräch mit Maertens. Aber ich glaube, Tims Mutter, Jane Porter ist gesprächiger, wenn ihr Mann nicht in der Nähe ist. Irgendwas muss vorgefallen sein, sonst wäre Jane Porter nicht ausgezogen. Etwas, was das Fass zum Überlaufen brachte. Verstehen Sie, was ich meine?“

„Ja, das kann ich verstehen. Und jetzt müssen Sie feststellen, wohin Jane Porter gegangen ist?“ Kyra lachte. „Wir sollten uns duzen. Jane war schon vor zehn Jahren diejenige, die schwach und zerbrechlich war. Ihr Mann hat immer genau darauf geachtet, dass Sie nur dann spricht, wenn er in ihrer Nähe ist. Ich bin mir nicht sicher, ob sie in ein Apartment an der Promenade gezogen ist. Nur ein Hinweis, den ich von einer Nachbarin bekommen habe. Mehr nicht.“ Ruth lachte. „Das wird sehr schwer. Ich vermute, es werden an der Promenade über tausend Apartments vermietet. Es gibt einige Agenturen, die die Vermietung für die Eigentümer übernehmen. Gerade jetzt im November sind einige frei. Die

Touristen kommen eher im Sommer und Herbst.“ „Ja, das stimmt. Ich habe mich umgehört. Eigentlich sollte jede Belegung von den Eigentümern gemeldet werden. Aber es wird kaum überprüft, ob sie ihrer Meldepflicht nachkommen. Einfacher ist es bestimmt, wenn ich dir ein Foto von Jane Porter gebe. Du kannst dann bei einem Bummel über die Promenade oder beim Einkaufen die Augen offenhalten. Dir wird sicher etwas einfallen.“

Ruth dachte nach. „Wir können uns vor dem Casino treffen. Dann kannst du mir das Foto geben. Ist es aktuell?“ „Leider nicht. Das neueste Foto, das ich finden konnte, ist fünf Jahre alt. In einer halben Stunde bin ich am Eingang des Casinos.“ „Okay, ich warte auf dich“, erwiderte Ruth. Sie zog ihren Mantel an und kämmte sich die Haare. Dann verließ sie die Wohnung und lief etwa zweihundert Meter zum Casino. Es kam ihr so vor, als würde Kyra bei ihren Nachforschungen sehr auf sie zählen. Einerseits freute sich Ruth über Kyras Anerkennung, andererseits fühlte sie sich etwas bedrängt. Kyra schien erkannt zu haben, wo sie ansetzen musste, um Ruths Interesse zu wecken. Ein Interesse an der Aufdeckung von schweren Straftaten, an der sich andere die Zähne ausgebissen hatten. Ruth spürte den besonderen Reiz und entwickelte sofort Ideen, wie sie die Suche angehen konnte. Kyra würde sich noch wundern, welche Kraft, Ausdauer und Fantasie in ihr steckte, dachte Ruth.

Sie erkannte Kyra aus einiger Entfernung. Kyra wartete ungeduldig am Eingang zum Casino und gab Ruth ein Zeichen. Freundlich begrüßten sie sich und beschlossen, in ein Bistro zu gehen. Ruth hatte zuerst überlegt, Kyra nach Hause einzuladen, hatte sich dann aber anders entschieden.

Sie fanden eine ruhige Ecke in dem Bistro, wo sie sich ungestört unterhalten konnten. „Du willst mich also in deine Recherchen einbeziehen? Schreibst du an einem neuen Artikel?“, fragte Ruth direkt. Kyra lächelte. „Das ist noch nicht entschieden. Mein Chef hält nichts von der Idee, nach zehn Jahren wieder den ungeklärten Mord ins Bewusstsein zu rufen … aber ich wäre schon interessiert. Aber es müssten natürlich Neuigkeiten sein, die die Leser interessieren. Allein die Mitteilung, dass Tim Porter noch nicht gefunden werden konnte, reicht sicher nicht aus. Auch nicht die Wiederaufnahme der polizeilichen Ermittlungen.“

„Und welche Rolle soll ich dabei spielen?“, fragte Ruth herausfordernd. „Das kannst du selbst entscheiden. Wenn du keine Lust hast oder es dir zu gefährlich wird, brauchst du nichts zu machen. Ich werde dich trotzdem informieren. Wenn es dich reizt, selbst bei der Aufklärung mitzuwirken, hätte ich einen Plan.“ Neugierig sah Ruth Kyra an. „Also?“ Ruth spürte, Kyra erwartete von ihr eine schnelle Entscheidung. Kein langes Abtasten. Ruth zögerte. „Nicht so schnell. Ich kann nicht beurteilen, was du erwartest. Erklär mir deinen Plan, dann kann ich mich entscheiden.“ „Kann ich dir vertrauen?“ „Ja, was wir besprechen, bleibt unter uns.“ Kyra war sich unschlüssig und strich sich über die Haare. „Gut. Mein Plan ist folgender: Ich will mit Jane Porter sprechen und hoffe, sie kann mir über Tim Porter Auskunft geben. Vielleicht weiß sie auch etwas über den Mord an Grace Buur, was bisher noch nicht beachtet wurde. Jane hat auf mich vor zehn Jahren einen äußerst schüchternen, distanzierten Eindruck gemacht. Sie stand stark unter dem Druck ihres Ehemanns, der sie nicht zu Wort kommen ließ und sie bei jeder Gelegenheit schroff unterbrach. Wenn ich mit ihr allein sprechen könnte, wäre etwas zu erfahren. Da bin ich mir sicher."

„Und ich soll herausfinden, wo Jane wohnt?" „Das wäre deine Aufgabe. Du könntest unauffällig eine Nachbarin ansprechen, dich als alte Bekannte von Jane vorstellen und dich nach Jane erkundigen. Das dürfte nicht allzu schwer sein, und du würdest dich nicht in Gefahr bringen." Ruth dachte nach. „Das wäre tatsächlich nicht gefährlich. Ich kann es versuchen." Kyra gab Ruth einen Zettel auf dem die Namen einiger Nachbarinnen standen und sagte ihr einiges über Jane Porter, was von Bedeutung war. Außerdem gab sie ihr ein Foto von Jane mit einer etwas älteren Aufnahme. Damit war das Thema erledigt. Kyra und Ruth unterhielten sich noch eine halbe Stunde, tranken einen Kaffee und verabschiedeten sich. „Sobald ich etwas erfahren habe, ruf ich an", schlug Ruth vor. „Bitte sei vorsichtig und teil niemandem die Adresse mit. Auch nicht bei einem Anruf." „Klar", erwiderte Ruth, die sich über Kyras Belehrung ärgerte.

13

Ruth lief nachdenklich in Richtung Zentrum. Die Nachbarn von Jane, deren Adressen ihr Kyra gegeben hatte, wohnten in der Spalaan. Sie wollte mit Martha Jakobs, einer Bekannten von Jane, sprechen. Sie musste erfahren, wohin Jane Porter umgezogen war. Kyra hatte schon mit Martha gesprochen, aber sie nicht danach gefragt, wo Jane jetzt wohnte. Das wäre nach ihrer Einschätzung zu aufdringlich gewesen. Vor allem hatte sie befürchtet, Martha würde Jane vor einem Besuch warnen. So war es an Ruth, Martha in ein Gespräch zu verwickeln und in einem geeigneten Moment die Adresse zu erfahren. Ruth sollte sich als eine alte Bekannte von Jane ausgeben, die Jane seit längerer Zeit nicht gesehen hatte und verwundert über Janes Umzug war. Eigentlich eine einfache Angelegenheit, die schnell zu erledigen war.

Ruth dachte darüber nach, ob die Sache einen Haken hatte, und darüber, ob besondere Vorsicht angebracht war. Kyras besonderes Interesse an einem Gespräch mit Jane durfte nicht auffallen. Kyras Name durfte unter keinen Umständen erwähnt werden. Ansonsten sah Ruth keinen Anlass, besondere Vorkehrungen zu treffen. Es würde ihr nicht schwerfallen, sich als Bekannte von Jane vorzustellen, die Jane zuletzt vor fünf Jahren gesehen hatte. Auf die Frage, woher sie sich kannten, müsste sie sich etwas einfallen lassen. Damit hatte sie kein Problem. Sie musste sich nicht danach erkundigen, warum sich Jane von ihrem Ehemann getrennt hatte. Es war nur wichtig, Janes neue Adresse zu erfahren. Mehr nicht. Auf dem Weg zur Spalaan fielen Ruth Erlebnisse aus ihrer früheren Beschäftigung als Versicherungsagentin ein. Auch damals gab es Situationen, in denen sie verdeckt oder offen mit Nachbarn der Versicherten sprechen musste, um Schadensereignisse zu klären. Solche Situationen waren ihr bekannt, und sie konnte sich nicht erinnern, jemals an besondere Probleme geraten zu sein. Gelegentlich wurde ihr verdecktes Auftreten schnell durchschaut. Dann musste sie ihr Verhalten anpassen. Ruth lachte in Erinnerung an diese Ereignisse. Sie fühlte sich zurückversetzt in alte Zeiten und jetzt zahlte es sich aus, dass sie körperlich und geistig noch sehr beweglich war. Sie hatte nicht das Gefühl, in den letzten Jahren gelitten zu haben und spürte keine Einschränkung. Erfreut über diese Erkenntnis, beschleunigte sie ihre Schritte.

Vor dem Haus, in dem Martha Jakobs wohnte, blieb sie kurz stehen und vergewisserte sich über die Rolle, die sie spielen musste. Sie ordnete sich die Haare und richtete ihren Schal. Nach wenigen Sekunden hatte sie entschieden, dass alles in Ordnung war. Sie klingelte bei Martha und wartete auf eine Reaktion. Schneller als sie erwartet hatte, wurde die Haustür geöffnet und eine helle Stimme begrüßte sie. „Kommen Sie in den zweiten Stock." Ruth ging nach oben und folgte der freundlichen Stimme. Martha Jakobs begrüßte sie und forderte sie auf, in die Wohnung zu kommen. Das wird nicht schwer, ins Gespräch zu kommen, dachte Ruth. Ruth setzte sich auf einen Stuhl am Esstisch. Martha sah sie freundlich an. „Was kann ich für Sie tun? Möchten Sie einen Kaffee?" Ruth lächelte. „Ja, gerne. Ich suche eine alte Bekannte, die ich schon seit Jahren nicht mehr gesehen habe. Ich habe keine Telefonnummer von ihr, sonst hätte ich sie angerufen."

„Oh, das ist traurig. Wohnt sie in der Nähe?" „Ja, früher hat sie schräg gegenüber gewohnt. Aber vor einigen Tagen ist sie ausgezogen, sagte ihr Ehemann." „Meinen Sie Jane Porter?" Ruth nickte. „Wenn ich wüsste, wo sie wohnt, könnte ich Jane anrufen. Wir haben uns lange nicht gesehen." „Ich kann Ihnen die Telefonnummer geben, oder sagen, wo sie wohnt. Habe sie vor zwei Tagen besucht." „Das wäre super. Ich bin nur ein paar Tage in Ostende. Wäre gut, wenn ich Jane noch sehen könnte." Ruth fuhr sich über die Stirn. Bisher war alles gut gegangen. Martha schöpfte keinen Verdacht. „Jane wird sich freuen, wenn Sie sie besuchen. Vielleicht sollten sie vorher anrufen.“ Martha schrieb Janes Telefonnummer auf ein leeres Blatt, das sie aus einem Schreibblock entfernt hatte und gab es Ruth. Ruth zuckte kurz zusammen, eigentlich ging es ihr darum, Janes Adresse zu bekommen. „Falls es mit dem Anruf nicht klappt, schreib ich auch noch die Adresse dazu. Manchmal ist Jane telefonisch nicht zu erreichen.“ Martha schrieb unter die Telefonnummer auch noch Janes Adresse. Ruth bedankte sich. „Das ist sehr freundlich. Jane wird sich freuen, wenn ich sie besuche.“

Ruth sprach noch einige Minuten mit Martha. Sie waren wahrscheinlich im gleichen Alter, nahm Ruth an. Und sie hatten ähnliche Interessen. Als Martha von früher erzählte und erwähnte, dass sie bei einer Versicherung gearbeitet hatte, musste Ruth schmunzeln. „Ich hoffe, Sie haben keine schlechten Erfahrungen mit Versicherungen gemacht“, bemerkte Martha. „Nein, bisher nur gute“, erwiderte Ruth. Eigentlich hätte sie stundenlang über ihre frühere Arbeit sprechen können, aber sie musste aufpassen. Sie dachte über ihren Auftrag nach, und darüber, wie sie Kyra beeindrucken konnte. Nach einer halben Stunde verabschiedete sich Ruth. Martha war traurig. „Schade, dass Sie schon gehen. Wir konnten uns doch gut unterhalten.“ Ruth lächelte. „Vielleicht schaue ich mal wieder vorbei.“ Ruth war die Einsamkeit und Traurigkeit von Martha nicht verborgen geblieben.

Nachdem Ruth das Haus verlassen hatte, atmete sie tief durch. Sie dachte an Sarah, die ebenfalls zurückgezogen lebte und erst durch Ruths Hartnäckigkeit und Lebensneugierde aufgewacht war. Dass sich Sarah nun entschlossen hatte, ehrenamtlich in einem Hospiz zu arbeiten, war ein

Entschluss, den Ruth vor zwei Monaten nicht für möglich gehalten hätte. Sarah hatte aus eigenem Antrieb etwas gesucht, was für sie Bedeutung hatte. Ruth freute sich über Sarahs Entschluss. Sie hatte es nicht eilig, in ihre Wohnung zurückzukehren. Der Tag war dunkel und regnerisch. Trotzdem wollte Ruth sich Zeit lassen und über das Gespräch mit Martha nachdenken. Sie fand ein Bistro in der Nähe des Casinos und beschloss, ein Bier zu trinken und einen Salat zu essen. Sarah würde erst um acht nach Hause kommen und sicher schon gegessen haben.

Am nächsten Morgen trafen sich Ruth und Kyra in der Langestraat. Ruth hatte Kyra am Abend zuvor über das Gespräch mit Martha informiert und ihr Janes Adresse genannt. Kyra beabsichtigte allein mit Jane Porter zu sprechen. Ruth widersprach jedoch energisch. „Ich will an dem Gespräch teilnehmen. Meine Aufgabe ist es nicht, Handlangerdienste für dich zu übernehmen. Da musst du dir einen anderen suchen." Kyra spürte, dass Ruth sehr aufgebracht und kaum zu beruhigen war. Trotzdem hielt sie lange an ihrem Entschluss fest, bis Ruth sie schließlich überzeugen konnte. „Gut, du kannst mitkommen. Aber du musst mir versprechen, dich im Hintergrund zu halten und nicht aktiv einzugreifen. Überlass das Gespräch einer erfahrenen Reporterin." Du eingebildete Kuh, dachte Ruth. Was weißt du schon über meine langjährigen Erfahrungen. Ruth wollte den Streit nicht auf die Spitze treiben. Deshalb gab sie nach.

„Okay, ich halte mich zurück. Du kannst mich als deine Assistentin vorstellen und ich werde mir Notizen machen."
„Ich hoffe, ich kann mich auf dich verlassen", hatte Kyra nochmal erinnert, bevor sie das Hochhaus an der Strandpromenade betraten, in dem Jane nach Auskunft von Martha

wohnte. Jane Porter öffnete vorsichtig und verschlafen die Tür. Sie wirkte sehr geschwächt und bedrückt. Kyra stellte sich vor und erinnerte an das Gespräch, das sie vor zehn Jahren geführt hatten. Jane war wenig überrascht über den Besuch, jedenfalls ließ sie es sich nicht anmerken. Ruhig und gelassen, fast als hätte sie Kyra erwartet, bat sie die beiden Frauen in die Wohnung und zeigte auf eine Sitzgruppe an einem Esstisch.

„Wenn Sie wollen, können wir uns dort unterhalten", schlug Jane vor. Kyra und Ruth setzten sich an den Tisch. Jane kam dazu. Sie wartete auf Fragen von Kyra. Kyra wartete einige Sekunden, bevor sie fragte: „Wie geht es Ihnen?" „Wie soll es mir gehen? Wie Sie wissen, habe ich mich von Wim getrennt. Es war ein Punkt erreicht, an dem ich nicht mehr bleiben konnte." Plötzlich hielt sie inne. „Wie haben Sie von meiner Adresse erfahren?" „Eine Bekannte hat sie mir gesagt", erwiderte Kyra. „Martha?" Kyra zuckte mit den Schultern, sie wollte es nicht bestätigen. Jane konnte sich denken, wer ihr die Adresse verraten hatte, dazu brauchte es keiner Bestätigung. „Ist es ärgerlich, dass sie geplaudert hat?" „Nein, das stört mich nicht. Ist kein Geheimnis. Auch Wim hätte Ihnen die Adresse sagen können, wenn er gewollt hätte. Aber das können Sie vergessen. Der wird sich eher die Hand abhacken, als die Realitäten anzuerkennen … Aber Sie sind sicher nicht gekommen, um mit mir über meine Ehe zu sprechen. Sie kommen, um zu erfahren, wo sich Tim aufhält, und warum die Kommissare wieder ermitteln."

Kyra war erleichtert, als Jane es angesprochen hatte. Sie nickte. „Ja, wir hoffen, Sie können etwas zu Tim sagen. Wir gehen davon aus, auch die Kommissare wollen erfahren, was mit Tim passiert ist." Jane rückte ihren Stuhl etwas zur

Seite, um Abstand zu gewinnen. „Es ist eine traurige Geschichte. Vor zehn Jahren, als wir zuletzt gesprochen hatten, hatte Tim nicht mehr gelebt. Er war einige Tage vorher gestorben. Und ich habe gelogen, so wie ich auch die Kommissare angelogen habe. Kommissar Wilms hat mir geglaubt, oder es war ihm nicht wichtig, die Wahrheit zu erfahren. Jedenfalls hat er die Ermittlungen abgebrochen. Wahrscheinlich hatte er auch noch einen anderen Grund." Kyra war verblüfft, mit welcher Ruhe Jane über diese Ereignisse sprach und ihre Lüge zugab. Zwei Minuten sahen sie sich unbeweglich an.

Kyra war völlig aus dem Konzept geraten. Welche Fragen sollte sie stellen? Was wollte sie noch erfahren? War es sinnvoller zuerst nach den Todesumständen zu fragen, oder sollte sie zuerst fragen, warum Jane vor zehn Jahren gelogen hatte. Ruth saß unbeteiligt in der Nähe und sah sich in der Wohnung um. Wie abgesprochen, wollte sie sich nicht beteiligen. Und es fiel ihr in dieser Situation nicht schwer, sich zurückzuhalten. Soll Kyra mal selbst sehen, wie sie diese Situation löst, dachte Ruth. Unbeweglich und verlegen sah Kyra Ruth an. In diesem Blick lag jedoch keine Aufforderung, sich zu beteiligen. Nur Jane war nicht verlegen. Ruhig und ohne jede Aufregung wartete sie auf weitere Fragen. Erst nachdem Kyra längere Zeit schwieg, räusperte sie sich.

„Was unternehmen Sie jetzt, nachdem Sie die Wahrheit kennen?", forderte Jane Kyra eindringlich auf, etwas zu sagen. „Warum haben Sie gelogen? Ich will Ihnen keinen Vorwurf machen", entschuldigte sich Kyra sofort für ihre Frage. „Sie brauchen keine Rücksicht auf mich zu nehmen. Ich bin nicht so verletzlich, wie sie denken. Und kann einiges ertragen.“ „Gut, wollen Sie darüber sprechen, warum Sie gelogen haben. Oder können Sie sagen, wie Tim gestorben ist?“ „Tim hatte vor zehn Jahren einen schweren Unfall, kurz nachdem er erneut von der Polizei vernommen worden war. Nach dem Unfall war er teilweise gelähmt, konnte kaum laufen und musste gepflegt werden. Vier Wochen nach dem Unfall ist er eine Treppe heruntergestürzt. Angeblich war niemand in seiner Nähe. Ich glaube das alles nicht. Dass er den Unfall allein verursacht hat, will ich nicht leugnen. Aber ich glaube nicht, dass niemand im Haus war, als er stürzte. Sie fanden ihn angeblich eine halbe Stunde später. Aber da war es schon zu spät.“

„Das ist traurig“, versuchte Kyra zu trösten. „Warum wurde Tims Tod verheimlicht?“ „Wim meinte, man könne nach Tims Unfall noch einige Jahre Geld von der Versicherung bekommen. Es brauchte doch niemand zu wissen, dass Tim gestorben ist.“ „Und darauf haben Sie sich eingelassen?“ „Sie können sich nicht vorstellen, wie es mir nach Tims Tod ging. Ich wollte nicht mehr leben. Mir war alles egal. Und dann haben mich Wim und sein Bruder bedrängt. Sie haben meine Schwäche und Trauer eiskalt ausgenutzt.“ „Und später?“ „Später habe ich mich geschämt. Ich war ein anderer Mensch geworden, hatte jeden Sinn verloren und jede Hoffnung aufgegeben. Jeden Tag habe ich mich beim Aufwachen gefragt, warum ich noch am Leben bin. Verdammt.“

Kyra wollte weitere Fragen stellen, spürte aber die Erregung und Niedergeschlagenheit von Jane. Darauf musste sie Rücksicht nehmen. „Es ist alles gesagt. Bitte lassen Sie mich in Ruhe“, forderte Jane flehentlich die beiden Frauen auf, die Wohnung zu verlassen. Sie machte noch eine unverständliche Andeutung zum Mord an Grace. Kyra und Ruth kamen dieser Aufforderung nach, obwohl es schwer war, Jane in diesem desolaten und bedauernswerten Zustand zurückzulassen. „Wenn Sie Hilfe brauchen, begleiten wir Sie zu einem Arzt“, schlug Ruth vor, die Mitleid mit Jane hatte. „Nein, vielen Dank. Ich werde mir schon selbst helfen“, bedankte sich Jane. Kyra und Ruth verließen die Wohnung und gingen vier Treppen nach unten. Vor dem Haus atmeten sie tief durch. „ Die arme Frau, sie tut mir leid … Jetzt haben wir ein paar Dinge erfahren, mit denen wir nicht gerechnet haben. Ich werde morgen Kommissar Maertens darüber informieren“, entschied Kyra, „oder willst du mit ihm sprechen?“ „Es ist besser, wenn du es übernimmst“, erklärte sich Ruth einverstanden. Die Sache war ihr zu heikel.

Kyra verabschiedete sich von Ruth. Sie zog ihre Mütze tief ins Gesicht, um dem nasskalten Wetter zu trotzen. Dann ging sie eilig in ihre Wohnung in der Nähe der Spalaan. Sie verbrachte den Abend damit, einen Artikel zu beenden, der in den nächsten Tagen in den Nieuws erscheinen sollte. Ihr Chef hatte sie aufgefordert, den Artikel, auf den er schon einige Tage wartete, ihm endlich zur Durchsicht zu geben. Ein Artikel über den notwendigen Ausbau weiterer Radwege im Zentrum von Ostende. Sie rieb sich erschöpft die Stirn. In ihren Gedanken war sie bei Jane Porter und ärgerte sich, dass sie ihr nicht helfen konnte. Sie machte sich Vorwürfe. Wie so oft habe ich mich roh und eigensinnig verhalten, nur, um einen fetten Bericht schreiben zu können. Ich muss endlich lernen, die Person hinter der Geschichte zu sehen und auf sie Rücksicht zu nehmen, erinnerte sie sich an eine alte Forderung, die sie sich gestellt hatte. Ermüdet ging sie zum Kühlschrank und nahm eine Bierflasche und einen gewürzten Salat vom Vortag heraus. Sie trank einen Schluck und musste sich zum Essen zwingen. Sie hatte keinen Appetit.

Lustlos schob sie den Teller zur Seite und trank noch einen kräftigen Schluck aus der Flasche. Dann kroch sie in ihr Bett und zog sich die Decke über den Kopf. Trotz Müdigkeit konnte sie nicht schlafen und wälzte sich im Bett herum. Nach einer Stunde nahm sie eine Schlaftablette. Bei Sonnenaufgang, kurz nach acht Uhr, wachte sie auf. Ihr erster Gedanke drehte sich wieder um Jane Porter. Sie musste dringend Kommissar Ray Maertens benachrichtigen, damit er die Sache in die Hand nahm. Jane Porter musste vor ihrem Ehemann und auch vor sich selbst geschützt werden, sagte sie sich. Nach einem starken Kaffee und einem halben Apfel rief sie Ray Maertens an.

Ray nahm wider Erwarten den Anruf sofort entgegen. „Hallo Kommissar Maertens, hier spricht Kyra Fonkel, Journalistin bei den Oostende Nieuws. Ich habe erfahren, dass Sie wieder im Mordfall Grace Buur ermitteln und auf der Suche nach Tim Porter sind.“ Maertens antwortete nicht sofort. Ein kurzes Stöhnen. Dann fasste er sich. „Wollen Sie darüber berichten?“ „Ja, und ich kann Ihnen Neuigkeiten liefern.“ „So?“ „Ich habe gestern mit Jane Porter, der Mutter von Tim gesprochen. Sie sagte, Tim wäre schon vor zehn Jahren gestorben. Wim Porter habe Tims Tod verheimlicht, um Geld von der Krankenversicherung zu bekommen.“ „Das wissen wir. Jane Porter ist vor einigen Stunden vom Dach eines Hochhauses gestürzt und gestorben.“ Kyra war bestürzt und rang nach Worten. „Das kann doch nicht sein. Ich habe gestern mit ihr gesprochen.“ „Wo haben Sie mit ihr gesprochen?“ „In ihrer Wohnung.“ „Dann wäre es gut, wenn Sie in den nächsten Stunden zum Polizeipräsidium kommen, um darüber zu berichten.“ „In einer Stunde“, erwiderte Kyra. Sie berichtete noch mit wenigen Worten, was sie von Jane erfahren hatte und beendete dann das Gespräch.

Teil 2

14

Ray zündete sich eine Zigarette an. Er wunderte sich, so cool auf den Anruf reagiert zu haben. Innerlich war er sehr aufgewühlt. Seitdem er von Jane Porters Sturz erfahren hatte, war er sehr beunruhigt. Der Fall hatte eine neue Dimension angenommen. Jetzt ging es nicht allein darum, den Mord an Grace Buur vor zwanzig Jahren zu klären. Es musste untersucht werden, ob Jane Porter Selbstmord begangen hatte und wie Tim Porter vor zehn Jahren gestorben war. Bekannt war Tims Autounfall vor zehn Jahren, der zu einer schweren Behinderung geführt hatte. Danach war er angeblich von seinen Eltern gepflegt worden. Später war Tim Porter gestorben und sein Tod wurde von den Porters verheimlicht, um Versicherungsgeld zu kassieren. Eine verrückte und gleichzeitig einträgliche Idee, dachte Ray. Keiner war in den letzten Jahren auf den Gedanken gekommen, alles zu überprüfen. Oder doch?

Ray überlegte, ob er nochmal bei der Krankenversicherung nachfragen sollte. Er erinnerte sich an Joost Braan, den Versicherungsangestellten, der widersprüchliche Angaben gemacht hatte und nur auf Drängen über das Versicherungsverhältnis von Tim Porter Auskunft geben wollte. Nur auf Druck von Ray und seines Kollegen Vinz war er bereit, Einsicht in die Unterlagen zu gewähren. Ein einzigartiges Affentheater, das Ray immer noch belustigte. Was hatte sich dieser Knilch gedacht? Glaubte er wirklich, sorgfältige Ermittler kehren auf halber Strecke um, wie ein Zug, der vor einem Hindernis steht. Hindernisse müssen entfernt werden, wenn sie den Weg zur Wahrheit versperren, zischte Ray. Nein, das Gespräch mit Braan war nicht so wichtig für seine Ermittlungen. In drei Stunden sollte Wim Porter zur Vernehmung erscheinen. Dann war zu hoffen, dass er endlich reinen Tisch machte und über den Tod seines Sohnes berichtete. Über den Betrug der Versicherung und ein Mitwirken von Braan musste sich Ray keine Gedanken machen. Das war eine andere Baustelle und ging ihn nur insofern etwas an, als es der Aufklärung von Tim Porters Tod diente.

Selbst die Aufklärung von Tim Porters Tod war eigentlich nicht sein Auftrag, erinnerte sich Ray. Er hatte den Auftrag, zu ermitteln, wer Grace Buur auf dem Gewissen hatte. Das hatte ihm Theo Loon, sein Chef, immer wieder in Erinnerung gerufen. Gerade, als er an Theo dachte, erschien Theo in seinem Büro. „Störe ich?", fragte Theo. „Nein, guten Morgen." „Ob es ein guter Morgen ist, bezweifle ich", erwiderte Theo streng. „Du scheinst in diesem Fall das Unglück wie ein Magnet anzuziehen. Du solltest klären, wer Grace Buur auf dem Gewissen hat. Das war ein klarer, unmissverständlicher Auftrag. Und jetzt, einen Monat später, sind zwei weitere Todesfälle dazugekommen, die zu untersuchen sind. Sieht aus wie ein Griff ins Wespennest." Ray lächelte bitter. „Ich hab mir den Fall nicht ausgesucht. Es war dein Vorschlag, mich für die Aufklärung eines zwanzig Jahre zurückliegenden Mordes einzusetzen. Erinnerst du dich?"

„Natürlich erinnere ich mich. Ich erinnere mich auch an die vielen Gespräche, die wir in den letzten Tagen hatten, und auch an meine Warnungen." „Natürlich. Du hast mich vor Gesprächen mit Wilms gewarnt. Erst später habe ich erfahren, warum. Du hast akzeptiert, dass Vinz mir hilft. Und du weißt, ich ermittle gründlich." „Schon gut. Ich will mich nicht mit dir streiten. Vielleicht hat es auch etwas Gutes. Noch kann ich es nicht erkennen … Wo ist Vinz?“ „Er müsste jeden Augenblick kommen. Er ist noch bei dem Hochhaus, von dessen Dach Jane Porter gesprungen ist.“ „Wann hast du davon erfahren?“ „Von ihrem Tod?“ „Ja.“ „Vor drei Stunden habe ich die Nachricht von Vinz bekommen.“ „Wann habt ihr zuletzt mit Jane Porter gesprochen?“ „Dürfte schon ein, zwei Wochen her sein. Bei unserem letzten Besuch war nur Wim Porter anwesend.“ „Ihr habt also nicht erfahren, dass Jane Porter aus der gemeinsamen Wohnung ausgezogen ist?“

Ray überlegte, ob Theo ihm einen Vorwurf machte. „Ich gebe zu, ich habe mir keine Gedanken gemacht, als ich bei meinem letzten Besuch nur Wim Porter begegnet bin. Es war, wie immer, nur ein kurzes Gespräch. Er hatte uns die Adresse in Bulgarien gegeben, wo angeblich sein Sohn gepflegt werden sollte. Die Geschichte ist dir bekannt. Wim Porter hat gelogen.“ „Ja, der Kommissar aus Sofia hat sehr ausführlich darüber berichtet. Und ich weiß auch, dass ihr Wim Porter zur Vernehmung in drei Stunden geladen habt.“ Vinz betrat das Büro und begrüßte Theo und Ray.

„Glaubst du, dass es Selbstmord war?“, wandte sich Theo an Vinz. Vinz zuckte mit den Achseln. „Keine Ahnung. Ich habe mit Jane nur einmal kurz gesprochen. Wir hatten nicht bemerkt, dass sie aus der Ehewohnung ausgezogen war.“ Vinz sah Ray verlegen an und hoffte, Ray würde ihm zustimmen. Ray nickte. „Wir haben uns keine Gedanken über Jane gemacht. Als wir die Porters besucht haben, wirkte sie unauffällig und bei weitem nicht so aggressiv wie ihr Mann. Sie versuchte, ihn zu mäßigen. Ohne Erfolg“, bestätigte Ray und fügte hinzu, „in zwei Stunden kommt eine Reporterin von den „Nieuws“. Sie hat gestern noch mit Jane gesprochen. Vielleicht kann sie etwas über Jane sagen.“

Theo und besonders Vinz waren verwundert. „Warum hast du mit der Reporterin gesprochen?“, ärgerte sich Vinz, der befürchtete, Ray hätte etwas ausgeplaudert. Ray fühlte sich in die Enge getrieben, weil auch Theo ihn streng ansah. „Nein, es ist nicht so, wie ihr glaubt. Kyra Fonkel hat mich angerufen, um mit mir über die Ermittlungen zu sprechen. Ich habe ihr keine neuen Informationen gegeben. Sie wusste bereits, dass wir Tim Porter suchen. Sie wusste auch, dass Jane die Ehewohnung verlassen hatte. Ich sagte ihr dann, Jane wäre vor einigen Stunden gestorben. Sie war sehr bestürzt und konnte es nicht glauben. Dann behauptete sie, gestern mit Jane gesprochen zu haben. So war es“, stellte Ray klar. Vinz sah ihn misstrauisch an. „Ich hoffe, das stimmt.“

„Ja, zum Teufel. Glaubst du mir nicht?“ „Es fällt mir schwer. Ich habe in diesem Fall schon viel erlebt. Wilms hat uns immer wieder angelogen. Er hat nie gesagt, warum er damals die Ermittlungen einstellen wollte. Wenn du jetzt auch noch anfängst, hinter meinem Rücken Gespräche zu führen, dann … steige ich aus.“ Theo versuchte zu beruhigen. „Na, jetzt ist aber gut. Ray hat genau geschildert, wie es war. Ich glaube ihm. Wenn du Zweifel hast, dann frag Kyra Fonkel, ob es stimmt.“ Vinz brauchte etwas Zeit, bis er sich beruhigte. Dann nickte er. „Werde ich machen.“ Ray war damit einverstanden, es war ihm recht, dass seine Angaben überprüft wurden. Schließlich konnte er Vinz verstehen, der bei diesen Ermittlungen wiederholt hinters Licht geführt worden war.

Die Kommissare ärgerten sich. Wim Porter war nicht zur Vernehmung erschienen. Sie warteten bereits eine Stunde auf ihn. „Wir lassen ihn von den Polizeibeamten vorführen", beschloss Theo, der ungeduldig war. Ihm war es wichtig, sich selbst ein Bild von Wim Porter zu machen. Theo Loon sprach mit dem Leiter des Streifendienstes und bat ihn, Wim Porter in seiner Wohnung aufzusuchen und ihn zum Präsidium zu bringen. Eine halbe Stunde später wurde Porter zum Präsidium gebracht.

„Sie hatten wohl den Termin vergessen", herrschte Theo Wim Porter verärgert an, nachdem Wim sich gesetzt hatte. Dann überließ Theo seinen Kollegen die Vernehmung. Ray rückte seinen Stuhl in eine angenehme Position. „Herr Porter, es ist höchste Zeit, endlich mit der Wahrheit herauszurücken. Ihre Angaben über die Pflege Ihres Sohnes in Sofia stimmen nicht. Wir haben es überprüft. Sie haben gelogen. Ihre Frau ist aus der Wohnung ausgezogen. Sie erklärte, Tim Porter sei vor zehn Jahren gestorben. Er sei nach seinem Autounfall von Ihnen und Ihrer Frau gemeinsam gepflegt worden. Bei einem Sturz von der Treppe sei er dann gestorben. Sie haben Ihre Frau gedrängt, Tims Tod zu verheimlichen, um Geld von der Krankenversicherung zu bekommen. Eine gute Geschichte haben Sie sich ausgedacht. Hat ja auch einige Jahre funktioniert. Aber irgendwann wird eben alles aufgedeckt."

Wim Porter regte sich auf und schlug mit seiner rechten Faust auf den Tisch. „Alles gelogen. Sie können mir nichts nachweisen. Meine Frau hat gelogen. Ich verlange, dass sie das alles in meiner Gegenwart erklärt. Dann werden wir sehen, wer die Wahrheit sagt." Ray nickte. „Wäre eine gute Idee. Ist aber nicht möglich." „Warum?" „Weil Jane Porter vor einigen Stunden gestorben ist." Wim zeigte keine Betroffenheit außer einem kurzen Seufzen. Ray fragte sich, ob er vom Tod seiner Ehefrau erfahren hatte. Wims Gesicht ließ nicht erkennen, was er dachte und was er fühlte.

Ray und Vinz warteten eine halbe Minute, bevor sie die Vernehmung fortsetzten. Ray überlegte sich, ob er Wim Porter über sein Aussageverweigerungsrecht belehren sollte. Aber ihm fiel auf Anhieb nur ein Vorwurf des Betrugs ein. Und dafür war er nicht zuständig. Theos Anwesenheit erinnerte ihn an seinen Auftrag, den Mord an Grace aufzuklären. Nicht mehr und nicht weniger. Ray lehnte sich zurück und sah Wim durchdringend an. „Wie fühlen Sie sich? Der Verlust von Jane hat Sie sicher sehr getroffen." Wim Porter schien apathisch. Er zeigte keine Regung. Ray reichte Wim eine Flasche Selters. „Sollen wir eine Pause machen?"

Wim sah starr auf den Boden. Ein dumpfer Gefühlsausbruch lag in der Luft. Entweder würde sich Wims Wut und aufgestauter Ärger gegen sich selbst richten, oder es war mit einem unberechenbaren Angriff zu rechnen. Ray gab mit einem Blick den an der Tür wartenden Polizeibeamten zu verstehen, dass mit einem unkontrollierten Wutausbruch in den nächsten Sekunden zu rechnen sei. Die Beamten hatten begriffen und trafen Vorkehrungen, um Wim zu überwältigen. Wider Erwarten gewann Wim seine Fassung zurück. Er lächelte, als wäre nichts gewesen. Dann trank er einen großen Schluck aus der Wasserflasche.

„Wenn Sie keine weiteren Fragen haben, werde ich jetzt gehen", erklärte er freundlich und stand auf. Dann versuchte er Ray die Hand zu reichen. „Es war ein sehr interessantes Gespräch", erklärte er. Ray gab ihm nicht die Hand. „Setzen

Sie sich sofort wieder hin“, schrie er ihn giftig an. „Wir haben keine Lust mehr auf dieses Affentheater.“ Ray hatte bewusst die laute Form der Auseinandersetzung gewählt. Er nahm an, dass Wim entweder unter einem schweren Schock stand, oder sich einen Spaß daraus machte, die Kommissare zu täuschen. Theo Loon und Vinz Maes gaben Ray zu verstehen, dass sie ähnliches dachten. Wim nahm widerwillig wieder Platz.

„Worüber hatten wir zuletzt gesprochen?“, versuchte sich Wim zu erinnern. „Wir haben über Tims Tod gesprochen und darüber, dass er vor zehn Jahren von einer Treppe gestürzt ist. Was sagen Sie dazu?“ „Meine Frau hat gelogen, das stimmt nicht. Er ist jedenfalls nicht vor zehn Jahren gestorben. Erst letztes Jahr. Und er ist auch nicht die Treppe hinuntergestürzt. Er ist in seinem Bett gestorben.“ Vinz Maes notierte sich die Aussage. „Warum hat Ihre Frau gelogen?“, hakte Ray nach. „Sie konnte die Wahrheit nicht ertragen. Das war zu viel für ihr schwaches Gemüt.“ Ray erregte sich, dass Wim so kurz nach dem Tod seiner Frau über sie lästerte. Aber es war jetzt nicht der Moment, ihn über Anstand zu belehren. Später.

„Sie haben es nicht verdient, dass man mit Ihnen redet. Denken Sie darüber nach, was Sie sagen. Wir werden sämtliche Angaben nachprüfen. Wann ist Tim gestorben, wurde ein Totenschein ausgestellt und wo wurde er begraben?“ Wim Porter raufte sich die Haare. „Was tut das zur Sache? Es geht Ihnen doch um die Aufklärung des Todes von Grace Buur, oder?“ „Ursprünglich ging es uns darum. Jetzt werden wir auch die Umstände des Todes Ihrer Frau und Ihres Sohnes klären. Sie können sich sicher sein, vorher werden wir nicht aufgeben“, mischte sich Theo Loon ein und fügte hinzu: „Sie bleiben hier, bis Sie eine vollständige Aussage gemacht haben. Sollten Sie sich mit Ihrer Aussage selbst belasten, können Sie schweigen. Also?“

Wim zappelte nervös auf seinem Stuhl. Er hatte nicht damit gerechnet, dass sich Oberkommissar Loon einmischt. So eindringlich wie Theo gesprochen hatte, gab es keinen Zweifel an der unnachgiebigen Haltung der Kommissare. Trotzdem bemühte er sich um eine gute Fassade. „Das ist verschwendete Zeit“, murrte er und wischte mit einer Hand über den Tisch. Die Kommissare ließen ihn geduldig gewähren. Theo stand auf. „Wir werden eine Pause machen, damit Sie zur Besinnung kommen. Passen Sie auf, was Sie sagen. Wir werden alles überprüfen.“ Gemeinsam mit seinen Kollegen verließ er den Vernehmungsraum und ließ Wim Porter, bewacht von zwei Polizeibeamten, zurück.

„Wim hat sich in Lügen verstrickt. Und er findet keinen Ausgang aus seinem Lügengebäude. Das stinkt gewaltig zum Himmel“, schimpfte Theo, als er mit seinen Kollegen in Rays Büro saß und trat gegen das Tischbein. Ray war erschrocken über Theos Wutausbruch. „Beruhige dich, Theo. Ich habe dir schon vor einigen Tagen gesagt, dass da viel unter den Teppich gekehrt wurde. Der ganze Fall stinkt zum Himmel … und wir sind mittendrin. Ich bin mir sicher, der Mord an Grace lässt sich erst aufklären, wenn wir die Wahrheit über Tims und Janes Tod kennen.“ Theo hatte sich wieder beruhigt. „Ihr werdet in den nächsten Tagen Kommissar Frank Wilms zur Vernehmung laden. Dann werden wir ihn ausquetschen wie eine Zitrone. Er darf erst dann gehen, wenn alles restlos aufgeklärt ist“, versichert Theo und schleuderte eine Packung Taschentücher gegen die Tür.

Sie wurden unterbrochen, als Kyra Fonkel an die Tür klopfte. Ray bat sie herein. „Gut, dass Sie kommen. Wir hatten schon auf Sie gewartet“, begrüßte Ray Kyra und bot ihr einen Platz an. Kyra war verwundert über Rays Freundlichkeit und fragte sich, was sie zu bedeuten hatte. „Sie sagten, Sie hätten gestern mit Jane Porter gesprochen. Wie kam es zu diesem Gespräch?“ Kyra räusperte sich. „Ich hatte vor zehn Jahren mit Jane gesprochen über den Mord an Grace. Jetzt hielt ich es gut, mir einen neuen Eindruck zu verschaffen und vielleicht einen neuen Artikel zu schreiben. Es wird doch wieder in dem Mordfall Grace Buur ermittelt, oder?“ Ray konnte es nicht leugnen, und auch Vinz und Theo hatten nichts dagegen, es zu bestätigen.

„Wäre schon gut gewesen, Sie hätten uns vorher gesagt, dass Sie sich mit Jane treffen wollen“, konnte sich Ray einen Vorwurf nicht verkneifen. Kyra sah verlegen und verwundert aus dem Fenster. „Na gut, immerhin haben Sie mit Jane gesprochen“, änderte Ray sofort seine Linie. „Was hat sie über Tims Tod gesagt?“ „Sie war verzweifelt, als sie über Tims Tod sprach. Sie sagte, er wäre nach seinem Unfall von ihr gepflegt worden. Etwas später, vielleicht einen Monat später, wäre er eine Treppe nach unten gestürzt.“ „Hat sie gesagt, wo er gestürzt ist und wann es war?“ Kyra überlegte. „Nein, sie hat sich nicht über Einzelheiten geäußert. Sie hat mehr über die Sinnlosigkeit ihres Lebens nach Tims Tod gesprochen. Und am Schluss hat sie noch eine Andeutung zum Mord an Grace Buur gemacht.“ „Was hat sie genau gesagt?“, fragte Ray überrascht.

„Sie sagte nur, dass Tims Tod damit zusammenhängt.“ „Was soll das heißen?“ Kyra zuckte mit den Schultern. „Das frage ich mich auch. Ich versichere, sie hat nicht mehr gesagt, und es waren exakt ihre Worte." „Hatte Jane besondere Angst? Hat sie sich gefürchtet?" „Nein, sie war eher traurig und verdrossen. Niedergedrückt. Ich hatte sogar das Gefühl, sie war erleichtert, die Wahrheit nach all den Jahren gebeichtet zu haben. Auf ihren Mann war sie nicht gut zu sprechen. Sie behauptete, er habe sie bedrängt, Tims Tod zu verheimlichen, um die Versicherung zu betrügen." „Es deutete also nichts auf eine Lebensmüdigkeit hin?" „Doch, sie sagte, sie habe mit ihrem Leben nach dem Tod ihres Sohnes abgeschlossen. Wüsste nichts mehr mit ihrem Leben anzufangen. Aber ich hatte nicht geahnt, dass sie sich gestern Nacht umbringen würde, wenn Sie verstehen, was ich meine." Ray nickte.

Vinz berichtete darüber, dass er vor einer Stunde dort gewesen sei, wo Jane gestorben war. „Können Sie sich vorstellen, dass sie vom Dach gestoßen wurde?" „Keine Ahnung. Sie hatte gestern jedenfalls keine Angst", wiederholte Kyra. „Waren Sie allein bei dem Gespräch mit Jane?" Kyra zögerte. Sie hatte Ruth versprochen, ihren Namen gegenüber Ray nicht zu erwähnen. „Nein, es hat mich jemand begleitet." „Bitte nennen Sie uns den Namen dieser Person", forderte Ray sie auf. „Ich habe der Person versprochen, ihren Namen nicht zu erwähnen." „So, was hat das zu bedeuten? Warum dürfen die Ermittler nicht erfahren, wer Sie begleitet hat?" Kyra zuckte mit den Schultern, sie fühlte sich in die Enge getrieben. „Ich werde die Person fragen, ob sie einverstanden ist, wenn ich ihren Namen mitteile." „Machen sie das, bitte", forderte Ray Kyra auf.

Kyra verließ das Büro. Dann rief sie Ruth an und schilderte ihr, dass sie gerade bei Kommissar Ray Maertens sei, und er sie aufgefordert habe, den Namen der Begleiterin bei dem Gespräch mit Jane zu nennen. Ruth wusste bereits, dass Jane in der vergangenen Nacht vom Dach eines Hochhauses gestürzt und gestorben war. „Ich befinde mich in einer beschissenen Lage“, gab Kyra zu und bat Ruth um Einverständnis. „Schon gut“, erwiderte Ruth, „ich kenne Ray Maertens. Wenn er darauf besteht, einen Namen zu erfahren, lässt er nicht locker. Bevor er dir gegenüber misstrauisch wird und glaubt, du würdest ihm wichtige Informationen vorenthalten, um sie in einem Artikel zu verwerten … Du kannst ihm meinen Namen sagen. Ich habe nichts zu verbergen, und er kann mir nicht vorwerfen, mit Jane Porter gesprochen zu haben. Es hat mich wie ein Blitz getroffen, als ich von Janes Unglück erfahren habe. Hättest du es für möglich gehalten? Ich hatte nicht die Befürchtung, dass Jane sich etwas antut. Habe ich mich geirrt?“ „Nein, ich hätte es auch nicht vermutet. Aber lass uns später darüber sprechen. Kommissar Maertens wartet.“ „Okay, wir telefonieren am Abend“, erklärte sich Ruth einverstanden.

Als Kyra wieder das Büro betrat, sahen die Kommissare sie erwartungsvoll an. „Ich habe mit Ruth Pauls gesprochen. Sie nahm ebenfalls am Gespräch mit Jane Porter teil. Brauchen Sie ihre Adresse, um sie als Zeugin zu vernehmen?“ Ray lachte. „Ich weiß, wer Ruth Pauls ist und wo sie wohnt, wenn es die Rentnerin ist, die zwanghaft versucht, sich in jede Ermittlung einzumischen.“ Das war nicht nur abwertend gemeint, und so verstand es Kyra Fonkel auch. „Was werden Sie jetzt tun?“, fragte Kyra. Ray rieb sich die Stirn. „Ich bitte Sie, mit einem Artikel noch ein paar Tage zu warten. Wenn Sie jetzt über Einzelheiten berichten, könnte es sein, dass Ermittlungen gefährdet werden. Und das dürfte

auch nicht in Ihrem Interesse sein. Ich verspreche Ihnen, grünes Licht zu geben, sobald es möglich ist. Ich kenne und schätze das Interesse der Öffentlichkeit, umfassend unterrichtet zu werden. Bitte versprechen Sie mir, zu warten."
„Ich werde auf die Ermittlungen Rücksicht nehmen", versicherte Kyra und verabschiedete sich von den Kommissaren.

15

„Was machen wir jetzt mit Wim Porter?", fragte Vinz. Theo rümpfte die Nase. „Der kann im Vernehmungsraum warten. Vielleicht hilft es ihm, den Weg zur Wahrheit zu finden." Ray lachte. „Das ist doch nicht dein Ernst. Wim wird sich eher die Hand abhacken, bevor er eine Lüge einräumt."
„Nein, das glaube ich nicht", widersprach Vinz. „Er gibt immer nur das zu, was er nicht mehr leugnen kann. Immer dann, wenn er der Lüge überführt wurde, hat er eine neue aufgetischt. Es hat gedauert, bis er zugegeben hat, dass sein Sohn gestorben war. Auch den Unfall seines Sohnes hat er erst zugegeben, nachdem wir ihm die Unterlagen der Versicherung gezeigt haben. Wir haben den Fehler gemacht, uns nicht danach zu fragen, warum Wim dieses verdammte und unerträgliche Lügengebäude aufbaut. Bestimmt nicht, um zu sehen, wie es wieder einstürzt. Welche Interessen hat Wim? Nach dem Tod von Tim ging es ihm darum, weiterhin Geld von der Versicherung zu bekommen. Ein dreister Betrug, der ihm aber in den letzten zehn Jahren einen deutlichen Gewinn beschert hat. Ein Schurke, der jede Gelegenheit ausnutzt. Aber das führt nicht weiter, wenn wir den

Mord an Grace aufklären wollen. Wir müssen ihn darauf ansprechen, wie er über den Tod seines Sohnes denkt, und ob dieser Tod im Zusammenhang mit dem Mord steht."

Ray und Theo dachten nach. Ray wollte nicht sofort zustimmen, konnte aber auch nicht widersprechen. „Du meinst, es wäre gleichgültig, wann Tim Porter gestorben ist." „Nein, da hast du mich falsch verstanden. Mir ist es wichtig, in erster Linie den Zusammenhang zwischen Tims Tod und dem Mord an Grace zu finden. Wenn Tim Porter kurz nach der letzten Vernehmung vor zehn Jahren gestorben wäre, bestünde eher ein Zusammenhang, als wenn er erst vor einem Jahr in seinem Bett an einem Herzstillstand gestorben ist. Auch Tims Autounfall vor zehn Jahren, kurz nach seiner widersprüchlichen Aussage, könnte nochmal untersucht werden. Nach dem Unfallbericht ist er nachts von der Fahrbahn abgekommen und gegen einen Baum gefahren." Die Ermittler schwiegen eine Weile.

Nach einer halben Stunde saßen sie wieder im Vernehmungsraum. Wim Porter schwitzte, obwohl es nicht besonders warm war. „Sollen wir die Heizung abdrehen?", fragte Theo und lächelte bissig. Dann wandte er sich an Ray, ohne Wim Porter zu beachten. „Es gibt Filme, in denen die Nebenrollen besser als die Hauptrollen besetzt sind." Ray nickte. „Ja, da kenne ich einige. Manchmal ist die Nebenrolle zu glatt und wenig authentisch. Ich ärgere mich immer, über die notorischen Lügner, die mit einem Pokerface versuchen, einen besonderen Eindruck zu machen." Vinz lachte. „Kann ich auch nur ein paar Minuten ertragen. Dann fehlt mir die Handlung und ich frage mich, ob wirklich nicht mehr dahintersteckt. Ist doch immer dasselbe. Da sitzt einer, der so tut, als hätte er keine Ahnung, oder würde nichts verstehen. Dabei ist das nur reine Fassade."

Wim räusperte sich genervt. „Was soll das? Stellen Sie Ihre Fragen und lassen mich nach Hause gehen." „Alles zu seiner Zeit. Wenn Sie uns noch etwas Wichtiges sagen wollen, können sie es jederzeit machen." Wim biss sich auf den Mund und sah Ray hasserfüllt an. Die Kommissare sprachen weiter über Filme, ohne Wim Porter zu beachten. „Wo wurde Tim Porter begraben?", wandte sich Ray schließlich an Wim. „Er liegt in einem Grab auf dem Friedhof in der Stuiverstrat." „Dann können Sie es uns sicher zeigen." Wim nickte. Ray gab den Polizeibeamten zu verstehen, sie sollten Wim zum Friedhof fahren. Die Kommissare folgten dem Polizeiwagen.

„Dort haben wir ihn in ein Grab gelegt", zeigte Wim auf eine freie Stelle neben zwei anderen Gräbern. „Sind Sie sicher?" Wim nickte. „Wir werden es morgen überprüfen", schlug Ray vor. Auch Theo und Vinz waren damit einverstanden, weil es schon dunkel wurde. Und nach ihrer Einschätzung bestand keine besondere Eile. „Sie können nach Hause gehen. Wir werden Sie benachrichtigen, sobald der Leichnam ihres Sohnes obduziert worden ist. Sorgen Sie dafür, dass wir Sie jederzeit erreichen können. Wir werden Sie überwachen", erklärte Ray. Wim Porter wandte sich verächtlich ab. „Ich wünsche Ihnen viel Erfolg." Dann entfernte er sich mit schnellen Schritten vom Friedhof. Nachdem Porter außer Sichtweite war, ließ es sich Ray nicht nehmen, etwas an der von Wim bezeichneten Stelle zu graben. Vinz besorgte sich von einem Friedhofsgärtner, der sich in der Nähe befand, einen Spaten und gab ihn Ray. Ray grub mit gekonnten Spatenstichen ein kleines Loch und spürte bereits nach fünf Minuten einen Widerstand. Er gab Vinz den Spaten, damit dieser sich selbst überzeugen konnte. Auch Vinz konnte feststellen, dass ein harter, sperriger Gegenstand im Weg war.

„Es sieht so aus, als hätte Wim Porter zur Abwechslung mal die Wahrheit gesagt“, freute sich Vinz. Ray lachte. „Auch das soll vorkommen. Ich schlage vor, die Kollegen von der Spurensicherung zu beauftragen.“ Theo, der sich im Hintergrund gehalten hatte, stimmte zu. „Eigentlich hätte es auch morgen erledigt werden können. Aber ich will euch nicht aufhalten, wenn ihr es jetzt klären wollt.“ Theo gab klare Anweisungen an die Spurensicherung, sofort mit dem Ausgraben zu beginnen. Kurz nach sieben Uhr abends erschienen vier Polizeibeamte mit Spaten und Schaufeln und legten einen Sarg frei. Die Kommissare überwachten ihre Tätigkeit und ordneten anschließend einen Transport des Sarges zur Rechtsmedizin in Brügge an.

Anschließend schlug Ray vor, noch am gleichen Abend, Frank Wilms zu vernehmen. Es dauerte eine Weile, bis er seinen Chef, Theo Loon, davon überzeugen konnte. „Wir müssen Wilms zuvorkommen, bevor er sich eine Geschichte ausdenkt oder sich mit Wim Porter abspricht“, war Rays Hinweis, gegen den Theo nichts einwenden konnte. Theo, der sonst seinen Arbeitstag hinter dem Schreibtisch und bei Konferenzen verbrachte, war zur Verwunderung von Ray und Vinz ganz bei der Sache, hatte gute Einfälle und packte mit an. Ray war verwundert über die Ausdauer seines Chefs.

Eine Stunde später, kurz nach neun Uhr abends, standen sie vor dem Haus, in dem der ehemalige Kommissar Frank Wilms wohnte. „Lasst es uns mit Klingeln versuchen. Wenn er sich weigert, zu öffnen, ruf ich ihn an und werde Theater machen“, schlug Theo vor. Ray läutete bei Wilms und wartete auf eine Reaktion. Zuvor hatte er sich vergewissert, dass in Wilms Wohnung Licht war und der Fernseher an war. Wilms reagierte nicht, stattdessen wurde der Fernseher lauter gestellt. Theo verlor die Geduld. „Nicht mit mir. Dem werde ich es zeigen.“ Er griff nach seinem Handy und rief Wilms an. Hartnäckig ignorierte Wilms das Klingeln und den Anruf. Erst nach zwei Minuten nahm er das Gespräch entgegen. Noch bevor er zu einer Schimpftirade ansetzen konnte, unterbrach Theo ihn. „Überleg dir gut, was du sagst und mit wem du sprichst. Wenn du nicht in einer Minute geöffnet hast, werden wir deine Wohnung öffnen lassen und dich zum Revier bringen. Du hast die Wahl.“

Wilms brummte einen schwerverständlichen Fluch, dann öffnete er die Haustür. Die Kommissare gingen nach oben und betraten Wilms Wohnung. Frank Wilms lehnte an der Tür und begegnete den Kommissaren mit einem eisigen, vernichtenden Blick. Nachdem er die Wohnungstür geschlossen hatte, setzten sich die Kommissare unaufgefordert an den Esstisch. „Könnt ihr den Besuch nicht ankündigen und zu einer anderen Tageszeit kommen?“, fuhr Wilms die Kommissare an und sah vor allem Theo hasserfüllt an. Theo übernahm nach vorheriger Absprache mit Ray und Vinz das Gespräch. „Wilms, wir kennen uns schon über zwanzig Jahre. Ich habe dich früher als Kollege sehr geschätzt. Deshalb habe ich es bedauert, dass du wegen eines Fehlers den Dienst quittieren musstest. Aber darüber will ich nicht sprechen. Wir haben uns schließlich deshalb genug gestritten. Und es ist deine Entscheidung, was du mit deinem Leben machst … Aber jetzt bist du wieder in eine verdammt dumme Sache verstrickt. Seit zehn Jahren schleppst du diese

Lügen, die wie Hundekot an dir hängen, herum. Wird Zeit, dass du sie abstreifst, sonst erstickst du noch daran. Du warst mal ein angesehener Kommissar vor dem wir Respekt hatten. Was ist aus dir geworden?“

Wilms nahm diese Worte gleichgültig zur Kenntnis. „Hör auf mit deiner Heuchelei. Du hast zu den ersten gehört, die mich fallen ließen. Ihr kennt keine Gnade, wenn jemand etwas Dummes gemacht hat. Weder du noch die anderen.“ Theo blieb ruhig. „Trotzdem, oder gerade deshalb kannst du jetzt beweisen, dass noch ein gewisses Stück Anstand in dir steckt. Wenn du weiter die Machenschaften und Tricksereien von Wim Porter deckst, bist du unten durch. Und ich kann dir versprechen, dass du nie mehr einen Fuß auf den Boden bekommst. Dafür werde ich sorgen.“ Wilms lachte verächtlich. Theo und seine Kollegen warteten geduldig, ob Wilms zum Einlenken bereit war. Wilms öffnete eine Bierflasche und zündete sich eine Zigarette an.

„Warum kommt ihr eigentlich immer zu mir, wenn ihr nicht vorankommt? Ich habe damit nichts zu tun.“ „Doch“, mischte sich Vinz ein. „Du hast vor zehn Jahren die Ermittlungen abgebrochen, ohne zu begründen, warum.“ „Ich hab euch gesagt, wir kommen nicht weiter, solange wir Tim Porter nicht finden können“, erwiderte Wilms gereizt. Es fiel ihm schwer, sich zu beherrschen. „Du hast gewusst, dass Tim Porter einen schweren Unfall hatte. Du hast es uns gegenüber verschwiegen“, konterte Vinz. „Du hattest mit seinen Eltern gesprochen. Was hast du dir gedacht?“ Nur die Anwesenheit von Theo konnte ein völliges Ausrasten von Wilms verhindern. Die Situation war äußerst angespannt. Theo spielte Wilms eine Aufnahme des Gesprächs mit Wim Porter vor einigen Stunden auf seinem Handy vor. Wilms zeigte sich gleichgültig, wurde aber zusehends nervös und verkrampfte sich. „Sind das eure Methoden, zu einem Geständnis zu kommen?“ „Du kennst diese Methoden aus jahrelangen Ermittlungen“, erinnerte Theo ihn an die Polizeiarbeit.

Wilms wischte sich aufgeregt über die Stirn. „Habt ihr die Leiche von Tim Porter gefunden?“ „Ja, mit Unterstützung von Wim Porter. Er behauptete, sein Sohn sei vor ein paar Jahren durch einen Herzstillstand in seinem Bett gestorben. Aber wir wissen, dass es nicht stimmt. Oder bist du anderer Meinung?“ „Du willst von mir wissen, ob es stimmt?“, empörte sich Wilms. „Genau, und versuche zur Abwechslung mal bei der Wahrheit zu bleiben. Du hast schon genug gelogen und wir werden die Wahrheit so oder so erfahren. Wenn du jetzt den ehrlichen Weg wählst, kannst du mit Verständnis rechnen.“ „Von dir?“ „Von uns allen.“ Wilms zündete sich eine weitere Zigarette an und nahm einen Schluck Bier. Es war deutlich zu erkennen, dass er mit sich rang.

„Okay, es ist eh nur eine Frage der Zeit, bis ihr es herausfindet … Tim Porter ist einige Tage nach seinem schweren Unfall die Treppe hinuntergestürzt und gestorben. Ich habe es nicht überprüft, und ich habe auch nicht überprüft, ob und wo er beerdigt worden war. Wim Porter hat es mir gesagt und mich gebeten, zu schweigen und die Ermittlungen einzustellen. Ich weiß nicht, warum ich mich darauf eingelassen habe, war meine verdammte Dummheit. Ich hatte Wim Porter geglaubt und dachte mir, warum sollen wir weiter ermitteln, wenn der wichtige Zeuge gestorben ist. Außerdem konnte ich damals Wim Porter verstehen, dem es darum ging, Tims Tod nicht mit dem Mordfall Grace in Verbindung zu bringen. Er wollte den guten Ruf seines Sohnes auch nach dessen Tod schützen. Ist doch verständlich, oder?“ Theo und Ray rümpften die Nase. Vinz war empört. „Und dann trägst du dieses Geheimnis mit dir herum, als wäre nichts geschehen. Das ist eine verdammte Sauerei. Warum hast du uns damals nichts davon gesagt? Wir hätten gemeinsam eine Entscheidung treffen können. Das ist eine selbstherrliche Dummheit höchster Güte.“

„Du warst damals noch sehr jung und unerfahren“, konterte Wilms trotzig. „Dein Verhalten gegenüber deinen Kollegen war unter aller Sau. Da gibt es nichts zu beschönigen“, erregte sich Ray. „Ach lasst mich in Ruhe. Jetzt habt ihr doch alles erfahren. Ich sehe schon die Schlagzeile: „Ein vom Dienst entfernter Kommissar räumt nach zehn Jahren die Verdeckung einer Straftat ein.“ Macht was draus. Ich hoffe, ihr habt alles aufgenommen. Ich sage nichts mehr.“ Theo sah seinen früheren Kollegen verächtlich an. Er wusste nicht, ob er sich bei Wilms für dessen Aussage bedanken sollte, oder ihm sein früheres Verhalten vorwerfen sollte. Er vermutete, dass Wilms zur Abwechslung mal die Wahrheit gesagt hatte. Deshalb schwieg er. Die Kommissare verabschiedeten sich. Wilms blieb verärgert und getränkt in Selbstmitleid allein in seiner Wohnung zurück.

Zwei Stunden später, kurz nach Mitternacht, klingelte es erneut in Wilms Wohnung. Wilms war sich sicher, nicht schon wieder den Kommissaren zu begegnen. Er trat ans Fenster und erkannte einen fünfzigjährigen Mann, den er schon länger nicht gesehen hatte. Wilms erschrak. „Was willst du?“ „Mit dir sprechen“, lachte der Mann und zeigte auf zwei Flachen Whisky, die er unter dem Arm trug. „Können wir nicht morgen sprechen? Ich bin müde“, versuchte

Wilms auszuweichen. „Nein, jetzt ist eine gute Zeit“, beharrte der Mann auf seiner Forderung. „Gut, dann komm nach oben“, stimmte Wilms kleinlaut zu. Er ahnte Schlimmes. Aber er konnte sich nicht dagegen wehren. Nachdem er die Wohnungstür geöffnet hatte, trat der Mann ein und steuerte zielgerichtet auf einen Stuhl im Wohnzimmer zu. Dann öffnete er einen der beiden Whiskys und füllte ein benutztes Glas, welches auf dem Tisch stand.

„Trink“, forderte er Wilms auf. Wilms trank einen Schluck. Der Mann nahm einen kräftigen Schluck aus der Flasche. „Was fällt dir ein? Wir hatten eine Abmachung. Du hast den Bullen alles verraten. Zehn Jahre hast du geschwiegen und dafür eine Menge Geld bekommen. Und jetzt? Dürftige Beweise bringen dich dazu, alles auszuplaudern. Ich erwarte von dir, dass du morgen deine Aussage widerrufst.“ „Woher weißt du, was ich den Bullen gesagt habe?“ Der Mann lachte verächtlich. „Ich kann es mir denken, habe beobachtet, wie sie zufrieden das Haus verlassen haben. Einer von ihnen sagte: „Endlich habe wir etwas erfahren, woran wir arbeiten können.“ Das ist doch deutlich genug.“ „Ich habe nichts gesagt, was sie in irgendeiner Weise weiterbringt. Sie wussten bereits von Tims Tod und Wim hat ihnen das Grab gezeigt.“ „Das stimmt, aber Wim hat wenigstens noch die Kurve bekommen und erklärt, dass sein Sohn vor einem Jahr friedlich in seinem Bett eingeschlafen ist. Du hast ihnen gesagt, er wäre kurz nach dem Autounfall die Treppe hinuntergestürzt.“ „Nein.“ „Doch. Einer der Kommissare sagte, du hättest wenigstens den Sturz kurz nach dem Unfall bestätigt. Lüg mich nicht an!“ Wilms zitterte.

„Du kannst dir nicht vorstellen, wie sie mich bearbeitet haben.“ „Das spielt keine Rolle, du dämlicher Versager. Du wirst morgen zum Revier gehen und deine Aussage widerrufen, oder du wirst ihnen sagen, dass Tim Porter dir gegenüber den Mord an Grace Buur gestanden hat.“ „Das kann ich nicht.“ „Warum nicht, du hast in dieser Sache so viel gelogen und verschwiegen, auf eine Lüge mehr kommt es nicht an.“ „Nein, da mache ich nicht mit“, schrie Wilms mit letzter Kraft. Ehe Wilms es begreifen konnte, hatte der Mann eine Glock 17 mit Schalldämpfer aus seiner Jackentasche gezogen und aus kurzer Entfernung zweimal auf Frank Wilms geschossen. Wilms starb nach wenigen Sekunden. Der Mann entfernte sich aus der Wohnung.

16

Wim Porter wurde nachts um zwei durch einen Anruf geweckt. Er griff verschlafen zu seinem Handy. Dann hörte er eine vertraute Stimme: „Frank Wilms ist erledigt. Nun ist es an dir, den letzten Teil zu erledigen. Ich gebe dir nur eine Chance. Merk dir das. Du wirst bis zum Freitag einen Totenschein über Tims Tod besorgen. Das Datum überlasse ich dir. Nicht älter als ein Jahr. Und im Totenschein soll stehen: „Tod durch Herzversagen.“ Kannst du dir das merken?“ Wim stöhnte. „Was verlangst du von mir?“ „Nicht mehr als das, du Versager. Du hast schließlich den Stein zum Rollen gebracht. Hättest du nicht die Bullen auf die Spur nach Bulgarien gebracht, hätten wir das vermieden. Ich habe dir immer gesagt, die Pflegerin in Sofia soll dir endlich eine Sterbeurkunde schicken. Dann hätten wir uns das erspart. Du hast nicht gehört und mich immer hingehalten. Deine Dummheit, den Bullen die Adresse der Pflegerin zu geben, hat uns die Schei … eingebrockt. Jetzt sieh zu, wie du da rauskommst. Ist nicht meine Sache. Wenn du das nicht schaffst, wirst du zu den Bullen gehen und ihnen sagen, Tim Porter hätte dir gegenüber den Mord an Grace Buur gestanden. Er habe sie im Affekt umgebracht.“

Wim winselte. „Ich sehe, was ich machen kann.“ „Dummer Spruch. Nicht sehen, du wirst es machen. Das ist mein letztes Wort. In fünf Tagen muss die Sache erledigt sein.“ Bevor Wim noch etwas sagen konnte, wurde der Anruf beendet. Wim erschrak. Klar und deutlich war ihm erklärt worden, was man von ihm erwartete. Und er war sich sicher, dass es tatsächlich seine letzte Chance sein würde. Der Mann hatte mit Frank Wilms kurzen Prozess gemacht. Ihm würde es nicht besser ergehen, wenn er die Forderungen nicht erfüllen würde. Er raufte sich die Haare. An weiteres Schlafen war nicht zu denken. Deshalb stand er auf und kochte sich einen Kaffee.

Bei einer Zigarette und einem heißen Kaffee erinnerte er sich, was passiert war. Vor zehn Jahren hatten die Kommissare seinen Sohn in die Mangel genommen. Die Aufklärung des Mordes an Grace Buur war nach zehn Jahren erneut aufgenommen worden. Eigentlich nur eine Routineüberprüfung, wie sie bei ungeklärten Mordfällen häufig vorkommt. Tim war von Kommissar Frank Wilms und seinen Kollegen vernommen worden und hatte sich dabei in Widersprüche verstrickt. Keine gravierenden Widersprüche, aber seine Aussage wich in einigen Punkten von seiner ersten Aussage ab. Was nach zehn Jahren eigentlich kein Wunder war. Trotzdem hatten die Kommissare ihn erneut zur Vernehmung geladen. Tim hatte zwei Tage vor diesem Termin einen schweren Autounfall, er war beim Ausweichen vor einem entgegenkommenden Fahrzeug von der Fahrbahn abgekommen und nach zweimaligem Überschlagen im Straßengraben gelandet. Er war im Krankenhaus behandelt worden, und nachdem er entlassen worden war, musste er gepflegt werden. Er war teilweise gelähmt. Ein Möbelhändler, den er im Krankenhaus kennengelernt hatte, hatte sich angeboten, Tim probeweise in seiner Firma anzustellen. Dort sollte er in der Verwaltung, in einem Hochhausgebäude, einige Stunden täglich Rechnungen bearbeiten. Zwei Tage, nachdem Tim begonnen hatte, stürzte er eine Treppe nach unten und brach sich das Genick. Tim starb kurz darauf.

Der Möbelhändler hatte diesen tragischen Vorfall bedauert und Wim Porter und seiner Ehefrau Unterstützung angeboten. Er hatte den Vorschlag gemacht, Tims Tod gegenüber den Behörden zu verheimlichen. Es sollte eine Absprache mit einer Pflegerin in Sofia getroffen werden. Sie sollte zum Schein eine Pflege von Tim Porter in Sofia übernehmen und dafür einmalig 5000 Euro erhalten. Wim hatte diesem Geschäft nur mit Bauchschmerzen zugestimmt. Entscheidend war für ihn gewesen, dass er weiterhin Geld von der Krankenversicherung für seinen Sohn erhalten würde. Das war lange Zeit gutgegangen, die Krankenkasse hatte fast zehn Jahre gezahlt, ohne den Gesundheitszustand von Tim zu überprüfen. Eine ärztliche Bescheinigung eines bulgarischen Arztes, die jedes Jahr ein aktuelles Datum erhalten hatte, hatte ausgereicht, um die Versicherung von Tims Leben und Pflegebedürftigkeit zu überzeugen. Kommissar Frank Wilms, der in diesen Betrug eingeweiht worden war und von Tims Tod erfahren hatte, war gegen Zahlung eines fünfstelligen Betrags damit einverstanden gewesen, für die

Einstellung der Ermittlungen im Mordfall Grace Buur zu sorgen.

Im vergangenen Jahr hatten Wim Porter und der Möbelhändler vereinbart, den Betrug gegenüber der Versicherung zu beenden. Sie hatten Angst, dass sie auffliegen könnten und die Krankenkasse Wind von der Sache bekommen würde. Wim sollte die Pflegerin in Sofia darum bitten, eine aktuelle Todesbescheinigung für Tim zu besorgen. Mit dieser Bescheinigung sollte Tims Tod den Behörden und auch der Versicherung mitgeteilt werden. Die Pflegerin hatte versprochen, sich um diese Angelegenheit zu kümmern, hielt Wim aber wieder hin. Eigentlich sollte es nach ihrer Meinung kein Problem sein, eine fingierte Bescheinigung ausstellen zu lassen, aber in letzter Zeit hatte sie sich zurückhaltender geäußert. Deshalb hatte sich Wim vorgenommen, nach Sofia zu fliegen, um die Sache selbst in die Hand zu nehmen. Dazu war es nicht gekommen. Es hatte auch immer wieder Streit mit seiner Frau, Jane, gegeben, die von Anfang an dagegen gewesen war, Tims Tod zu verheimlichen. Es war kein Tag vergangen, an dem sie sich nicht verbittert gestritten und sich das Leben zur Hölle gemacht machten. Oft hatten sie gewalttätige Auseinandersetzungen und sich gegenseitig schwer verletzt. Wim hatte mit der ständigen Angst gelebt, Jane würde den Schwindel aufdecken. Er hatte auch Angst vor dem Möbelhändler.

Als vor einem Monat die Ermittlungen neu aufgerollt worden waren und Kommissar Ray Maertens bei ihnen erschienen war, war Jane kurz davor gewesen, alle Karten aufzudecken. Nur mit größter Mühe hatte Wim seine Frau zurückhalten können. Jane hatte nicht länger mitmachen wollen bei diesem Schwindel. Nachdem Jane ausgezogen war, war es nur noch eine Frage von Tagen gewesen, bis der Tod von Tim aufgedeckt werden würde. Spätestens beim letzten Besuch von Ray Maertens und dessen Kollegen, als die Kommissare den Deal mit der Pflegerin entzaubert hatten, war klar gewesen, es würde etwas passieren. Jane hatte diesen Besuch zum Anlass genommen, endgültig auszuziehen. Ihr Entschluss stand fest. Wim war sich sicher, dass sie sich jemandem anvertraut hatte und das Geheimnis gelüftet hatte, bevor sie ihrem Leben ein Ende gesetzt hatte.

Wim schluchzte, als er daran dachte, wie er sich all die Jahre hatte verstellen müssen, in dem Zwang lebte, ein dreckiges Geheimnis hüten zu müssen, und mit welcher Härte er sich mit Jane gestritten hatte. Immer hatte dabei die Angst mitgespielt, sich mit dem Möbelhändler streiten zu müssen, der ihm in jeder Hinsicht überlegen war. Ohne ihn jemals darauf angesprochen zu haben, hatte Wim geahnt, dass der Möbelhändler verheimlichte, etwas mit dem Tod von Grace zu tun zu haben. So offen und deutlich, wie in dem Telefongespräch vor einigen Minuten war es nie zur Sprache gekommen. Aber er hätte es sich denken können. Wim schlug mit voller Wucht auf den Tisch. Zum Kotzen.

Es hätte ihm damals dämmern müssen, als er dem Möbelhändler gemeinsam mit seinem Sohn im Krankenhaus getroffen hatte, dass der Möbelhändler Tim nicht aus reiner Nächstenliebe eine Stelle in seiner Verwaltung angeboten hatte. Der gut gekleidete Mann, damals etwa vierzig, war freundlich, gewinnend und immer guter Laune. Wim hatte ihn nie gefragt, warum er gerade seinem Sohn eine Chance bieten wollte. Sie hatten anfangs nicht über den Mord an Grace Buur gesprochen. Tim war während seiner Arbeit in der Verwaltung die Treppe nach unten gestürzt. Es konnte niemand gefunden werden, der es beobachtet hatte. Nach Schilderung seines Chefs war Tim anscheinend erst einige Minuten später leblos von Mitarbeitern entdeckt worden, die sofort einen Rettungsdienst gerufen und erste Hilfe geleistet hatten. Tim war wenig später in der Wohnung gestorben. Eine Behandlung im Krankenhaus war abgebrochen worden.

Wim erinnerte sich an den Abend, nachdem sein Sohn gestorben war. Der Möbelhändler war zu ihnen in die Wohnung gekommen. Er hatte mit bewegenden Worten sein Beileid ausgedrückt und angeboten, ihnen bei der Beerdigung behilflich zu sein. Er hatte eine finanzielle Unterstützung angeboten. Später war von ihm die Idee gekommen, Tims Tod zu verheimlichen, um weitere Leistungen von der Krankenversicherung zu erhalten. Wim und Jane waren schockiert gewesen über diese Idee und hatten sofort widersprochen. Aber dem Möbelhändler war es nach wenigen Stunden gelungen, Wim zu überzeugen. Wim rieb sich die Augen. Der Mann hatte sie hartnäckig bearbeitet und verlockend die Vorteile beschrieben. Keiner wird etwas erfahren und ihr bekommt das Geld von der Versicherung, waren seine Worte. Wie konnte er nur so blöd sein, auf diese Worte zu hören, dachte Wim. Ich hätte ihn rausschmeißen und die Polizei um Aufklärung des Todes bitten sollen. Warum habe ich es nicht getan?

Weil der Möbelhändler in dem Gespräch irgendwann gesagt hatte, Tim hätte Angst gehabt wegen der Unannehmlichkeiten bei den Ermittlungen zum Tod seiner früheren Freundin. Ja, das waren die Worte des Möbelhändlers. Was auch immer sie bedeuteten. Später hatte er die Aufregung von Wim und Jane schamlos ausgenutzt und erklärt, Tim

Porter habe ihm den Mord an Grace Buur gestanden. Es gebe Beweise. Sowohl Wim als auch Jane waren dann zusammengezuckt und hatten sich verwundert angesehen. Sie waren sprachlos und wussten nicht, was sie antworten sollten. Hatte sich Tim dem Möbelhändler anvertraut? Warum? Hatte er ihm etwas gebeichtet, was er seinen Eltern nicht hatte sagen können? Wim und Jane waren bestürzt gewesen und hatten mit dem Möbelhändler vereinbart, in den nächsten Tagen nichts wegen Tims Beerdigung zu unternehmen. Sie wollten darüber nachdenken, was das Beste sei. Wim rieb sich die Stirn. Verdammt! Dieser Gangster hatte eiskalt ihre Bestürzung und Konfusion ausgenutzt und sich gleichzeitig als ein großzügiger und warmherziger Geschäftsmann gegeben. Seine überzeugende und manipulative Art hatte keinen Widerspruch zugelassen. Sie waren wehrlos wie junge Schafe, die sich alles gefallen ließen. Ohne nachzudenken.

In langen und schwierigen Gesprächen hatte er mit Jane immer wieder darüber gesprochen. Beide hatten Angst gehabt, der Möbelhändler könnte eine dumme Bemerkung gegenüber der Polizei machen, wenn sie seinem Rat nicht folgten. Und sie hatten nicht gewusst, was er sagen würde. Nach vielen schlaflosen Nächten hatten sich Wim und Jane schließlich dazu entschieden, seinem Rat zu folgen. Er hatte ihnen die Adresse einer Krankenpflegerin in Bulgarien gegeben und sie aufgefordert, sich an sie zu wenden. Sie spreche ausreichend Englisch und man könne sich mit ihr über die Bedingungen verständigen. Sie hätte bereits wiederholt solche fingierten Pflegeleistungen übernommen. Wieder hatten Wim und Jane mit Argwohn und Bedenken reagiert. Aber Mulders hatte sie schließlich davon überzeugt, dass die

Pflegerin in der Lage sei, in einigen Jahren eine Bescheinigung zu besorgen, wonach Tim während ihrer Pflege gestorben sei. Wim und Jane hatten nachgegeben. Bei einer Abwägung waren sie sich einig geworden, es wäre besser, diesen Betrug zu begehen, als durch eine dumme Bemerkung des Möbelhändlers, Tim nach seinem Tod einem Mordverdacht auszusetzen. Eine grenzenlose Dummheit. Auch wenn der Möbelhändler ihnen gesagt hätte, Tim hätte einen Bankraub begangen, hätte er sie mit seiner überzeugenden, manipulativen, keinen Widerspruch duldenden, Art überzeugen können. Wim und Jane wussten oft nicht, was sie über ihren Sohn denken sollten. Es gab keine Gewissheiten mehr und alles war infrage gestellt worden.

Wim grübelte. Weder er, noch Jane, wollten darüber sprechen, wie Tim tatsächlich gestorben war. Wurde er gestoßen? Wim und Jane trauten sich nicht, Fragen zu stellen und ihrem Misstrauen nachzugehen. Sie hatten Angst, etwas Grässliches aufzudecken. Der Möbelhändler hatte sie in der Hand. Und das nutzte er gnadenlos aus. Sie waren gefügige Opfer.

Wieder schlug Wim mit der flachen Hand auf den Tisch. Er wunderte sich, dass er vor Erregung noch nicht zusammengebrochen war. Sein Herz schlug schnell und er befürchtete einen Infarkt. Mittlerweile war es sechs Uhr morgens. Wie lange hatte er hier gesessen und sich die letzten traurigen Jahre in Erinnerung gerufen? Und zu welchem Ergebnis war er gekommen? Es ist Zeit zum Handeln, schwor er sich. Ich werde dem Druck nicht nachgeben, und wenn es das letzte ist, was ich in meinem Leben noch leisten kann. Lieber will ich sterben, als bei diesem grausamen Spiel teilzunehmen. Es ist an der Zeit, die Karten aufzudecken und bis zur Ausräumung letzter Zweifel alles aufzuklären. Und dem werde ich meine ganze Kraft widmen. Er griff sich an die Stelle, wo er sein Herz vermutete und versuchte, zur Ruhe zu kommen. Einen genauen Plan konnte er noch nicht entwickeln, aber er war sich sicher, dass ihm rechtzeitig etwas einfallen würde. Ab sofort wollte er nur noch für die Aufklärung der Wahrheit leben nach zwanzig Jahren Selbstbetrug. Erschöpft schleppte er sich wieder ins Bett und fiel in einen fast ohnmächtigen Schlaf. Er nahm nichts mehr wahr.

17

Um 7.15 Uhr klingelte es beharrlich bei Wim Porter. Wim brauchte zwei Minuten, um zu begreifen, was passiert war. Aber er rechnete nicht mit einem Besuch des Möbelhändlers. Der würde sich anders bemerkbar machen. Schlaftrunken und fast sorglos öffnete er die Tür und sah drei Polizeibeamte, die ihn grüßten. „Wir bringen Sie zum Präsidium", erklärte einer von ihnen, mit einer Bestimmtheit, die jeglichen Widerspruch verhindern sollte. Die Beamten rechneten mit Widerstand, trugen Schutzwesten und hatten ihre Waffen griffbereit. Wim war zu seiner eigenen Verwunderung von ihrem Besuch nicht besonders überrascht. Vielleicht ist das ein gutes Zeichen, dachte er. Wim gab ihnen zu verstehen, dass er einverstanden war und keinen Widerstand leisten werde. „Kommen Sie bitte herein. Ich werde mich anziehen, dann komme ich mit." Die Polizeibeamten beobachteten ihn streng, sie wollten einen Angriff nicht ausschließen. Wim zog sich eine Jeans, einen Pullover und seine Jacke an. Dann schnürte er sich seine Schuhe. „Wir können gehen“, erklärte er freundlich.

Er ließ sich ohne Widerspruch fesseln und wurde von den Beamten aus dem Haus geführt und in einen Polizeiwagen gesetzt. Sie fuhren in mäßigem Tempo durch die nebligen Straßen in Richtung Zentrum. Auf dem Parkplatz des Präsidiums stoppten sie das Fahrzeug und begleiteten Wim in das Gebäude. Im Vernehmungszimmer warteten bereits die Kommissare Ray Maertens, Vinz Maes und Theo Loon. Wim begrüßte sie freundlich und setzte sich auf den ihm zugewiesenen Platz. Er hatte sich vorgenommen, sich von seiner besten Seite zu zeigen. Was blieb ihm anderes übrig?

Ray ergriff das Wort. „Sie wissen, warum wir Sie haben vorführen lassen?“ Wim zuckte mit den Schultern. „Nein, bitte sagen Sie es mir.“ Ray rechnete mit weiteren Lügen, aber damit wollte er sich jetzt nicht beschäftigen. „Sie stehen unter Mordverdacht. Heute Nacht wurde Frank Wilms ermordet und wir glauben, dass Sie ihn erschossen haben. Es steht Ihnen frei, die Aussage zu verweigern, oder sich einen Anwalt zu nehmen.“ Ray und seine Kollegen warteten geduldig. Wim räusperte sich. „Ich will etwas erklären und ich brauche keinen Anwalt.“ „Gut, dann beginnen Sie“, forderte Ray ihn auf. Vinz schaltete das Aufnahmegerät ein.

Wim rutschte auf seinem Stuhl herum und verschaffte sich eine angenehme Position. Dann trank er einen Schluck aus einer Wasserflasche, die für ihn gedacht war. „Ich habe Wilms nicht erschossen. Wann ist er umgebracht worden?“ Ray lächelte. „Guter Versuch. Er wurde gestern am späten Abend in seiner Wohnung kaltblütig erschossen. Wo waren

Sie gestern Abend? Haben Sie ein Alibi? Wer kann es bestätigen?“ „Ich war zu Hause. Zeugen habe ich keine.“ „Dann dürfte es schwer werden.“ „Warum sollte ich Frank Wilms erschossen haben?“ „Sie hängen in dieser Sache mit Ihrem Sohn genauso drin, wie Frank Wilms, der sterben musste.“ Wim Porter überlegte eine Minute. „Ich kenne, äh kannte, Kommissar Wilms kaum. Wir sind uns zuletzt vor etwa zehn Jahren bei den Ermittlungen begegnet. Seinen Tod bedaure ich.“

Ray lehnte sich zurück. „Jetzt wollen wir die ganze Geschichte hören. Und dieses Mal bitte so, dass wir sie glauben und nachprüfen können.“ Wim atmete tief durch, er hatte sich entschlossen, reinen Tisch zu machen. „Okay, ich werde alles berichten, so, wie es mir in Erinnerung ist … Vor zehn Jahren wurde mein Sohn erneut zu einer Vernehmung geladen. Er hatte alles berichtet, wie er es erlebt hatte. Nach dem Eindruck von Kommissar Wilms und ihrem Kollegen Vinz Maes gab es wohl Unstimmigkeiten, die bei einer weiteren Vernehmung untersucht werden sollten. Kurz vor der zweiten Vernehmung hatte Tim einen schweren Autounfall. Er ist beim Ausweichen gegen einen Baum geprallt. Tim wurde schwer verletzt und im Krankenhaus behandelt. Später wurde er von uns zu Hause gepflegt. Kommissar Wilms hatte davon erfahren und den Termin verschoben.“ Wim kratzte sich an der Stirn, bevor er fortsetzte.

„Im Krankenhaus hat Tim einen Möbelhändler kennengelernt, der ihm helfen wollte. Er wollte ihn probeweise in seiner Verwaltung in einem Hochhaus in Brügge arbeiten lassen. Es war nicht daran zu denken, dass Tim mit seinen Verletzungen jemals wieder normal und ganztags arbeiten konnte. Die Einschränkungen waren zu groß. Gleich in den ersten Tagen ist Tim auf einer Treppe in der Verwaltung im elften Stock gestürzt und hat sich das Genick gebrochen. Er starb wenig später zu Hause bei uns. Der Möbelhändler zeigte sich bestürzt und versicherte uns, zu helfen. Wir nahmen in unserer Not das Angebot an. Außerdem schlug er uns vor, eine „fingierte Pflege" in Sofia durchführen zu lassen. Anstatt den Tod unseres Sohnes zu melden, sollten wir Kontakt zu einer Pflegerin in Sofia aufnehmen und uns von ihr die Pflege unseres Sohns bestätigen lassen. Eine krumme und verrückte Idee, ich weiß. Aber wir hatten dem Möbelhändler vertraut, er behauptete, dass nichts herauskommen würde. Ging ja schließlich auch zehn Jahre gut, bis Sie es gemerkt haben. Die Krankenversicherung hatte gezahlt. Und Wilms war eingeweiht, er hat Geld bekommen und versprach, die Ermittlungen einzustellen." Wim machte eine kurze Pause.

„Ist das alles?", fragte Ray. „Das ist die Kurzform der Geschichte … Jane war nicht einverstanden, und wir haben uns täglich gestritten und uns das Leben zur Hölle gemacht. Ich hatte vor, auf Drängen des Möbelhändlers, im letzten Jahr die fiktive Pflege zu beenden. Die Pflegerin sollte mir eine Sterbeurkunde besorgen, wonach Tim im letzten Jahr während der Pflege gestorben sei. Sie hat mich mit Ausreden hingehalten. Dann war es zu spät." Ray nickte und sah seine Kollegen an. Glaubten sie Wims Erklärung? Eher nicht. Theo war misstrauisch, wollte sich aber nicht einmischen. Ray hielt es für besser, einen Moment abzuwarten, bevor er weitere Fragen stellte.

„Porter, selbst wenn ich ihnen glauben wollte, wirft ihre Darstellung eine Menge Fragen auf. Erstens, was hat die Geschichte mit dem Tod von Wilms zu tun? Zweitens, wie heißt der Möbelhändler und welches Interesse hatte er, Ihnen zu helfen? Drittens, haben Sie überprüft, wie Ihr Sohn gestorben ist? Das sind nur die Fragen, die mir sofort durch den Kopf gehen. Ich bin mir sicher, es werden noch viele andere folgen." „Ja, das kann ich mir denken. Ich gehe davon aus, dass Wilms von dem Möbelhändler bedroht und später getötet wurde. Ich hatte die Nachricht von seinem Tod noch nicht gehört. Wie ist er gestorben?" Ray verzog keine Miene. „Er wurde erschossen." Wim Porter hatte damit gerechnet. „ Ich gehe davon aus, Wilms wollte bei der Sache nicht mehr mitmachen. Der Möbelhändler heißt Paul Mulders. Sie kennen sicher das Möbelhaus Mulders in Brügge." Ray nickte.

„Jetzt erklären Sie uns bitte verständlich, warum sich Mulders dem Schicksal ihres Sohns annahm. Ich habe bisher noch nicht gehört, dass Mulders zu den mildtätigen Menschen gehört, die selbstlos handeln." „Das glaube ich auch nicht. Mulders hat meinen Sohn im Krankenhaus besucht. Er wollte etwas für Tim tun. Deshalb schlug er vor, er könne ein Praktikum in der Verwaltung seines Möbelhauses machen. Tim sollte Rechnungen bearbeiten. Wir haben von Mulders erfahren, dass Tim auf einer Treppe im Hochhaus gestürzt war. Wir waren total fertig, als wir von Tims Sturz erfuhren. Tim war danach nur wenige Stunden im Krankenhaus. Die Ärzte hatten jegliche Hoffnung aufgegeben, und wir wollten Tim zu Hause sterben lassen. Mulders hat uns dann den Vorschlag gemacht, seinen Tod geheim zu halten. Ich hatte anfangs nicht geglaubt und wollte nicht glauben, dass Tims Tod mit dem Mord an Grace in Zusammenhang steht. Jetzt bin ich mir sicher."

Ray unterbrach Wim. „Das müssen Sie uns erklären.“ Wim griff sich nervös an die Nase und überlegte, wie er es erklären konnte. „Wir wollten uns keine Gedanken über den Tod von Grace machen. Tim hatte uns versichert, er hätte nichts damit zu tun. Nach Tims Tod sagte Mulders, Tim habe ihm gewisse Andeutungen gemacht, er habe sich ihm anvertraut. Er hänge in der Sache mit dem Tod von Grace drin, hätte Tim gesagt. Wir konnten und wollten es nicht glauben. Und nach Tims Tod noch weniger. Wir hatten keine Möglichkeit mehr, Tim selbst zu fragen. Können Sie sich vorstellen, wie es uns ging?“ Ray empfand zum ersten Mal ein gewisses Mitleid mit Wim Porter. Wenn seine Geschichte stimmte. So erbärmlich wie Wim dasaß und mit zittriger und aufgeregter Stimme sprach, musste ein gewisser Gehalt an Wahrheit darin verborgen sein. Ray konnte sich nicht vorstellen, dass Wim so überzeugend und ergreifend eine Lügengeschichte erzählen konnte. Aber es waren noch genügend Fragen zu klären.

„Gut“, hakte Ray nach, „kommen wir zurück auf Kommissar Wilms. Was wusste Wilms und warum hat er mitgespielt?“ „Wilms hat Schweigegeld von Mulders bekommen, und er ahnte wohl, dass Mulders in den Mord an Grace verstrickt ist.“ „Hatte Wilms mit Tim gesprochen, und hatte Tim ihm etwas über eine Beziehung zwischen Grace Buur und Mulders gesagt?“ „Weiß ich nicht. Ich halte es für möglich, habe aber mit Tim darüber nicht gesprochen.“ „Und später haben Sie sich nicht dafür interessiert?“ „Nein, sowohl ich als auch Jane wollten alles verdrängen, was mit dem Mord an Grace zu tun hat.“ „Und woher wissen Sie, dass Mulders Wilms bedroht hat?“ „Ich nehme es an. Heute Nacht hat mich Mulders angerufen. Er sagte, ich hätte nur noch eine Chance. Entweder besorge ich innerhalb von fünf Tagen einen aktuellen Totenschein für Tim, er sollte Tims Tod vor einem halben Jahr bestätigen, oder … ich sollte den Kommissaren erklären, Tim habe mir vor seinem Tod den Mord an Grace gestanden.“ Wim fühlte sich erleichtert, nachdem er die letzten Worte herausgepresst hatte. „Bitte helfen Sie mir. Ich habe Angst, von Mulders getötet zu werden.“ Wim brach nach den letzten Worten auf seinem Stuhl zusammen. Er zitterte und fiel auf den Boden. Eine gespenstige Stille und Ratlosigkeit unter den Kommissaren breitete sich aus. Keiner von ihnen wollte sagen, was er dachte.

Ray stand auf und brachte Wim gemeinsam mit Vinz in eine sichere Lage. Sie vermuteten, dass Wim eine Herzattacke erlitten hatte, ausgelöst durch die Aufregung. Wim atmete schwer und griff an seine Brust. Dann wurde er ohnmächtig. Ray erkannte die Situation und half ihm mit einer Herzdruckmassage. Zwei Minuten drückte er mit gezielten Bewegungen schnell gegen den Brustkorb von Wilms. Theo forderte einen Rettungswagen an und Vinz suchte im Polizeigebäude nach einem Defibrillator. Nach fünf Minuten hatte sich die Lage etwas stabilisiert. Wim Porter wurde mit starken Störungen der Herzfrequenz von einem Rettungswagen in das nächste Krankenhaus gebracht.

Die Kommissare schwiegen eine Weile, nachdem der Rettungswagen abgefahren war. Erst nach fünf Minuten nahm Ray das Gespräch wieder auf. „Das konnte ich nicht voraussehen“, dachte er laut nach. „Keiner hat damit gerechnet“, bestätigte Theo und ergänzte: „Ich weiß nicht, wie es euch geht. Ich neige dazu, ihm zu glauben. Deshalb werde ich jetzt eine polizeiliche Überwachung im Krankenhaus anordnen.“ Ray und Vinz nickten. „Das ist sicher gut“, erwiderte

Ray, „auch ich kann mir nicht vorstellen, dass er alles frei erfunden hat. Zu stark und echt waren seine Gefühle. Die Angst hatte ihn gezeichnet. Und ich kann auch verstehen, warum er erst jetzt damit begonnen hat, die Wahrheit zu sagen. Wim ist ein schwacher Mensch, der gern nach außen den starken Mann spielt. Das haben wir bei unseren bisherigen Vernehmungen übersehen.“ Theo lächelte. „Hätte denn Anlass bestanden, seinen Charakter zu überprüfen und seine Schwäche offenzulegen?“ „Weiß ich nicht. Bisher hatte er sich eher als ein widerspenstiger, einsilbiger und schroffer Zeitgenosse gegeben, der mit jedem Streit gesucht hatte.“

„Das war seine Strategie, unangenehme Fragen abzuwehren“, urteilte Vinz und ergänzte: „Wenn wir seiner Geschichte glauben, müssen wir jetzt den Verdacht auf Mulders richten. Und auch, wenn wir Bedenken haben, bleibt uns nichts anderes übrig. Was schlagt ihr vor?“ Ray überlegte und schüttelte seine Hände, die nach der Massage gelockert werden mussten. „Bisher besteht noch nicht der geringste Verdacht gegen Mulders. Deshalb müssen wir sehr vorsichtig agieren. Wir können jedenfalls nicht zu Mulders gehen und ihn mit Porters Aussage konfrontieren. Der würde uns auslachen und die Zeit nutzen, sämtliche, noch verbliebene Spuren zu verwischen. Versteht ihr, was ich meine?“ „Wir sind doch nicht blöd“, lachte Vinz. „Gut, vorsichtige Ermittlungen gelingen am Besten bei verdeckten Ermittlungen. Wir könnten versuchen, einen verdeckten Ermittler in sein Unternehmen zu schleusen. Dort wird doch sicher immer wieder eine Aushilfskraft gesucht.“ „Willst du dich als Aushilfskraft bei Mulders bewerben?“, lachte Theo.

„Ich nicht, aber wir werden sicher einen Kollegen finden, der uns Informationen besorgen kann.“ „Die Idee ist gut.

Sucht einen fähigen Kollegen aus. Ich werde mich um einen Polizeischutz in der Klinik kümmern. Ihr kommt ohne mich klar", erklärte Theo und verließ den Vernehmungsraum. Ray und Vinz nutzten eine alte Methode. Sie schrieben jeder für sich die Fragen auf, die in der weiteren Ermittlung vorrangig zu klären waren. Nach zehn Minuten tauschten sie ihre Fragen aus. Besonders wichtig war es ihnen, zu klären, ob Paul Mulders und Grace Buur sich kannten und vielleicht sogar eine Beziehung hatten. Diese Frage stand nach ihrer Einschätzung im Vordergrund. Jede weitere Frage würde von der Beantwortung dieser Frage abhängen. Sie einigten sich auf eine junge Kommissarin, Lina Jong, die sich für eine Stelle bei Mulders bewerben sollte. Es wurde bei Möbel Mulders eine Bilanzbuchhalterin zur Aushilfe gesucht, hatte Vinz festgestellt. Vinz und Ray gingen zu Lina Jong und baten sie um Unterstützung. Lina hörte sich alles an und war einverstanden. Mehr als das, sie freute sich auf diese Herausforderung.

„Soll ich mich auf die Stelle der Bilanzbuchhalterin bewerben?", fragte Lina. „Ja", erwiderte Ray, „aber vorher sollten wir noch mit Hauptkommissar Loon sprechen, damit er es absegnet. Es ist auch einiges zu beachten, wenn du verdeckt ermittelst. Hast du das schon mal gemacht?" „Nein, aber ich sehe keine Schwierigkeiten. Niemand kennt mich dort und ich werde sehr vorsichtig sein." „Trotzdem musst du dich auf mögliche Gefahren vorbereiten. Wir können nicht einschätzen, wie gefährlich Paul Mulders ist. Bisher wissen wir noch sehr wenig über ihn. Es ist ein bloßer Anfangsverdacht, dem wir nachgehen wollen. Deine Aufgabe wird sein, zu klären, ob er Grace Buur kannte. Grace wurde schon vor zwanzig Jahren ermordet. Deshalb dürfte es nicht so einfach sein, jemanden zu finden, der Auskunft geben kann."

„Wenn ich bei Mulders angestellt werde, konzentriere ich mich zuerst auf die Arbeit und versuche, mit den Kollegen ins Gespräch zu kommen." „Hast du denn mal als Bilanzbuchhalterin gearbeitet?" „Nach meiner kaufmännischen Ausbildung war ich zwei Jahre in der Buchhaltung eines Handwerksbetriebs, bevor ich zur Polizei gewechselt bin." „Dann hast du tatsächlich gute Vorkenntnisse. Wenn du Kollegen findest, die schon länger bei Mulders arbeiten, kannst du sie vorsichtig auf Mulders ansprechen. Unter Umständen findest du eine Kollegin, die sich an Grace Buur erinnern kann. Vielleicht hatte sich Grace Buur damals bei Mulders beworben. Ist nicht auszuschließen."

Theo Loon kam ins Büro und Ray stellte ihm Lina Jong vor, die Theo nur vom Sehen kannte. Ray erläuterte Theo den Plan. „Wir haben nur dürftige Informationen über Mulders. Deshalb sind wir auf Informationen aus verdeckten Ermittlungen angewiesen. Wir könnten Kommissarin Jong in der Buchhaltung von Mulders einschleusen. Dort ist eine Stelle ausgeschrieben, und Kommissarin Jong ist gelernte Buchhalterin." Theo rümpfte die Nase. Er war sich nicht sicher, ob es ein guter Plan war. Trotzdem bedankte er sich bei Lina für ihre Bereitschaft. „Wir bewegen uns auf dünnem Eis. Bisher können wir Mulders noch nichts vorwerfen. Es geht einzig und allein darum, festzustellen, ob Mulders Grace Buur kannte. Sobald Sie das erfahren haben, müssen Sie es sofort mitteilen. Dann müssen wir weitere Schritte planen. Können Sie mir das versichern?" Lina nickte. „Sobald ich gehört habe, dass sie sich kannten, werde ich Sie oder Kommissar Ray Maertens sofort benachrichtigen."

„Gut, dann bin ich einverstanden. Sie werden sich auf die Stelle bewerben. Sobald Sie von Mulders eingestellt worden sind, werden Sie Kommissar Maertens täglich berichten."
„Okay", zeigte sich Lina Jong einverstanden.

Ray und Theo gaben Lina noch einige Tipps, wie sie sich verhalten sollte. Vor allem sollte sie sich noch vor dem Vorstellungsgespräch Gedanken über einen lückenlosen Lebensplan machen, der ohne weiteres und in jeder Hinsicht nachprüfbar war. Es war davon auszugehen, dass Mulders und seine Kollegen sehr misstrauisch waren und alles überprüfen würden. Außerdem forderten sie Lina auf, beim ersten Anzeichen, dass sie enttarnt werden könnte, sofort auszusteigen. „Du begibst dich in größte Gefahr, wenn du dann weitermachst und Heldin spielst", sagte Ray. Theo nickte. „Mir ist nicht sehr wohl bei der Sache. Und ich möchte Sie keinesfalls in Gefahr bringen." Lina lachte. „Ich kann die Sorge nicht verstehen. Bisher ist noch völlig ungeklärt, ob Mulders Grace kannte und irgendwas mit der Sache zu tun hat." „Trotzdem habe ich kein gutes Gefühl", versicherte Theo.

18

Lina Jong hatte sich im Internet auf die Stelle beworben und war zu einem Vorstellungsgespräch am nächsten Tag eingeladen worden. Sie war aufgeregt und nervös und überlegte, was sie erwarten würde. Welche Fragen würde man ihr stellen? Würde man ihre Angaben zu ihrem Lebenslauf und ihren früheren Tätigkeiten überprüfen? Mit Zustimmung von Hauptkommissar Theo Loon hatte sie neue Ausweispapiere erhalten, um ihre Legende abzusichern. Sie hieß jetzt Lina Braak und war aus Brüssel nach Brügge umgezogen. In Brüssel hatte sie in einem kleinen Handwerksbetrieb als Buchhalterin gearbeitet, bis der Betrieb vor einem halben Jahr nach einer Insolvenz geschlossen worden war. Es war nach Einschätzung von Lina kaum möglich, etwas über die früheren Beschäftigten des Handwerksbetriebs zu erfahren. Um jeder Gefahr einer Aufdeckung zu entgehen, hatte sie den Inhaber einer Brüsseler Schreinerei, die tatsächlich vor einem halben Jahr Insolvenz anmelden musste, eingeweiht und gebeten, ihre Angaben zu bestätigen, falls sich jemand nach ihr erkundigte.

Warum sie nach Brügge umgezogen war? Ganz einfach. Der Liebe wegen. Eine Beziehung, die allerdings wenig später in die Brüche gegangen war. Trotzdem und gerade weil es ihr in Brügge gefiel, wollte sie in Brügge bleiben. Ja, das wirkte authentisch. Lina lachte, mit ihren dreißig Jahren war sie reichlich abgebrüht und nicht verlegen. Sie war gespannt auf die Herausforderung und überlegte sich, wie lange es dauern würde, bis sie die von den Kommissaren gewünschte Informationen präsentieren könnte. Die Aufgabe hörte sich einfach an. Sie sollte in Erfahrung bringen, welche Beziehung Tim Porter zum Möbelhaus Mulder geknüpft hatte, und, ob Paul Mulders Grace Buur gekannt hatte. An sich kein schwerer Auftrag, aber der Teufel liegt im Detail, erinnerte sie sich an einen dummen Spruch. Sie musste den Anforderungen einer Bilanzbuchhalterin entsprechen und durfte keine dummen Fragen stellen. Jede Frage musste genau geprüft werden unter Abwägung dessen, was der angesprochene Kollege oder die Kollegin von ihr denken würde.

Vorsicht war geboten, um einem gesunden oder sogar gesteigerten Misstrauen gerecht zu werden. Lina schlief in der Nacht vor dem Termin sehr unruhig. War es die Aufregung oder hatte die Angst, aufgedeckt zu werden, doch gewonnen? Sie quälte sich einige Zeit in ihrem Bett und konnte kaum schlafen. Um fünf Uhr morgens stand sie auf, verzichtete auf einen Kaffee und trank einen Tee. Dann nahm sie eine leichte Beruhigungstablette und machte Entspannungsübungen. Nur die Ruhe, sagte sie sich. Wenn du vorsichtig bist, wird dir nichts passieren. Es sind schon zehn Jahre vergangen, seitdem Tim Porter gestorben ist, und zwanzig Jahre seit dem Mord an Grace. Wenn du konzentriert bei der Sache bist, kannst du nichts falsch machen, sagte sie sich. Was jedoch besonders zu beachten war, war Paul Mulders mögliches Interesse, alle misstrauischen Fragen im Keim zu ersticken. Aber das galt natürlich nur dann, wenn Wim Porter die Wahrheit gesagt hatte. Und gerade das musste überprüft werden.

Lina legte ihre Notizen, die sie sich zu ihrer Legende, ihrer Tarnung, und ihren Fragen gemacht hatte, zur Seite, duschte und zog sich an. Dabei achtete sie darauf, nicht allzu aufdringlich zu erscheinen. Sie wählte einen modischen hellgrauen Hosenanzug und zog darüber einen leichten Wintermantel. Angepasst an die nasskalte Witterung. Nachdem sie ihre Haare nach hinten gekämmt und gebunden hatte, verließ sie ihre Wohnung und fuhr mit der Bahn nach Brügge.

Das Hochhaus, in dem sich die Verwaltung der Möbel Mulders befand, war leicht zu finden. Im zehnten und elften Stockwerk hatte das Möbelhaus zwei Stockwerke gemietet für die Verwaltung. Im elften Stock befand sich das Personalbüro. Dort begrüßte sie die Personalchefin Mera Haan.

Eine streng wirkende, kurzsichtige Dame, Mitte vierzig. Ihre Begrüßung war höflich, aber gleichzeitig herausfordernd und etwas arrogant. Sie schien darauf aus zu sein, gerade in den ersten Minuten, ihren Gesprächspartner kritisch einzuschätzen. Wahrscheinlich hatte sie in letzter Zeit eher Stellenbewerber abgewiesen. Jedenfalls hatte sie eine genaue Vorstellung darüber, über welche Kenntnisse und Eigenschaften die Bewerberin verfügen sollte. Sie sah sich genau und kritisch die bisherigen Zeugnisse an, die ihr Lina gegeben hatte. Lina hatte nach Absprache mit dem Schreinermeister, dessen Betrieb aufgelöst worden war, ein knappes Zeugnis angefertigt und dessen Unterschrift gefälscht. Darin wurden ihre Arbeitsleistung und ihre Fähigkeit zum selbständigen Arbeiten sehr gelobt. Besonders wurde ihre Fähigkeit, eigenständig Verbesserungen vorzuschlagen, gewürdigt.

Mera Haan legte die Zeugnisse zur Seite. Sie war nicht beeindruckt. „Das liest sich alles gut. Aber Sie müssen beweisen, dass Sie auch unseren Anforderungen genügen können. Das ist was anderes als eine kleine Schreinerei. Warum haben Sie dort aufgehört?" „Weil ich nach Brügge gezogen bin", erwiderte Lina. Kein Wort zu wenig, kein Wort zu viel, mahnte sich Lina. „Haben Sie auch in Brügge gearbeitet?" „Nein, noch nicht." „Warum bewerben Sie sich gerade auf diese Stelle? Was zeichnet Sie aus?" Lina lächelte freundlich. Mit solchen Fragen hatte sie gerechnet. Das waren die typischen Fragen zu Beginn eines Bewerbungsgesprächs. „Mir hat die Stellenanzeige gefallen. Es ist eine gute Herausforderung und auch die Arbeitsbedingungen sagen mir zu. Ich traue es mir zu, die Aufgaben zu bewältigen. Ich habe einige Erfahrung in der Buchhaltung. Sie können es gerne testen?“ „Sie können dort viele Fehler machen und einen großen Schaden anrichten. Wir haben niemanden, der sie anlernen kann. Sie sind vom ersten Tag an auf sich allein gestellt. Wissen Sie, was das bedeutet?“

„Damit habe ich gerechnet“, erwiderte Lina selbstbewusst und überzeugt. „Ich hoffe, Sie sind gut versichert, falls Sie einen Fehler machen“, fragte Mera misstrauisch. „Ja, das ist kein Problem. Meine Berufshaftpflichtversicherung ist ausreichend. Und ich habe Sie noch nie in Anspruch genommen.“ „Dann hoffe ich, dass es so bleibt. Ich werde Ihnen Ihren Arbeitsplatz zeigen. Sie können gleich anfangen. Die ersten drei Monate sind Probezeit, und für die erste Woche vereinbaren wir ein Praktikum, für das wir nichts zahlen. Okay?“ Lina schluckte, damit hatte sie nicht gerechnet. Zum Glück war sie auf das Geld nicht angewiesen. Sonst hätte sie es sich dreimal überlegen müssen. „Das wird nicht einfach werden. Ich bin auf das Geld angewiesen.“ „Kann ich mir vorstellen. Aber so sind eben die Bedingungen.“ „Gut, ich werde anfangen.“ „Wir werden am Ende der Woche Ihre Arbeit überprüfen und Ihnen dann sagen, ob Sie mit der Probezeit beginnen können.“

„Okay“, erwiderte Lina kleinlaut. Die Bedingungen waren sehr schlecht und anscheinend konnte sich das Möbelhaus leisten, Bewerber abzuweisen, die mit diesen Bedingungen nicht einverstanden waren. Lina wollte noch fragen, ob sie eine Zahlung erhalten würde, wenn man mit ihrer Arbeitsleistung in der ersten Woche zufrieden wäre. Aber das verkniff sie sich, ebenso wie die Frage, ob man ihr nach dieser Woche einen Vorschuss zahlen würde. Mera stand auf und zeigte Lina den Arbeitsplatz in einem Großraumbüro, in dem drei andere Mitarbeiterinnen in ihre Arbeit vertieft waren. Die Gespräche in dem Büro verstummten, als Mera mit strenger Miene das Büro betrat. Ohne eine Begrüßung deutete sie auf Lina und erklärte: „Eure neue Kollegin. Zeigt ihr den Arbeitsplatz.“ Dann verschwand Mera.

Zwei Kolleginnen standen auf, und Lina stellte sich vor. Sie zeigten Lina ihren Arbeitsplatz und entsperrten den Rechner. Lina brauchte nur wenige Minuten, um zu begreifen, welche Arbeiten zu erledigen waren, Rechnungen schreiben, Kunden mahnen und Zahlungseingänge zuordnen. Das Programm, mit dem das Möbelhaus arbeitete, war nicht besonders neu, aber es ließ sich damit arbeiten. Die Kolleginnen sprachen kaum, gelegentlich tuschelten sie so leise, dass Lina nichts verstehen konnte. Alles andere als eine gute Atmosphäre. Lina hatte nach zwei Stunden das Gefühl, es könnte noch einige Tage dauern, bis man sie in die Gespräche einbeziehen würde. Die Kolleginnen kicherten manchmal, wenn sie etwas Erheiterndes fanden.

Ohne Verabredung standen die anderen um ein Uhr mittags auf und verließen das Büro. Lina atmete tief durch, die abweisende Haltung der Kolleginnen war sehr belastend. Obwohl ihr Magen knurrte, harrte sie an ihrem Arbeitsplatz aus und kaute auf einem Kaugummi. Nach einer Stunde kehrten die Kolleginnen, deren Namen sie nicht kannte, weil sie sich nicht vorgestellt hatten, zurück. Ohne Lina zu beachten, setzten sie ihre Arbeit fort und tuschelten untereinander. Lina überlegte, ob sie ein Gespräch beginnen sollte. Über ein Lächeln kam sie nicht hinaus. Sie wurde nicht beachtet, als wäre sie Luft.

In den nächsten Tagen wurde es besser. Zumindest wurde ihr Gruß erwidert. Nach vier Tagen gelang es ihr, mit einer

Kollegin, die ihr am ehesten als vertrauenswürdig erschien, ein kurzes, belangloses Gespräch über das Wetter zu führen. Wendy, eine etwa fünfzigjährige, leicht ausgezehrte Kollegin, die depressiv wirkte, gab ihr eine freundliche Antwort. Gleichzeitig war zu erkennen, dass sie kein längeres Gespräch wünschte. Als Lina gegen sechs Uhr abends das Büro gemeinsam mit den Kolleginnen verließ und zwei Treppen im Treppenhaus nach unten gehen wollte, wurde sie von Wendy gewarnt. „Das würde ich nicht machen. Keiner benutzt die Treppe." „Warum?", fragte Lina erstaunt. Die anderen beiden Kolleginnen, die in der Nähe standen, zuckten mit den Schultern. Wendy überlegte, ob sie antworten sollte. Linas eindringlicher Blick zeigte ihr, dass sie sehr an einer Antwort interessiert war.

„Ich arbeite seit zwanzig Jahren hier. Seitdem habe ich kein einziges Mal die Treppe benutzt. Meine Kolleginnen auch nicht." „Man muss ja nicht regelmäßig bis nach unten laufen. Aber etwas Bewegung tut mir immer gut, wenn ich lange gesessen habe. Ich laufe bis zum neunten Stock und steige dann in den Fahrstuhl." „Dann pass auf, dass du nicht stürzt. Das ist vor einigen Jahren einem Kollegen passiert. Hatte kein gutes Ende." Die Kolleginnen kicherten und sahen Lina abschätzig an. Dann stiegen sie in den Aufzug. Lina lief zwei Stockwerke nach unten und benutzte dann ebenfalls den Aufzug. Am Abend telefonierte Lina mit Ray und erzählte ihm von ihrer Stelle bei Mulders und über die Warnung der Kollegin, den Aufzug zu benutzen. Ray lachte. „Dann ist an der Story von Wim also doch etwas dran. Du bist auf einem guten Weg", lobte er Lina und fügte hinzu: „Pass auf dich auf. Die Sache ist nicht ungefährlich."

So einzigartig wie jeder Mensch ist, bist du in die Rolle von Lina Braan geschlüpft, dachte Lina. Das hast du gut gemacht. Wer sollte Verdacht schöpfen? Lina trank einen Tee und bereitete sich auf die Aufgaben am nächsten Tag vor. Zum einen musste sie ihre Kenntnisse bei der Bearbeitung von Rechnungen auffrischen, außerdem musste sie ihre Tarnung anpassen. Nach allem, was sie heute erfahren hatte, war es wichtig, sich zurückzuhalten. Sie musste vorsichtig sein und jedes Wort abwägen. Ihr wurde mit Misstrauen begegnet. Lina fragte sich, ob die Kolleginnen von der Personalchefin hierzu aufgefordert worden waren? Sie konnte sich nicht vorstellen, dass die Kolleginnen aus eigenem Antrieb so schmallippig, abweisend und zugeknöpft waren. Na ja, vielleicht hatte sie sich auch getäuscht. Es waren schließlich die ersten Tage. Genauso konnte es auch sein, dass die Kolleginnen dachten, sie wäre vom Chef zur Überwachung eingeschleust worden.

Vorsicht war in jeder Hinsicht angebracht. Lina versuchte ihre Kolleginnen einzuschätzen. Außer Wendy Kees, mit der sie ein paar Worte gewechselt hatte, waren da noch Frau Hüters und Frau Welker. Beide waren nach ihrer Einschätzung etwas jünger als Wendy, also Mitte vierzig. Wendy erschien ihr als diejenige, die am längster bei Mulders arbeitete. Aber sie konnte sich irren. Jedenfalls war Wendy die einzige Kollegin, die mit ihr sprach. Lina bereitete sich einen Salat zu und wärmte eine Pizza im Ofen auf. Zum Glück hatte sie ihre Wohnung gestern gründlich geputzt und ausreichend Lebensmittel eingekauft. Sie hatte auch genau darauf geachtet, auf dem Heimweg nicht beobachtet zu werden.

Sie wollte die Personalchefin und die Kolleginnen im Glauben lassen, dass sie in Brügge wohnte. Deshalb musste sie noch an ihrer Tarnung arbeiten. Bisher hatte sie nur eine ungefähre Vorstellung, wie sie ihre Wohnverhältnisse beschreiben konnte. In einem Hochhaus, am Stadtrand von Brügge. Klar, die Adresse, die sie angeben wollte, hatte sie sich gemerkt. Und sie hatte in den Immobilienanzeigen auch einige Wohnungen in diesem Haus gesehen. Trotzdem musste sie ihre neue Rolle noch etwas stärker verinnerlichen. Persönlicher und einzigartiger machen. Sie hatte der Personalchefin gesagt, es würde ihr in Brügge gefallen. Wie konnte es einem in einem Hochhaus am Stadtrand gefallen? Angestrengt durch diese Gedanken wurde sie müde und schaltete nach einer Stunde ab. Es wird mir schon was einfallen, sagte sie sich. Sie sah sich noch Sendungen im Fernsehen an und schaltete zwischen den Sendern hin und her. Sie konnte sich nicht entscheiden.

Am nächsten Tag geschah etwas Merkwürdiges. Lina hatte schon als sie das Büro betrat ein komisches Gefühl. Die Begrüßung ihrer Kolleginnen war wie üblich sehr zurückhaltend. Aber Lina hatte das Gefühl, Wendy wollte ihr etwas sagen und hatte Angst, in Anwesenheit der Kolleginnen zu sprechen. Lina lächelte ihr zu und begann mit der Überprüfung von Rechnungen. Als die Kolleginnen zur Mittagspause gingen, sah Wendy verlegen zu Lina. Lina kam es so vor, als wollte Wendy sie einladen, mitzukommen. Lina lächelte. Sie hatte Verständnis. Es musste Wendy große Überwindung gegenüber den anderen Kolleginnen kosten, Lina anzusprechen und sie aufzufordern, mitzukommen. Aber besser war es, allein mit Wendy zu sprechen. Lina wartete auf einen günstigen Zeitpunkt. Als Wendy um drei Uhr nachmittags das Büro verließ, um zur Toilette zu gehen, stand sie auf und ging ebenfalls aus dem Büro. Sie wollte mit Wendy sprechen.

Wendy war nicht überrascht, Lina zu begegnen. Sie sahen sich freundlich an. Wendy gab Lina einen kleinen Zettel. „Wenn du willst, kannst du mich anrufen. Es ist schwer, im Büro zu sprechen." Lina nahm den Zettel und steckte ihn in ihre Hosentasche. Sie lächelte und bedankte sich. Dann ging Wendy zurück ins Büro. Lina wunderte sich. Einige Gedanken gingen ihr durch den Kopf, aber sie hatte Schwierigkeiten, sie zu ordnen und in den richtigen Zusammenhang zu bringen. Sie nahm sich vor, sich nichts anmerken zu lassen und wie gewohnt weiter die Rechnungen und Zahlungseingänge zu überprüfen. Am Abend wollte sie Wendy anrufen. Die nächsten Stunden vergingen ohne besondere Ereignisse. Wendy lächelte, als sie kurz nach fünf Uhr in Begleitung der anderen Kolleginnen das Büro verließ. Lina wollte noch zehn Minuten abwarten und die Zahlungseingänge und Mahnungen überprüfen.

Um halb sechs beendete sie das Programm und schaltete den Rechner aus. Sie hatte es nicht eilig. Sie lief zwei Stockwerke über die Treppe nach unten und nahm dann den Aufzug. Auf dem Weg zum Bahnhof sah sie sich vorsichtig um. Niemand beobachtete sie. Sie setzte sich in den sechs Uhr zehn Zug nach Ostende und kaufte auf dem Heimweg noch Brot, Käse, Salat und etwas Obst. Sie wollte sich ein Sandwich machen. Nach dem Essen entspannte sie sich einige Minuten, bevor sie Wendy anrief. Seit einigen Stunden dachte sie darüber nach, warum ihr Wendy die Telefonnummer aufgeschrieben hatte. Hatte Wendy den Wunsch, ihr etwas mitzuteilen, was die anderen nicht hören durften? Gab es Geheimnisse, die nicht für die Öffentlichkeit bestimmt waren? Wie sollte sich Lina verhalten? Lina kam nach dem Ordnen ihrer Gedanken zu dem Ergebnis, dass Wendy ihr etwas Wichtiges anvertrauen wollte. Sie musste dieses Angebot nutzen. Vielleicht konnte sie etwas darüber erfahren, warum niemand die Treppe benutzte. Vielleicht wusste Wendy auch, wie es zu dem Treppensturz von Tim Porter vor zehn Jahren gekommen war. Schließlich arbeitete sie schon seit über zehn Jahren bei Möbel Mulders.

Lina rief die von Wendy aufgeschriebene Nummer an. Wendy meldete sich nach kurzer Zeit. Sie schien mit Linas Anruf gerechnet zu haben. Jedenfalls war sie nicht verwundert. „Danke, dass Sie mir Ihre Nummer gegeben haben. Es freut mich, dass sie mit mir sprechen wollen“, begann Lina etwas unbeholfen das Gespräch. Wendy lächelte. „Ja, es muss Ihnen komisch erscheinen, wenn wir so zurückhaltend sind. Es muss für Außenstehende bedrückend wirken … Aber das war nicht immer so.“ „Ich dachte schon, es hat etwas mit mir zu tun.“ „Nein, das hat es nicht. Wir sind eher misstrauisch gegenüber neuen Kollegen. Ich habe den anderen schon gesagt, dass Sie nichts getan haben, was unser Misstrauen rechtfertigen könnte. Trotzdem ...“ „Danke“, erwiderte Lina. Wendy räusperte sich. „Sie wollten wissen, warum wir die Treppe im Treppenhaus nicht benutzen?“ „Ja, ich hatte mich über Ihre Reaktion gewundert. So stark, wie Sie und Ihre Kolleginnen das abgelehnt haben, war es schon sehr seltsam. Natürlich ist es nicht üblich vom elften Stock nach unten zu laufen, wenn der Aufzug funktioniert. Aber nach langem Sitzen ist etwas Bewegung gesund.“ „Ja, Sie haben recht. Ich bin auch froh, wenn ich mich etwas bewegen kann. Aber die Ablehnung, die Treppe zu benutzen, hat ihren Grund … Vor zehn Jahren ist ein junger, behinderter Mann auf dieser Treppe nach unten gestürzt und hat sich das Genick gebrochen.“

„O“, bemerkte Lina aufgeregt, „waren Sie an diesem Tag im Büro?“ „Ja, aber ich bin eine halbe Stunde vorher nach Hause gegangen. Es war der letzte Tag, an dem ich zwei Stockwerke nach unten gelaufen bin. Die Treppe ist eigentlich nicht gefährlich.“ Lina musste sich bremsen. Sie durfte nicht allzu hektisch Fragen stellen und musste vorsichtig sein. „Wie haben Sie von diesem Unglück erfahren?“ „Am nächsten Tag habe ich es gehört, noch bevor ich zur Arbeit gekommen bin.“ „Aus den Nachrichten?“ „Nein, in den Nachrichten wurde darüber nicht berichtet.“ Lina wusste, dass weder die Zeitungen, noch das Fernsehen darüber berichtet hatten. Sie konnte sich gerade noch bremsen, fast hätte sie gesagt, sie wüsste es. Stattdessen sagte sie: „Es wundert mich, dass darüber nicht berichtet wurde.“ „Ich habe mich damals auch gewundert. Wahrscheinlich hatte Mulders Angst vor schlechten Nachrichten. Wenige Tage zuvor war jemand in seinem Möbelhaus ausgerutscht und hatte sich verletzt. Das wäre zu viel an schlechten Nachrichten und hätte seinem guten Ruf geschadet.“

„Kannten Sie den jungen Mann, der die Treppe nach unten gestürzt ist?“ „Ja, er war nach einem Unfall mit einer Behinderung zu uns gekommen und hatte erst wenige Tage bei uns gearbeitet. Es war ein Anliegen des Chefs, ihm bei uns eine Chance zu geben … Aber das sind Informationen, die Sie bitte für sich behalten.“ „Natürlich werde ich darüber nicht reden“, eilte sich Lina mit einer Antwort. Sie musste höllisch aufpassen, was sie sagte. Sie durfte keinesfalls auf weitere Informationen drängen. „Vielen Dank für Ihre Auskunft. Ich kann mir vorstellen, dass Ihnen das sehr nahe gegangen ist.“ „Ja, seitdem haben wir Angst, die Treppe zu benutzen. Wahrscheinlich liegt auf der Treppe so etwas wie ein böser Fluch. Wenn Sie jetzt trotzdem die Treppe nach unten laufen, werden sie verächtliche und böse Blicke von den Kolleginnen ernten. Bitte denken Sie daran.“ Lina erkannte Wendys Botschaft. Sie würde von den Kolleginnen abgelehnt werden, wenn sie weiterhin die Treppe benutzte. „Vielen Dank für Ihren Rat. Ich werde nicht mehr die Treppe benutzen“, versicherte Lina. Sie sprachen noch einige Minuten und beendeten dann das Gespräch.

Nach dem Gespräch atmete Lina tief durch. Der Grund, warum Wendy mit ihr sprechen wollte, war, sie vor einer weiteren Ablehnung der anderen Kolleginnen zu bewahren. Das Benutzen der Treppe bedeutete eine Auflehnung gegen die anderen Kolleginnen. Deshalb musste sie sich anpassen. Sie würde in den nächsten Tagen das Büro gemeinsam mit ihnen verlassen und den Aufzug benutzen. Lina dachte über Wendys Verhalten nach. Irgendwie hatte sie das Gefühl, Wendy passte nicht so recht zu den anderen Kolleginnen. Sie war deutlich offener und um einen lockeren Austausch bemüht. Die anderen beiden, Thea Hüter und Zora Welker hingegen, gingen verbissen ihrer Arbeit nach und blendeten alles aus, was sie davon ablenken konnte. So straff wie sie ihren Arbeitsalltag organisierten mit genau geregelten Pausen, so straff und ernst hatten sie sich gekleidet und ihre Haare gerichtet. Nichts überließen sie dem Zufall.

Am nächsten Tag tauschten Lina und Wendy freundliche Blicke aus, sie sprachen nicht miteinander. Beide wollten das Gespräch vom gestrigen Abend nicht vertiefen. Das war nicht erforderlich. Lina hatte das Gefühl, Wendy nach dem Gespräch besser verstehen zu können. Wahrscheinlich nahm Wendy an den Unterhaltungen mit den anderen beiden auch nur teil, weil sie Spannungen vermeiden wollte, dachte Lina. Sie konzentrierte sich auf die Prüfung der Rechnungen und mahnte säumige Zahler. Im Gegensatz zu den letzten Tagen versuchte sie nicht mehr, mit den Kolleginnen ins Gespräch zu kommen. Wenn es notwendig werden sollte, konnte sie mit Wendy telefonieren. Und das beruhigte sie.

Als Lina zwei Tag später ins Büro kam, stellte sie fest, dass Wendy nicht da war. Thea Hüter und Zora Welker sprachen über einen Anruf von Wendy. Sie hatte sich krankgemeldet. Deshalb mussten die Aufgaben von Wendy aufgeteilt werden. Thea übernahm die Aufteilung der Arbeiten und gab Lina mit knappen und strengen Worten neue Aufgaben. Lina hatte das Gefühl, dass Thea nicht gut auf sie zu sprechen war. Es passte ihr nicht, mit einer neuen Kollegin zu arbeiten. „Es bleibt uns nichts anderes übrig. Ich habe alles gleichmäßig verteilt. Jeder wird heute Überstunden machen müssen“, erklärte Thea mit einem strengen Ausdruck, der keinen Widerspruch duldete. Lina blieb entspannt und nickte. Trotzdem begannen Thea und Zora pünktlich um ein Uhr mit der Mittagspause. Wie üblich standen sie auf und richteten ihre Frisur. Allerdings wandte sich dann Thea an Lina mit den Worten: „Komm doch mit.“ Das klang mehr wie eine Aufforderung. Lina stand auf und folgte den Kolleginnen.

Sie gingen gemeinsam zum Aufzug im elften Stockwerk. Lina war einverstanden, ebenfalls mit dem Aufzug zu fahren. Als sich die Aufzugtür öffnete, traten Thea, Zora und

Linda ein. Thea drückte auf die Taste Erdgeschoss. Sie fuhren drei Stockwerke nach unten. Plötzlich und völlig unvorhersehbar betätigte Zora den Notschalter, der den Aufzug zum Stehen brachte. Lina sah erst Zora und dann Thea verständnislos an. Was hatten sie vor? Thea und Zora kicherten, als freuten sie sich über einen gelungenen Streich. Dann sah Thea Lina scharf an und packte sie hart am Hals. Sie zog mit aller Kraft an den beiden Enden von Linas umgebundenem Schal. Zora hielt gleichzeitig Linas Hände fest. Lina war überrascht und konnte sich zuerst nicht wehren. Der Schal schnürte ihren Hals und sie bekam keine Luft mehr. Sie röchelte. „Merk dir das", schrie Thea, „steck deine Nase nicht in Dinge, die dich nichts angehen."

Lina wehrte sich mit aller Kraft und konnte nach einigen Sekunden ihre Hände befreien. Dann lockerte sie den Schal und sah Thea und Zora giftig an. „Nicht mit mir. Sucht eine andere, mit der ihr euer Spiel treiben könnt." Sie schlug Thea mit der Hand ins Gesicht und verdrehte Zoras Arm. Beide Frauen waren überrascht von Linas schneller Gegenwehr und stöhnten. Lina drückte auf die Notfalltaste, um die Fahrt nach unten fortzusetzen. Als sich der Aufzug im Erdgeschoss öffnete, eilten Thea und Zora schnell aus dem Aufzug. Das Lachen war ihnen vergangen. Lina ging in eine andere Richtung. Sie betrat ein Fast Food Restaurant und ging zur Toilette, um sich den Hals und das Gesicht zu waschen. Nein, sie hatte keine Angst zu ersticken, dafür war sie zu abgebrüht. Wahrscheinlich wäre eine andere, unbedarfte junge Frau unter Schmerzen zusammengebrochen. Und das war es, was Thea und Zora beabsichtigt hatten. Aber Lina konnte diesem Druck standhalten.

Nachdem sie ihre leichte Wunde am Hals versorgt hatte, trank sie in dem Lokal eine Cola. Danach ging sie zurück zum Büro und setzte ihre Arbeit fort, als wäre nichts geschehen. Pünktlich um zwei Uhr kehrten Thea und Zora ins Büro zurück. Sie wollten sich nichts anmerken lassen, was nicht gelang. Zora rieb sich ständig den schmerzhaften Arm und Thea rieb sich manchmal die wunde Stelle im Gesicht. Verlegen betrachteten sie Lina und wichen ihrem Blick aus, wenn Lina sie ansah. Zehn vor fünf stand Lina auf, es sah so aus, als würde sie zur Toilette gehen. Sie betrat den Aufzug und fuhr in den zweiten Stock. Dort stieg sie aus und versperrte die Aufzugtür mit einem Karton, der im zweiten Stock abgestellt worden war. Dann ging sie entspannt über die Treppe nach oben. Als sie in den elften Stock kam, warteten Thea und Zora bereits ungeduldig vor dem Aufzug zur Fahrt nach unten. Lina lächelte und erntete giftige Blicke.

Nach einer halben Stunde beendete Lina die Überprüfung der Rechnungen und schaltete den Rechner aus. Als sie das Büro verließ, warteten Thea und Zora immer noch ungeduldig auf den Aufzug. Lina lief lächelnd über das Treppenhaus nach unten. Sie dachte auf dem Heimweg über das Verhalten der beiden Ladys nach. War die Sache im Aufzug ein dummer Streich, oder steckte mehr dahinter? Sie konnte ihre Kolleginnen nicht einschätzen. Und das war das Gefährliche. Wenn es ihnen nur darum gegangen war, sie zu testen und ihr die Grenzen aufzuzeigen, konnte sie es als einen dummen Streich abhaken. Aber es konnte auch anders sein. Ihre Drohung, sich nicht in fremde Dinge einzumischen, ließ verschiedene Deutungen zu, und im schlimmsten Fall kannten die Kolleginnen Linas eigentliches Interesse. Sie musste noch vorsichtiger sein. Hatte Wendy ihnen etwas gesagt?

Am Abend machte sie nach dem Essen zwei Anrufe, die ihr wichtig waren. Zuerst telefonierte sie mit Kommissar Ray Maertens und berichtete ihm über den Zwischenfall im Aufzug. Ray erschrak. „Das hört sich gefährlich an. Ich hoffe, du bist dir bewusst, was da hätte passieren können. Ist dein Hals wieder in Ordnung?“ „Geht schon. Er ist noch etwas gerötet. Schließlich hat sie mir etwa zehn Sekunden mit festem Druck die Luft genommen. Ich hatte nicht damit gerechnet, dass dieses dumme Weib über so viel Kraft verfügt.“ „Und die andere?“ „Die hatte meine Hände im festen Griff. Das sah nicht so aus, als hätten sie es spontan beschlossen. Wenn die mit sämtlichen neuen Kolleginnen so umgehen, wundert es mich nicht, wenn die Stelle immer wieder neu besetzt werden muss. Wer hält es mit denen aus?“ „Warst du beim Arzt?“ „Noch nicht, der Hals ist gerötet, mehr nicht. Ich habe einen wärmenden Verband umgebunden.“ Ray stöhnte. „Ich werde zur Vorsicht Vinz beauftragen, tagsüber in deiner Nähe zu bleiben.“

„Ich kann ihn bei der Arbeit nicht anrufen. Das wäre zu auffällig.“ „Daran habe ich auch gedacht. Ich bitte dich bei der Pizzeria Gloria anzurufen. Die werden Vinz Maes sofort benachrichtigen. Es reicht, wenn du eine Bestellung aufgibst und deinen Namen nennst. Wenn du eine Pizza Peperoni bestellst, wird Vinz spätestens in fünf Minuten in dem Büro erscheinen.“ Kommissarin Lina Jong lachte. „Das hast du organisiert?“ „Ja, eine Vorsichtsmaßnahme. Die Pizzeria ist nur zweihundert Meter vom Hochhaus entfernt. Der Inhaber ist ein guter Bekannter von Vinz und weiß Bescheid.“ „Vielen Dank. Ich hoffe, ich muss von diesem Angebot keinen Gebrauch machen. Mit den beiden Frauen komme ich selbst klar. Jetzt weiß ich, wozu sie fähig sind. Nochmal werden sie mich nicht überraschen."

Danach rief Lina Wendy an. Sie hatte lange mit sich gerungen, ob sie mit Wendy sprechen sollte. Konnte sie ihr vertrauen? Schließlich hatte sie sich dazu entschieden, weil sie schnell erfahren wollte, warum die Kolleginnen sie grundlos angegriffen hatten. Wendy nahm den Anruf nach einigen Sekunden entgegen. „Wie geht es dir?", fragte Lina. „Schon etwas besser. Ich habe mich erkältet und starken Husten. Deshalb wurde ich für vier Tage krankgeschrieben. Der Arzt meinte, ich sollte mich ausruhen, viel schlafen und an die Küste fahren. Wie kommst du mit Thea und Zora aus?" Lina lächelte verlegen. „Ich weiß nicht, ob ich es dir sagen kann." „Haben sie dich geärgert … Ich habe ihnen gesagt, sie sollen dich in Ruhe lassen, diese dummen Weiber." Lina berichtete über den Vorfall im Aufzug. „Verdammt … Das war ganz böse und hinterhältig. Du solltest sie unbedingt bei der Polizei anzeigen", schimpfte Wendy. „Nein, so schlimm ist es nicht. Außerdem konnte ich mich ja wehren … Kannst du dir vorstellen, dass Thea etwas ähnliches mit dem Mann gemacht hat, der vor zehn Jahren im Treppenhaus gestürzt ist?"

Einen Moment schwieg Wendy und Lina überlegte, ob sie eine dumme und unpassende Frage gestellt hatte. „Das kann sein", erklärte Wendy, „ich war nicht dabei. Ich hatte erst am nächsten Tag erfahren, dass der Mann gestürzt war und Thea einen Rettungswagen gerufen hatte. Thea hatte damals immer wieder beteuert, sie hätte mit dem Sturz nichts zu tun. Aber so ganz glaube ich ihr nicht. Damals nicht und heute auch nicht." „Warum?" „Na ja, du siehst selbst, wozu sie fähig ist." Lina wurde hellhörig. „Du hast also Zweifel, ob

Thea mit dem Sturz doch etwas zu tun hat?" „Na ja, ich will es nicht ausschließen. Thea kann sehr böse, gemein und hinterhältig sein. Vor allem ist sie sehr streitlustig. Du kannst dir nicht vorstellen, wie oft ich mit ihr schon gestritten und mir überlegt habe, zu kündigen. Wahrscheinlich habe ich nur deshalb nicht gekündigt, weil ich ihr den Triumph nicht gönne. Ich will nicht verlieren und habe auch meinen Stolz."

Lina lachte. „Ja, das kann ich gut verstehen. Ich würde es mir auch nicht gefallen lassen. Auf keinen Fall würde ich mich von dieser dummen Kuh von meinem Arbeitsplatz vertreiben lassen. Was ist mit Zora? Wie steht sie zu Thea?" „Zora ist eine Mitläuferin. Sie hat sich mit Thea arrangiert. Die beiden haben keine Probleme. Thea gibt den Takt vor und Zora macht mit, ohne nachzudenken. Es scheint ihr Spaß zu machen, ihr uneingeschränkt zu folgen. So sind die Menschen, die einen führen, die anderen wollen geführt werden. Na ja, zum Glück nicht alle." „Glaubst du, Thea hat es ausgenutzt, dass du krank bist?" „Wahrscheinlich. Sonst hätte ich sie bestimmt gebremst. Nach ihrem letzten Angriff habe ich ihr versichert, ich würde sie beim nächsten Mal anzeigen." „Hast du es mal der Personalchefin gesagt?" „Nein, die Personalchefin und Mulders, der Chef, stecken unter einer Decke. Einer schützt den anderen. Und Thea hat sich bei ihnen beliebt gemacht mit ihrer straffen, rabiaten Art. Sie stimmt allem zu, was die Personalchefin sagt."

Lina wunderte sich, dass Wendy sich ihr so sehr anvertraute. Gelegentlich hatte sie Zweifel, ob Wendy es wirklich so meinte. Aber sie konnte sich nicht erklären, warum Wendy ihr gegenüber lügen sollte. „Jetzt hast du mir so viel anvertraut. Ich hätte nicht gedacht, dass du und Thea so zerstritten seid." „Doch. Wir hassen uns." „Warum geht ihr dann gemeinsam in die Mittagspause?" „Wir gehen nur zum Aufzug und fahren gemeinsam nach unten. Dann trennen wir uns. Das ist eine alte Angewohnheit. Ich will Zora und Thea zeigen, dass ich keine Angst vor ihnen habe. Außerdem will ich die Arbeit für mich erträglicher machen. Vielleicht bilde ich mir ein, es würde helfen, wenn ich manchmal einlenke. Verstehst du?" „Schwer zu verstehen. Wie kann man die Hölle erträglich machen?"

Es entstand eine kurze Pause. „Vielleicht warte ich auch auf den Moment, in dem ich Thea zu Fall bringen kann. Das wäre eine tiefe Genugtuung", seufzte Wendy. „Ich will dir dabei helfen. Hast du Lust, dich morgen mit mir zu treffen?" „Ja, aber wir müssen aufpassen. Es wäre nicht gut, wenn Thea oder Zora davon erfahren würden. Ich habe das Gefühl, sie verfolgen mich. Und gerade du solltest aufpassen, wenn du weiter dort arbeiten willst. Oder hast du die Schnauze voll?" „Nein, ich lasse mich auch nicht unterkriegen. Da haben wir etwas gemeinsam." „Gut, was schlägst du vor? Wo können wir uns treffen?" „Ich will morgen Abend eine Freundin in Ostende besuchen. Wenn du willst, können wir uns am Bahnhof in Ostende um 18.00 treffen. Ist das okay?" Ja, das ist gut. In Ostende wird Thea uns nicht suchen. Ich fahre schon am frühen Nachmittag nach Ostende. Passt mir gut, wollte in Ostende einen gemütlichen Strandspaziergang machen. Gut gegen Halsschmerzen." „Gut, dann bis morgen", verabschiedete sich Lina und beendete das Gespräch. Lina atmete tief durch. Über eine Stunde hatte sie mit Wendy gesprochen. Und sie hatte das Gefühl, Wendy wollte ihr noch einiges sagen.

Lina setzt sich auf die Couch und notierte alles in ihrem Notebook, was ihr von dem Gespräch in Erinnerung geblieben war. Hätte sie geahnt, wie auskunftsfreudig Wendy sein würde, hätte sie das Gespräch aufgenommen. Jetzt nutzte ihr ein Lehrgang, den sie vor kurzem besucht hatte. Dort hatte sie gelernt, wichtige Informationen im Gedächtnis zu speichern und sie schnell von unwichtigem Inhalt zu trennen. Nach einer Stunde konzentrierten Nachdenkens hatte sie das Wesentliche aufgeschrieben. Wenigstens glaubte sie, dass es das Wesentliche war.

19

Am nächsten Morgen saßen die Kommissare Ray Maertens, Vinz Maes und ihr Chef, Theo Loon, gemeinsam im Büro und besprachen die neuen Entwicklungen. Ray berichtete: „Ich hatte gestern Abend zwei Gespräche mit unserer Kommissarin Lina Jong. Sie verfolgt eine heiße Spur.“ Dann informierte Ray sie über den Inhalt der Gespräche. „Ich gehe davon aus, wenn sie ihre Kollegin heute am Bahnhof trifft, werden wir deutlich mehr erfahren. Es ist unsere Aufgabe, sie zu schützen und aufzupassen, dass sie nicht angegriffen wird.“ „Wer sollte sie angreifen?“, mischte sich Vinz ein. „Ihre Kollegin Wendy Kees hat Angst, beobachtet zu werden. Das sollten wir ernst nehmen. Ich schlage vor, einer beobachtet Wendy Kees, sobald sie ihre Wohnung in Brügge verlässt und der andere begleitet Lina verdeckt, wenn sie nach Feierabend das Hochhaus verlässt. Das dürfte nicht so schwer sein. Im Interesse von Lina müssen wir sämtliche Gefahren ausschalten.“

Theo nickte. „Wahrscheinlich ist es besser, wenn wir jemanden suchen, der diese Aufgabe übernimmt. Wir sind als Kommissare bekannt, und wenn tatsächlich Mulders in der Sache drinsteckt, wird er jeden Schritt von uns verfolgen. Vergesst nicht, wir ermitteln nicht nur wer Grace Buur getötet hat. Auch die Suche nach dem Mörder von Kommissar Wilms und Tim Porter ist wichtig. Ich werde zwei junge Kolleginnen suchen, die Lina und Wendy verdeckt beobachten."

Als Lina kurz nach fünf Uhr nachmittags das Hochhaus in Brügge verließ, folgte ihr eine junge Kommissarin unauffällig. Selbst Lina war das nicht bekannt. Lina hatte es nicht eilig. Sie ging zum Bahnhof und nahm den 5.30 Uhr Zug nach Ostende. Dort traf sie kurz vor sechs Uhr ein und konnte aus einiger Entfernung Wendy erkennen, die bereits ungeduldig wartete. Sie erkannte auch eine Kollegin aus dem Polizeidienst und war sich sicher, dass die Kommissare sie zu ihrer Sicherheit abgestellt hatten. Lina und Wendy begrüßten sich freundlich und gingen gemeinsam über die Strandpromenade zu einem Bistro in der Langestraat. Wendy sah sich manchmal nervös um. Sie befürchtete, ihr wäre jemand gefolgt. Lina beruhigte sie. „In Ostende bist du sicher. Ich kann mir nicht vorstellen, dass dir jemand aus Brügge gefolgt ist. Wann bist du nach Ostende gefahren?"
„Ich bin schon nach dem Frühstück aufgebrochen, kurz vor zehn. Die Seeluft tut mir gut. Zum Glück regnet es nicht. Der Wind stört mich nicht."

Nach zwanzig Minuten kamen sie zu einem unscheinbaren Bistro und stellten fest, dass nur wenige Gäste dort saßen. Sie bestellten Kaffee. Lina spürte Wendys Unsicherheit und beruhigte sie. „Wir müssen nicht über Thea und die vergiftete Atmosphäre im Büro sprechen, wenn du nicht willst." „Doch", entgegnete Wendy, „mir ist es wichtig, darüber zu reden. Da hat sich einiges aufgestaut und ich bin erleichtert, jemanden gefunden zu haben ..." „Der dir zuhört", ergänzte Lina. Wendy nickte. Sie legte ein Heft auf den Tisch. „Ich habe seit über zehn Jahren alles notiert, was Thea getrieben hat. Das war für mich die einzige Möglichkeit, alles zu verarbeiten. Alles hat schon angefangen, bevor der junge Mann zu uns ins Büro gekommen war. Thea war nur die ersten zwei Wochen freundlich, dann wurde sie immer unberechenbarer. Als sie mich wegen einer kleinen Meinungsverschiedenheit beleidigt und geschubst hat, war ich völlig erschüttert und habe einige Tage gebraucht, um zur Ruhe zu kommen. Kannst du dir vorstellen, mit jemanden zusammenzuarbeiten, der dich wegen eines unbedeutenden Streits schlägt?"

„Nein. Wann ist das passiert?" „Vor elf Jahren. Seitdem schreibe ich alles auf." Wendy blätterte in ihrem Notizbuch und zeigte auf eine markierte Stelle. Lina las interessiert einige Seiten und gab es Wendy zurück. „Wenn du alles Lesen willst, würde ich mich freuen. Ich habe alles für dich kopiert." Linda wunderte sich über das Vertrauen, das ihr Wendy schenkte. „O, wir kennen uns kaum. Aber natürlich will ich es lesen und dir helfen. Ich glaube, du brauchst Unterstützung gegenüber Thea." „Ja, aber nicht nur gegenüber Thea. Ich habe das Gefühl, auch die Personalchefin und der Chef selbst haben es auf mich abgesehen." „Warum?" „Das weiß ich nicht. Vielleicht bin ich ihnen gegenüber nicht loyal genug. Vielleicht erwarten sie mehr Engagement von mir. Ich habe mir in den letzten Jahren nichts zu Schulden kommen lassen, aber immer auf meinen Urlaub und die Auszahlung der Überstunden bestanden.“ „Das ist dein gutes Recht.“

Lina blätterte in den kopierten Seiten, die ihr Wendy gegeben hatte. „Du schreibst, Mulders habe dir persönlich untersagt, über den Treppensturz zu reden. Das verstehe ich nicht.“ „Ich habe es auch nicht verstanden. Am Tag nachdem der junge Mann gestürzt und ins Krankenhaus gebracht worden war, kam Mulders ins Büro und überreichte uns eine schriftliche Anweisung, die wir unbedingt befolgen sollten. Dann sagte er, es gehe niemanden etwas an, was mit dem Mann passiert sei. Er werde alles mit den Eltern regeln. Es dürfe nichts an die Öffentlichkeit kommen. Sonst wäre der gute Ruf von Mulders beschädigt.“ „Das ist doch widerwärtig. Er kann dir doch nicht den Mund verbieten“, ärgerte sich Lina. „Na ja, Thea war sofort auf seiner Seite und hat ihm zugestimmt. Ist ja klar, dachte ich mir, weil sie etwas mit dem Sturz zu tun hat. So einfach kommt sie aus der Sache nicht heraus.“ „Und dann hast du dich daran gehalten?“ „Ja, es blieb mir nichts anderes übrig. Ich kannte niemanden, dem ich mich anvertrauen konnte.“ „Soll ich dir helfen und es der Polizei melden?“ „Ja, aber wir müssen vorsichtig sein. Und du wirst sicher Schwierigkeiten im Büro bekommen?“, befürchtete Wendy. „Das stört mich nicht. Ich glaube nicht, dass ich länger mit Thea in einem Büro arbeiten kann. Die letzten Tage waren die Hölle.“

Wendy sah Lina traurig an. „Dann kannst du dir vorstellen, was ich seit zehn Jahren mitmache.“ „Kannst du dich erinnern, wie es damals zu der Anstellung des jungen Manns gekommen ist?“ „Der Chef hat ihn damals ins Büro gebracht. Der Mann hatte eine Behinderung und konnte schlecht laufen. Ich glaube, er hatte eine leichte Lähmung. Wir haben auf ihn Rücksicht genommen. Selbst Thea war ihm gegenüber freundlich. Das hat mich gewundert. Aber am dritten Tag habe ich den jungen Mann sehr erregt erlebt. Er bekam einen Anruf. Ich glaube, Mulders hatte ihn angerufen und mit sehr lauter Stimme gesprochen. Irgendwas hatte er von ihm gefordert. Aber der junge Mann lehnte es ab. Er sagte im weinerlichen Ton, „das kann ich nicht“. Das hat er mehrmals wiederholt. Ich habe nicht verstanden, worüber sie gesprochen haben. Ging mich ja auch nichts an. Einen Tag später machte ihm Thea schwere Vorwürfe. Der Mann, Tim Porter, sollte endlich den Mord an Grace Buur gestehen, so wie es Mulders gefordert hatte. Ich war schockiert und habe Thea gesagt, sie soll ihn endlich in Ruhe lassen. Wenn er damit nichts zu tun habe, könne er nichts gestehen. Auch wenn Mulders das von ihm verlange. Zwei Tage später ist er die Treppe nach unten gestürzt.“

„Kann es sein, dass der Sturz mit dem Anruf zusammenhängt?“ „Weiß ich nicht. Tim Porter war nach dem Anruf und Theas Vorwurf sehr verzweifelt. Und ich habe zuerst gedacht, er hätte sich aus Verzweiflung die Treppe nach unten gestürzt. Aber dann hatte ich meine Zweifel. Alles deutete für mich darauf hin, dass Thea ihre Hand im Spiel hatte. Sie ist so böse und hinterlistig. Gewundert habe ich mich, dass sie immer wieder von der Personalchefin und Mulders in Schutz genommen wurde. Immer wenn ich mich über Thea beschwert habe, haben sie gelacht und meinten, es wäre meine Schuld. Ich sollte mich nicht so anstellen. Vor einem halben Jahr hat Thea gravierende Fehler gemacht und sie mir in die Schuhe geschoben.“ Lina war erleichtert.

Wendy hatte das Thema gewechselt und nicht ihr besonderes Interesse an der Aufklärung des Treppensturzes erkannt. Sie strengte sich an, Wendy zuzuhören. „Auch das werden wir gegenüber Mulders zur Sprache bringen.“ „Kannst du mir helfen?“ „Versprochen. Ich werde die Polizei einschalten.“ Wendy nickte.

Nach zwei Stunden trennten sie sich. Lina sagte, sie hätte sich noch mit einer Freundin verabredet. Trotzdem begleitete sie Wendy noch zum Bahnhof. Wendy fürchtete sich vor der Dunkelheit. „Wenn ich in Brügge ankomme, werde ich mir ein Taxi nehmen“, beruhigte sich Wendy. Lina nickte. „Pass auf dich auf.“ Lina ging zurück zur Strandpromenade. Sie hatte noch eine Stunde Zeit bis zum Treffen mit Ray und Vinz. Diese Zeit wollte sie nutzen, um ihre Gedanken zu ordnen. Das Gespräch mit Wendy hatte sie viel Konzentration gekostet. Wenn sie darüber nachdachte, gab es viele Neuigkeiten, die sie verwerten konnte. Wendy hatte sich dafür entschieden, Thea bei der Polizei anzuzeigen. Sie erwartete die Unterstützung von Lina. Ein verlegenes Lächeln breitete sich bei Lina aus. Warum hatte sie Wendy nicht gesagt, dass sie als verdeckte Ermittlerin bei Mulders angefangen hatte? Zweimal war sie kurz davor, Wendy ihre wahre Identität zu offenbaren. Sie hatte gezögert und wusste nicht, wie Wendy darauf reagieren würde. Schließlich hatte sie nicht nur Thea, Zora und die Personalchefin, sondern auch Wendy getäuscht.

Lina nahm sich vor, Wendy noch vor dem Gespräch mit Ray die Wahrheit zu sagen. Und sie suchte nach Worten, um es Wendy beizubringen. Hatte sie Wendys Vertrauen missbraucht? Auch diese Frage musste sie sich beantworten.

Lina spürte den Konflikt, den sie durch ihr Verhalten ausgelöst hatte. Sie hätte Wendy schon beim ersten Anruf darüber aufklären müssen, dass sie als Kommissarin verdeckt ermittelte. Dann hätte sie Wendy die Entscheidung überlassen können, ob sie sich ihr trotzdem anvertraute. Jetzt ärgerte sich Lina über ihre Feigheit. Sie hatte wieder einmal das Vertrauen anderer ausgenutzt, um den Preis, die Ermittlungen zu fördern.

Lina schrieb eine SMS an Kommissar Ray Maertens: „Ich werde etwas später kommen. Habe noch ein wichtiges Gespräch zu führen." Dann rief sie Wendy an. Sie rechnete damit, dass Wendy bereits zu Hause war. Wendy meldete sich nach wenigen Sekunden. „Hallo Wendy, bist du gut nach Hause gekommen?" „Ja, ich habe am Bahnhof ein Taxi genommen." „Ich muss mich bei dir entschuldigen", stammelte Lina. „Wofür?" „Ich habe dein Vertrauen missbraucht … Ich bin eine verdeckte Ermittlerin und arbeite als Kommissarin in Ostende." Lina hatte diese Worte sorgfältig gewählt, um sofort ihre Lüge und Täuschung aufzudecken. Wendy antwortete nicht. Was sollte sie auch sagen? Lina wartete einige Sekunden. „Tut mir leid. Ich habe mich beschissen verhalten." Nach einer Minute räusperte sich Wendy. „Verdammt. Du hast mich getäuscht und sehr verletzt. Ich hätte vorsichtiger sein müssen."

„Was machen wir jetzt?", fragte Wendy verlegen. „Dein Wunsch ist es, Theas Verhalten bei der Polizei anzuzeigen. Hat sich daran etwas geändert?" „Nein, aber ich bitte dich, mich so weit es geht, aus der Sache herauszuhalten." „Darf ich deine Aufzeichnungen benutzen?" „Ja, ich werde mich für längere Zeit krankschreiben lassen. Und dann suche ich mir eine neue Stelle." „Ich biete dir meine Unterstützung an.“ „Nein, die brauch ich nicht. Nicht von dir.“ Mit diesen Worten beendete Wendy verärgert das Gespräch. Lina fühlte sich beschissen. Lina hatte zwar mit Vorwürfen gerechnet, aber erst jetzt wurde ihr bewusst, wie hart sie Wendy getroffen hatte.

Als Lina verspätet im Büro der Kommissare erschien, war ihre Erschöpfung und innere Unzufriedenheit deutlich zu spüren. Alles war in Unordnung geraten. Ray erkannte sofort ihre traurige Stimmung. „Ich kann verstehen, dass es dich sehr berührt. Hast du Wendy Kees gegenüber deine Tarnung aufgedeckt?“ „Ja, aber leider zu spät. Ich habe ihr Vertrauen missbraucht. Und das macht mir zu schaffen.“ „Das war dein erster Einsatz als verdeckte Ermittlerin. Wir konnten dich in der kurzen Zeit nicht ausreichend vorbereiten. Das war auch unser Fehler.“ Lina schluckte. „Ich habe die Folgen nicht bedacht, als ich mich für diesen Auftrag beworben habe.“ Ray lächelte und beruhigte: „Wahrscheinlich kann es keine optimale Vorbereitung geben. Jeder Einsatz als verdeckter Ermittler ist eine neue Herausforderung. Dass du Wendy Kees getäuscht hast, war Teil deiner Aktion. Wie hättest du sie einweihen können, ohne deinen Einsatz zu gefährden? In meinen Augen hast du alles richtig gemacht.“ Lina winkte ab. „Ach, lassen wir es. Ich werde schon einen Weg finden, damit umzugehen.“ Lina berichtete über das Gespräch mit Wendy und übergab Ray die Notizen, die sie von Wendy erhalten hatte. Ray las sich alles durch und lobte Lina. „Das ist mehr, als ich erwartet habe. Dein Auftrag ist erledigt. Und ich hoffe, du nimmst irgendwann weitere Aufträge an.“ „Danke“, erwiderte Lina, „ich muss mich zuerst von diesem Auftrag erholen und überlegen, wie ich es beim nächsten Mal besser machen kann.“

Lina verabschiedete sich und Ray schüttelte ihr anerkennend die Hand. Lina beeilte sich, das Polizeirevier zu verlassen. Sie wollte schnell nach Hause. Abschalten, nichts hören, nichts sehen.

Am nächsten Morgen, kurz nach sieben Uhr, standen die Kommissare Ray Maertens und Vinz Maes vor dem Haus, in dem Thea Hüter wohnte. Drei Polizeibeamte begleiteten sie. Bereits in der Nacht zuvor wurde das Haus beobachtet, um eine Flucht von Thea zu verhindern. Thea öffnete nach dem ersten Klingeln und erschrak, als sie die Kommissare in Begleitung der Polizeibeamten sah. Ray zeigte seinen Dienstausweis und forderte Thea, die bereits angezogen war, auf, die Kommissare zum Polizeirevier zu begleiten. Thea zitterte und war wütend. „Was fällt Ihnen ein? Was liegt gegen mich vor?“ „Sie werden verdächtigt, eine Person bedroht und angegriffen zu haben.“ „Liegt eine Anzeige vor? „Das werden wir Ihnen in Ruhe auf dem Revier erklären.“ Thea überlegte, ob sie Widerstand leisten sollte. Aber sie erkannte, dass sie wenige Chancen hatte. Verärgert bat sie darum, wenigstens nicht in Handschellen abgeführt zu werden. Ray ließ sich darauf nicht ein.

Nach einer Stunde saßen die Kommissare mit Thea Hüter in dem Vernehmungsraum. Ray bot ihr einen Kaffee an, den sie ablehnte. Empört und streitlustig betrachte sie Ray. „Machen Sie es kurz. Meine Arbeit wartet.“ Ray belehrte sie über ihre Rechte und über die Möglichkeit, einen Anwalt zu beauftragen. Thea lachte höhnisch. „Das ist nicht notwendig. Wahrscheinlich hat mich jemand angezeigt, der mir schaden wollte.“ „So einfach ist es nicht“, widersprach Ray. Er teilte Thea mit, welcher Vorwurf im Raum stand. Dabei erwähnte er nicht, dass Lina verdeckt ermittelt hatte. Auf den Treppensturz von Tim Porter wollte er später zu sprechen kommen. „Ach, dieses junge Ding. Sie soll sich nicht so anstellen. Außerdem hat sie sich gewehrt, und damit war die Sache erledigt“, empörte sich Thea. Ray sah Thea ernst und scharf an. „Glauben Sie wirklich, damit ist es erledigt. Die junge Frau hat sich gewehrt, nachdem sie grundlos und hinterlistig angegriffen worden war.“ Thea sah die Kommissare hasserfüllt an. „Was kann ich dafür, wenn sie so zart und weinerlich ist.“ „Sie haben die Frau massiv bedroht und einige Sekunden gegen ihren Hals gedrückt. Die Spuren sind noch vorhanden. Schwere Hämatome.“ „Ist das der einzige Grund, warum Sie mich wie eine Gangsterin haben abführen lassen?“

Thea lachte höhnisch und stand auf. „Bleiben Sie sitzen. Wir sind noch lange nicht fertig. Der nächste Vorwurf wiegt deutlich stärker und könnte einen Haftbefehl rechtfertigen“, forderte sie Ray barsch auf. Zum ersten Mal wurde Thea etwas unsicher. Ihre Stimmung wechselte von Gereiztheit zu einer gespielten Verlegenheit. Sie fuhr sich nervös durch die Haare. Ray sprach den Treppensturz an, durch den Tim Porter schwer verletzt worden und später gestorben war. „Damit habe ich nichts zu tun“, fauchte Thea außer sich vor Wut. „Doch, Sie waren an diesem Nachmittag mit Tim Porter im Büro. Die anderen Kolleginnen waren bereits gegangen. Tim Porter ist die Treppe nach unten gestürzt. Sie haben einen Rettungswagen gerufen.“ „Trotzdem habe ich damit nichts zu tun. Herr Porter ist nach unten gestürzt, nachdem er das Büro verlassen hatte. War nicht meine Aufgabe, zu überwachen, wie er nach unten kommt.“ „Herr Porter war halbseitig gelähmt. Er konnte kaum laufen. Warum hat er nicht den Aufzug genommen?“

Thea lachte arrogant. „Woher soll ich das wissen?“ „War der Aufzug defekt?“ „O, das ist zehn Jahre her. Ich kann mich nicht erinnern.“ „Dann denken Sie gefälligst nach“, schleuderte ihr Ray ungeduldig entgegen, „ich gehe davon aus, dass es ein sehr einschneidendes Ereignis war, was nicht jeden Tag passiert.“ Thea grübelte. „Nach meiner Erinnerung gab es eine kurzzeitige Störung beim Aufzug. Sonst hätte er sicher den Aufzug genommen.“ „Wann haben Sie Herrn Porter entdeckt?“ „Weiß ich nicht. Wahrscheinlich, nachdem ich das Büro verlassen habe.“ „Das heißt, Sie sind die Treppe nach unten gelaufen.“ „Anscheinend, wenn der Aufzug funktioniert hätte, hätte ich sicher den Aufzug genommen. Ich laufe nicht elf Stockwerke nach unten.“ „Seltsamerweise hat der Aufzug wieder funktioniert, als der Rettungswagen kam. Und es wurden auch keine Störungen an diesem Tag bekannt.“ „Das haben Sie nach zehn Jahren festgestellt“, lachte Thea verächtlich.

„Ich gehe davon aus, Herr Porter hätte bei einer kurzzeitigen Störung gewartet. Sein Rollstuhl stand im elften Stock, als die Rettungssanitäter kamen. Das ergibt alles keinen Sinn. Können Sie sich erinnern, den Rollstuhl gesehen zu haben, als Sie das Büro verließen?“ „Dumme Frage. Wahrscheinlich habe ich den Rollstuhl gesehen und mich gewundert.“ „Sie sind mit dem Aufzug nach unten gefahren und haben am Hauseingang auf den Rettungsdienst gewartet.“ „Ich kann mich nicht erinnern.“ „Gut, vielleicht können Sie sich an ein Gespräch zwischen Herrn Porter und ihrem Chef zwei Tage vor dem Sturz erinnern. In diesem Gespräch hat Herr Porter eine Forderung von Paul Mulders entschieden abgelehnt. Sie haben Herrn Porter danach eindringlich aufgefordert, auf Mulders zu hören. Mulders wollte, dass Herr

Porter den Mord an Grace Buur gesteht.“ „Nein, das ist doch absoluter Blödsinn“, schrie Thea und schlug mit der Faust auf den Tisch.

Dann folgte eine kurze Pause, in der sich Thea sammelte. „Wir, das heißt Herr Mulders und ich haben Herrn Porter höflich gebeten, vernünftig zu sein und den Kommissaren alles zu sagen, was er über den Mord weiß. Schließlich hatten die Kommissare schon seit zehn Jahren ermittelt.“ „So nett und höflich waren die Gespräche mit Herrn Porter nicht. Das wissen wir von Ihrer Kollegin, Frau Wendy Kees.“ „Die dumme Nuss, sie will sich an mir rächen. Und das, nachdem seitdem zehn Jahre vergangen sind.“

Thea Hüter war erschöpft und aufgewühlt. Ray rechnete mit ihrem Zusammenbruch in den nächsten Sekunden. So stark, wie sie sich vor einigen Minuten gezeigt hatte, war sie nicht. Eher ein wackliger Turm, der bei Gegenwind wankte. Ray wartete eine Minute, dann fuhr er fort. „Jetzt werde ich Ihnen sagen, wie es gewesen war. Sie haben Tim Porter, nachdem Frau Kees gegangen war, bedrängt und seine Hilflosigkeit ausgenutzt. Tim Porter war verängstigt und verstört. Er hat in seiner Not das Büro mit seinem Rollstuhl verlassen und ist zum Aufzug gefahren. Sie sind ihm gefolgt und haben den Aufzug blockiert. Tim Porter stand auf und wollte sich wehren. Es gab eine Rangelei. Dabei ist Porter die Treppe nach unten gefallen. Ich glaube nicht, dass Sie das gewollt haben. Mit Schrecken haben Sie festgestellt, was passiert ist. Sie haben die Blockierung des Aufzugs aufgehoben, sind nach unten gefahren und haben den Rettungswagen gerufen. Erst nach einigen Minuten ist Ihnen bewusst geworden, was Sie getan haben.“ Als Ray die letzten Worte gesprochen hatte, sank Thea erschrocken und erstarrt in ihrem Stuhl zusammen. Sie war kreidebleich, ihre Augen waren leer, und sie stöhnte. „Lassen Sie mich in Ruhe. Die Schuld trifft Mulders.“ Ray beendete die Vernehmung und ließ Thea Hüter in den Polizeigewahrsam bringen. Staatsanwalt Brojer beantragte einen Haftbefehl.

Die Kommissare sahen sich schweigend an. Nach fünf Minuten räusperte sich Theo. „Das ist gut gelaufen. Thea Hüter war dem Druck nicht gewachsen. Jetzt ist es an uns, die richtigen Schlüsse zu ziehen. Vergesst nicht, wir müssen auch den Mord an Kommissar Wilms und Grace Buur aufklären. Und dazu konnte Frau Hüter nicht Stellung nehmen. Aber sie hat deutliche Hinweise gegeben.“ Ray nickte. „Nachdem, was wir erfahren haben, müssen wir uns auf Paul Mulders konzentrieren. Er ist in meinen Augen derjenige, von dem die Verbrechen ausgehen. Die Wurzel. Wir müssen klären, ob zwischen ihm und Grace Buur eine Beziehung bestand. Hat jemand die beiden zusammen gesehen? Hatte Mulders vor zwanzig Jahren ein Appartement gemietet, um sich mit Grace zu treffen? Wenn sich der Verdacht erhärtet, dass Mulders Grace auf dem Gewissen hat, wird der Mord an Wilms schnell aufgeklärt werden. Was meint ihr?“ Theo und Vinz nickten. „Das ist der beste Weg“, bestätigte Vinz.

Theo machte darauf aufmerksam, die ungewöhnliche Situation im Verwaltungsbüro zu beachten. „Nachdem Wendy Kees ausgefallen ist, müssen sie jetzt auch noch den Ausfall von Lina Jong und Thea Hüter verkraften. Bin gespannt, wie sie darauf reagieren.“ „Das wird deine Aufgabe sein, die Entwicklung in Mulders Verwaltung zu beobachten. Ich schlage vor, sämtliche Rechner im Büro zu beschlagnahmen. Beim Ausfall von drei Mitarbeiterinnen dürfte das zu verkraften sein“, erwiderte Ray. Vinz und Theo lachten befreiend. Ray hatte es eilig und verließ mit Vinz das Büro. Sie machten sich auf den Weg zu Jakob Buur, dem Vater von Grace Buur. Sie fuhren an einem kalten, regnerischen Tag durch die Straßen von Ostende in Richtung Kaaistraat. Es war Rays Idee, Jakob Buur zu fragen, ob er Paul Mulders irgendwann begegnet war, oder, ob seine Tochter ihn in irgendeinem Gespräch erwähnt hatte. Vinz stimmte zu. „Es ist nicht abwegig. Könnte schon sein, dass Grace Buur mal von ihm gesprochen hat. Aber denk daran, dass alles schon über zwanzig Jahre zurückliegt. Grace ist seit zwanzig Jahren tot.“ „Trotzdem müssen wir alles ausschöpfen. Wir sind erst durch die Aussage von Wim Porter auf Mulders aufmerksam geworden. Er ist bei den bisherigen Ermittlungen nicht aufgetaucht.“ Vinz nickte.

Sie parkten vor einem Mehrfamilienhaus in der Kaaistraat und klingelten. Jakob Buur öffnete nach einigen Sekunden verwundert über den Besuch. Er wirkte sehr gebrechlich. Ray schätzte ihn auf Anfang siebzig. Misstrauisch sah er die Kommissare an. Ray zeigte seinen Dienstausweis und gab sich freundlich. „Ich hoffe, wir stören Sie nicht, Herr Buur. Wir suchen immer noch den Mörder Ihrer Tochter und verfolgen eine wichtige Spur. Deshalb brauchen wir Ihre Unterstützung.“ Jakob bat sie in die Wohnung. „Sie können sich nicht vorstellen, wie stark ich darunter leide, dass der Täter nicht gefunden werden konnte. An manchen Tagen habe ich die Hoffnung aufgegeben. Aber es freut mich, wenn Sie ermitteln.“ Jakob ging gebückt zu einem Sessel und bot den Kommissaren einen Platz auf der Couch an. Die Wohnung war karg und sparsam eingerichtet. Nur das Allernötigste. Fotos von Grace und der Familie hingen an der

Wand. Erinnerungen an lange vergangene Tage. Ray betrachtete aufmerksam die Fotos. Jakob seufzte. „Das sind meine Erinnerungen an glücklichere Tage. Trotzdem halte ich mich daran fest."

Ray spürte Jakobs Gebrechlichkeit und gab ihm eine Flasche Mineralwasser, die auf dem Tisch stand. „Es fällt mir sehr schwer, das Grab von Grace und meiner Frau zu besuchen. Meine Frau ist vor zwei Jahren verstorben." Ray und Vinz nahmen viel Rücksicht auf Jakob. Sie sprachen mit ihm über seine Krankheit und darüber, wie er sich versorgte. „Ich habe mich sehr eingeschränkt. Mein Rücken und meine Beine lassen keine längere Bewegung zu. Verlasse nur selten die Wohnung. Über das Radio und Fernsehen nehme ich noch am öffentlichen Leben teil. An guten Tagen. Einmal in der Woche bekomme ich Unterstützung beim Einkaufen." Vorsichtig sprach Ray ihn auf Mulders an und zeigte ihm ein älteres Foto von Paul Mulders. „Können Sie diesen Mann mit Ihrer Tochter in Zusammenhang bringen?" „Nein, ich habe meine Tochter nie zusammen mit diesem Mann gesehen. Wer ist das?" Ray erklärte ihm, dass es Paul Mulders, der Inhaber eines Möbelhauses, ist. Dann erläuterte er, was sie über Mulders erfahren hatten.

Jakob Buur schüttelte den Kopf. „Ich kann mich nicht erinnern, ihm jemals begegnet zu sein. Aber ich kann mich irren. In Begleitung meiner Tochter habe ich ihn jedenfalls nie gesehen. Da bin ich mir sicher." Jakob sah sich erneut das Foto an und kratzte sich an seinem kranken Rücken. „Trotzdem … Irgendwie kommt mir das Gesicht bekannt vor. Oder er sieht einem anderen Mann ähnlich. Kann ich das Foto behalten? Vielleicht fällt mir doch noch etwas ein." „Ja, Sie können es behalten. Und wenn Sie sich erinnern, rufen Sie uns an." „Ich hatte damals bei den ersten Ermittlungen der Polizei vor zwanzig Jahren darüber berichtet, dass Grace zwei Tage vor ihrem Tod in der Guldensporenlaan von einer Bekannten gesehen worden war. Grace war in Begleitung eines gut gekleideten Manns Mitte dreißig. Die Polizei ging diesem Hinweis nach. Weil der Mann nur sehr schlecht beschrieben werden konnte, war der Hinweis nicht sehr dienlich. Wie oft habe ich der Bekannten vorgeworfen, sich anzustrengen und sich an das Gesicht des Manns zu erinnern. Hat nichts gebracht."

Vinz notierte diese Aussage. „Könnte also Mulders gewesen sein." Jakob rieb sich die Stirn. „Konnten Sie feststellen, ob Mulders einen Bezug zur Guldensporenlaan hat? Das ist ja schließlich keine Straße, die im Zentrum liegt. Und nach meinem Wissen gab es dort vor zwanzig Jahren wenige Restaurants und besondere Läden. Ich jedenfalls war nur einmal dort, obwohl ich mein ganzes Leben in Ostende verbracht habe." Vinz lächelte. Auch er konnte sich nicht erinnern, sich dort irgendwann aufgehalten zu haben. Aber er lebte ja in Brügge. Ray dachte nach, ob ihm etwas zu der Guldensporenlaan einfiel. „Gelegentlich fahre ich durch diese Straße. Es gibt dort ein paar Hochhäuser, wahrscheinlich Appartementwohnungen. Vielleicht hatte Mulders dort vor zwanzig Jahren eine Wohnung gemietet, um sich heimlich mit Grace treffen zu können. Wir werden es überprüfen." Jakob erschrak bei diesem Gedanken. „Sie meinen, er hatte ein Verhältnis mit meiner Tochter und sie später erwürgt." Ray zuckte mit den Schultern. „War nur ein Gedanke. Wir wissen nichts über das Motiv des Mörders. Erst wenn wir ihn kennen, werden wir etwas über das Motiv erfahren."

Jakob nickte. Es fiel ihm schwer, darüber nachzudenken, warum Grace gestorben war. Erinnerungen an gemeinsame Stunden kamen zurück. „Wenn ich daran denke, was damals passiert ist ..." Ray spürte Jakobs Erschöpfung. „Wir werden Sie jetzt in Ruhe lassen. Falls Ihnen etwas zu dem Mann einfällt, rufen Sie bitte an." Jakob war einverstanden. Die Kommissare ließen sich von Jakob den Namen und die Anschrift der Bekannten geben, die Grace und ihren Begleiter vor zwanzig Jahren gesehen hatte. Dann verabschiedeten sie sich von Jakob Buur.

„Wenn man mich fragen würde, ob ich nach zwanzig Jahren ein Gesicht wiedererkenne, das ich wahrscheinlich nur einmal gesehen habe, hätte ich auch große Zweifel", vermutete Vinz. „Ja, so würde es mir auch gehen. Deshalb denke ich, eine Befragung der Bekannten kann nur dazu dienen, Angaben zu bestätigen, die uns bereits bekannt sind. Außerdem hatte sie schon damals Schwierigkeiten das Aussehen zu beschreiben. Das wird sich bestimmt nicht gebessert haben. Ich schlage vor, wir sprechen mit Wendy Kees. Vielleicht kann sie sich an etwas erinnern, was den Verdacht gegenüber Mulders verstärkt." Vinz stimmte diesem Vorschlag zu. Eine Stunde später begrüßten die Kommissare Wendy in ihrer Wohnung. Wendy hatte verlegen die Tür geöffnet und die Kommissare in die Wohnung gelassen. „Es tut uns leid, dass wir Ihr Vertrauen missbraucht haben. Aber das gehört zu den Aufgaben einer verdeckten Ermittlung dazu", entschuldigte sich Ray für das Verhalten seiner Kollegin. „Schon gut. Ihre Kollegin hat nur ihren Job gemacht. Und ich habe ihr nichts gesagt, was ich nicht selbst verantworten kann. Vielleicht war es gut so. Sie hat mich aus der Reserve gelockt mit Dingen, die mir seit Jahren auf dem

Herzen lagen. Wenn es hilft, etwas gegen Thea Hüter zu unternehmen, kann es nicht schaden."

Wendy wischte sich nervös Haare aus dem Gesicht und sah die Kommissare freundlich an. „Wollen Sie etwas trinken? Einen Kaffee?" „Ja, das wäre gut. Wir sind Ihnen dankbar für ihr Unterstützung. Einiges ist durch ihre Erzählung klarer geworden. Vor allem der Anteil von Thea Hüter und von Paul Mulders. Wir haben Frau Hüter mit Ihren Angaben konfrontiert. Sie war sehr erregt und konnte es nicht leugnen. Sie schiebt die Schuld auf Mulders", erklärte Vinz. „Hat sie zugegeben, Herrn Porter die Treppe nach unten gestoßen zu haben?" „Sie hat es am Ende nicht geleugnet, behauptete aber, Mulders sei schuld." „Na ja, wahrscheinlich stimmt es sogar. Nachdem Mulders mit dem jungen Porter gesprochen hatte, war Porter total eingeschüchtert. Dann hat Thea Druck gemacht und Porter aufgefordert, der Forderung nachzukommen." „Was war Mulders Forderung?", mischte sich Ray ein. „Soweit ich mich erinnere, sollte Porter bei der Polizei einräumen, vor einigen Jahren eine Frau im Streit getötet zu haben. Porter hat immer wieder beteuert, er habe damit nichts zu tun. Es war schon sehr seltsam. Und ich habe mich gewundert, warum Mulders und Thea den armen Porter so heftig zusetzten. Ich habe Porter in Schutz genommen und Thea aufgefordert, sie soll ihn endlich in Ruhe lassen. Hat wohl nichts genutzt." „Wir vermuten, Thea Hüter hat ihre Abwesenheit an diesem Nachmittag ausgenutzt und ihm schwere Vorwürfe gemacht. Dann kam es wahrscheinlich zu einem handfesten Streit, bei dem Porter die Treppe nach unten gestürzt ist."

Wendy nickte und dachte nach. „Ja, so habe ich es mir auch vorgestellt. Ich hatte Thea damals darauf angesprochen, aber sie lachte hämisch … Wurde Frau Hüter festgenommen?“ „Ja, sie sitzt in Haft.“ Wendy nahm das erleichtert zur Kenntnis. „Ich hoffe, sie kommt zur Besinnung und denkt darüber nach, wie böse und hinterhältig sie war. Auch gegenüber Ihrer Kollegin hat sie sich sehr böse und brutal verhalten. Ich hatte immer Angst vor ihr, obwohl ich mich wehren kann. Jedenfalls habe ich es mit der Zeit gelernt. Sie können sich nicht vorstellen, was es bedeutet, wenn jeder Tag im Büro ein Gang durch die Hölle ist. Grausam.“ Ray nickte verständnisvoll. Wendy stand auf und nahm einen Aktenordner aus dem Schrank. Sie blätterte ein paar Minuten und übergab dann Ray eine Kopie. „Kurz nachdem Porter gestorben war, ist mir diese Überweisung aufgefallen. Zwei Beträge von jeweils fünftausend Euro werden an eine Kundin überwiesen, auf ein Bankkonto in Bulgarien. Ich hatte eine Anweisung der Geschäftsführung, den Betrag zu überweisen und mich gewundert, was dahintersteckt. Es kommt manchmal vor, dass wir etwas zurückzahlen, wenn die Möbel zurückgegeben werden oder aus anderen Gründen der Vertrag aufgehoben wird. Aber diese Zahlung konnte ich keinem Vertrag zuordnen. Und das hat mich stutzig gemacht.“

Ray und Vinz betrachteten die Überweisung und konnten sich denken, welchen Grund es für die Zahlung gegeben hatte. Wahrscheinlich sollte die Pflegerin in Sofia dieses Geld bekommen. „Können wir die Kopie mitnehmen?“, fragte Vinz. „Ja, vielleicht können Sie damit etwas anfangen. Und sagen Sie Ihrer Kollegin bitte, ich bin ihr nicht böse. Nicht mehr." Die Kommissare bedankten sich, tranken ihren Kaffee und verabschiedeten sich.

Obwohl die Kommissare nur wenig Neues erfahren hatten, waren sie zufrieden. Wendy hatte ihre Angaben, die sie gegenüber Kommissarin Lina Jong gemacht hatte, wiederholt. Außerdem wurde die Situation in den Stunden vor Tim Porters Sturz verdeutlicht. Ray und Vinz hatten nun eine klare Vorstellung, wie es gewesen sein konnte. Außerdem hatte Wendy ihnen die Kopie einer Banküberweisung gegeben, die eine Zahlung auf ein Konto in Bulgarien bestätigte. Damit konnte wahrscheinlich das Scheingeschäft von Paul Mulders mit der Pflegerin in Sofia bestätigt werden. Nach Absprache mit Vinz fuhren sie zurück nach Ostende. Sie hatten vor, mit Wim Porter zu sprechen, der vor ein paar Tagen aus dem Krankenhaus nach Hause entlassen worden war.

Wim Porter öffnete ihnen misstrauisch die Tür. „Glauben Sie immer noch, ich hätte Wilms erschossen?" „Nein", entgegnete Ray, „aber ich werfe Ihnen vor, lange Zeit Mulders böses Spiel mitgemacht zu haben. Hätten Sie gleich nach dem Tod ihres Sohnes den Verdacht auf Mulders gelenkt, wäre alles längst geklärt worden. Aber dazu waren Sie zu feige und ängstlich. Ist doch zum Kotzen." Wim ärgerte sich über diesen Vorwurf. Er wollte ihn nicht auf sich sitzen lassen. „Maertens, Sie haben gut reden. Wenn Sie in meiner Position gewesen wären, hätten Sie ähnlich gehandelt. Sehen Sie sich doch Ihren früheren Kollegen Wilms an. Er hat sich schmieren lassen und nicht den Mut besessen, Mulders die Stirn zu bieten. Da war es ihm lieber, etwas Geld zu kriegen und sein verdammtes Maul zu halten."

Ray lächelte. „Es ist nicht jeder Kommissar so stabil. Wahrscheinlich war er für Geschenke anfällig. Was hat Mulders ihm für sein Schweigen bezahlt?“ „Das sollten Sie Mulders selbst fragen.“ „Und was hat er Ihnen gegeben?“ Wim trat verlegen zur Seite und sah auf den Boden. „Warum wollen Sie das wissen? Ist doch nicht strafbar, von ihm Geld anzunehmen.“ „Wahrscheinlich nicht strafbar, aber moralisch höchst verwerflich.“ „Was kümmert mich schon die Moral. Dafür kann ich mir nichts kaufen.“ „Sie haben nicht nur den Mord an Grace Buur gedeckt, sondern auch den Tod an ihrem Sohn. Und dafür ein Schweigegeld bekommen. Können Sie sich noch im Spiegel betrachten, ohne sich zu übergeben?“

Wilms wurde zornig und trat mit voller Wucht gegen ein Tischbein. „Jetzt ist aber gut. Dass Mulders meinen Sohn auf dem Gewissen hat, glaube ich nicht. Er hat ihn nicht die Treppe nach unten gestoßen, oder?“ „Nein, das war er nicht. Aber er hat seine Buchhalterin dazu aufgefordert, Tim Porter in die Mangel zu nehmen. Und sie hat, ihrem Chef treu ergeben, ihrem Sohn so zugesetzt, dass er stürzte.“ „Hat sie ihn nach unten gestoßen?“ „Danach sieht es aus. Wahrscheinlich gab es vorher ein Gerangel, bei dem sich Ihr Sohn nicht wehren konnte. Mulders war die treibende Kraft.“ Wim erbleichte. „Warum hatte er es auf Tim abgesehen?“ „Weil er Tim unbedingt dazu bringen wollte, den Mord an Grace zu gestehen ...“ „Den er selbst begangen hat.“ „Ja, das nehmen wir an.“ „Können Sie es ihm beweisen?“ „Nein, aber es sprechen die Indizien dafür. Wir sind erst durch Ihre Aussage auf Mulders aufmerksam geworden.“ „Das haben Sie also mir zu verdanken.“ Ray lachte. „Blödsinn. Sie haben nur in größter Not und Todesangst gestanden, von Mulders bedroht zu werden. Das ist was völlig anderes. Das Wasser stand Ihnen bis zum Hals, weil er Sie massiv bedroht hat. Sie haben bei uns Schutz gesucht wie ein angeschossener Hund. Und jetzt drehen Sie wieder auf. Denken Sie endlich mal nach. Was wissen Sie über eine Beziehung zwischen Mulders und Grace?“

Verärgert griff Wim zu einer Zigarette und zündete sie an. Die Kommissare warteten eine Minute, damit Wim in Ruhe überlegen konnte. Nach einer Weile hatte sich Wim beruhigt. „Tut mir leid, darüber kann ich nichts sagen. Ich habe Mulders erst bei einem Besuch im Krankenhaus kennengelernt, als mein Sohn dort behandelt wurde.“ „Und was hat Tim über Mulders gesagt? Hat er mal angedeutet, dass Mulders Grace Buur kannte?“ „Nein, daran kann ich mich nicht erinnern.“ „Aber Mulders sagte nach dem Tod Ihres Sohnes, Tim hätte ihm gesagt, er hätte was mit dem Mord zu tun.“ „Ich habe Mulders nicht geglaubt. Er wollte uns Angst machen. Mehr nicht.“ „Und das ist ihm gelungen. Er hat Ihnen dann noch Geld gegeben, was Sie gut gebrauchen konnten, und dann hat er Ihnen die Möglichkeit aufgezeigt, wie Sie weiter das Krankengeld von der Versicherung bekommen können. War doch kein schlechtes Geschäft für Sie. Kommen Sie endlich raus aus Ihrer Opferrolle. Sie haben mitgespielt und dafür gesorgt, dass Mulders Plan nicht ins Wanken gerät.“

„Ach, lassen Sie mich in Ruhe“, schrie Wim, „ich habe keine Ahnung, ob Mulders Grace Buur kannte.“ „Haben Sie nie gefragt, woher Mulders Tim kannte und warum er ihn im Krankenhaus besucht hat?“ Verlegen sah Wim aus dem

Fenster und wich dem Blick der Kommissare aus. „Natürlich“, jammerte er leise. „Und, zu welchem Ergebnis sind Sie gekommen?“ „Zu keinem.“ „Das glaube ich Ihnen nicht“, erklärte Ray energisch. „Bitte lassen Sie mich in Ruhe“, flehte Wim, „ich kann Ihnen wirklich nicht mehr sagen.“ „Sie werden an Ihren Lügen und Geheimnissen noch ersticken“, erwiderte Ray und verabschiedete sich gemeinsam mit seinem Kollegen

„Glaubst du diesem feigen Blödmann?“, fragte Ray Vinz, als sie eine halbe Stunde später in einer Bar in der Langestraat saßen und Bier tranken. „Nein. Trotzdem weiß ich nicht, wo ich ihm widersprechen kann.“ Ray prostete Vinz zu und trank einen kräftigen Schluck. „Dann werde ich dir jetzt sagen, wie es gewesen ist. Pass auf.“ Vinz lächelte und wartete neugierig. „Gut, beginnen wir mit den Tagen vor dem Mord an Grace … Tim oder Grace hatten ihre Beziehung beendet. Wahrscheinlich ein paar Wochen vorher. Tim hatte Grace zufällig auf einer Straße in Ostende gesehen, in Begleitung eines Mannes. Kannst du mir folgen?“ „Ja, ist ja nicht unwahrscheinlich.“ „Ein paar Tage später wurde Grace getötet. Es kam zu Vernehmungen und Verhören. Tim Porter stand im Mittelpunkt, weil er mit Grace befreundet war. Der Verdacht richtete sich gegen ihn. In diesem Zusammenhang konnte sich Porter an den Mann erinnern, den er in Begleitung von Grace gesehen hatte … Kannst du mir noch folgen?“ „Ja, so viel habe ich noch nicht getrunken. Mach weiter!“

Ray trank noch einen großen Schluck. „Tim konnte sich entlasten. Aber er erinnerte sich an den Mann, den er in Begleitung von Grace gesehen hatte. Entweder er kannte ihn, oder … er hat seinen Namen und seine Adresse ausfindig gemacht. Dann hat er ihn besucht und vorsichtig gefragt, ob er etwas mit dem Mord zu tun hatte. Gehen wir davon aus, dass es sich bei dem Mann um Paul Mulders handelte. Mulders hat zuerst bestritten, Grace zu kennen. Aber Porter beharrte darauf, ihn gesehen zu haben. Vielleicht hat er ein Foto gemacht." „Glaub ich nicht. Vor zwanzig Jahren?" „Auch damals gab es schon Handys." „Gut, mach weiter." „Schließlich hat der Mann, nennen wir ihn Mulders, zugegeben, sich mit Grace getroffen zu haben. Vielleicht hat er sogar eine Affäre mit ihr zugegeben. Aber es war ihm unangenehm, mit Grace gesehen worden zu sein. Wahrscheinlich ist er verheiratet und hat Kinder. Also bot er Tim Porter Geld an, damit er schweigt. Mulders hatte genug Geld."

Vinz lachte. „Gute Geschichte, könnte stimmen." Ray rieb sich die Stirn. „Tim vermutete, dass sich Mulders Unannehmlichkeiten in der Ehe ersparen wollte. Er nahm das Geld und schwieg. Zu dem Zeitpunkt hatte ihn Porter nicht mit dem Mord in Verbindung gebracht. Erst viele Jahre später. Anlässlich der Vernehmung vor zehn Jahren erinnerte sich Porter an die Begegnung mit Paul Mulders. Ihm kam der Gedanke, dass Mulders vielleicht einen weiteren Grund hatte, zu verheimlichen, mit Grace zusammen gewesen zu sein. Porter hat Mulders nochmal darauf angesprochen. Mulders war gereizt. Nach zehn Jahren hätte er seiner Frau eigentlich gestehen können, mit Grace eine Affäre gehabt zu haben. So dachte zumindest Porter. Aber Mulders wollte es weiter verheimlichen und vor der Öffentlichkeit verbergen. Vielleicht hat Porter sogar Mulders aufgefordert, bei der Polizei auszusagen, Grace gekannt zu haben. Kannst du noch folgen?"

„Ja, jetzt wird es interessant.“ „Gut, du scheinst ähnlich zu denken. Porter dämmerte langsam, es gab einen anderen Grund für Mulders zu verheimlichen, dass er Grace kannte. Porter ging es jetzt nicht um Geld, sondern um die Aufklärung des Mordes. Und er war kurz davor, den Kommissaren zu sagen, er hätte Grace gemeinsam mit Mulders gesehen. Aber Porter konnte sich nicht entscheiden. Er verhedderte sich in Widersprüche bei seiner Aussage. Kurz nach seiner Vernehmung hatte er einen schweren Unfall. Ob das allein seine Schuld war? Jedenfalls besuchte ihn Mulders im Krankenhaus und bot ihm eine Stelle in seiner Buchhaltung an. Tim war nach dem Unfall behindert und sah dies als eine Chance. Er war sich der Gefahr, die von Mulders ausging, nicht bewusst … Das ist die Kurzfassung. Was meinst du?“ Vinz lachte. „Ja, so könnte es gewesen sein. Klingt nachvollziehbar. Aber wer könnte heute noch wissen, dass Porter Mulders gemeinsam mit Grace gesehen hat?“ „Wim Porter könnte es wissen. Kannst du jetzt verstehen, warum ich so wütend auf ihn war?“ Vinz nickte. „Wir sollten Porter nochmal in die Zange nehmen. Warum hast du mir nicht die Theorie vor dem Besuch bei Porter mitgeteilt?“ „Weil ich mir sehr unsicher war.“ „Und jetzt?“ „Nicht mehr.“

Vinz trank einen großen Schluck und wischte sich anschließend den Schaum vom Mund. „ Stell dir vor, du besuchst deinen Sohn, der schwer verletzt ist, im Krankenhaus. Plötzlich kommt ein fremder Mann zu Besuch. Sicher würdest du ihn fragen, woher er deinen Sohn kennt. Oder irre ich mich?“ Ray dachte nach. „Ja, naheliegend. Wenn ich Interesse hätte. Könnte aber auch ein beliebiger Bekannter sein. Ich habe keinen Sohn.“ Vinz lachte. „Mach es nicht so kompliziert. Gehen wir weiter. Der Mann bietet deinem

Sohn eine Stelle in seiner Buchhaltung an. Spätestens jetzt müsstest du dich doch fragen, woher sie sich kennen. Außer, dir ist alles egal."

„Natürlich würde ich mir Gedanken machen, woher sie sich kennen. Wahrscheinlich würde ich meinen Sohn zu einem späteren Zeitpunkt fragen, wenn der Bekannte gegangen ist." „Gut", lobte Vinz, „gehen wir noch ein Stück weiter. Nach dem Tod deines Sohnes bietet der Bekannte dir einen Deal an und sagt nebenbei, dein Sohn hätte ihm gestanden, an dem Mord einer jungen Frau beteiligt gewesen zu sein. Spätestens jetzt würdest du der Frage nachgehen, woher sich die beiden kennen." „Das stimmt." Ray griff nach seinem Handy. „Was hast du vor?" „Ich rufe Wim Porter an." „Es ist kurz nach elf. Der wird schon schlafen und du hast fünf Bier und einen Whisky getrunken." „Dann werde ich ihn eben wecken."

Ray ließ es zwei Minuten Klingeln. Dann hörte er Wilms verschlafene Stimme. „Wer ist da?" „Tut mir leid, Sie zu stören. Bitte beantworten Sie mir eine Frage." „Warum rufen Sie jetzt an, Maertens?" „Es ist zu Ihrem eigenen Schutz gegen Mulders." „Gut, schießen Sie los." „Was hat Tim darüber gesagt, wie er Mulders kennengelernt hat? Sie haben ihn sicher danach gefragt." „Dumme Frage. Wahrscheinlich haben wir nicht darüber gesprochen. Was weiß ich? Schon zehn Jahre her." „Trotzdem bin ich mir sicher, sie haben darüber gesprochen. Denken Sie nach?" „Geben Sie mir eine Minute." „Lassen Sie sich Zeit." Ray hatte das Handy laut gestellt und es auf den Tisch gelegt. Sie waren die letzten Gäste im Lokal. Nur der Kellner hätte etwas hören können, aber er war mit der Abrechnung beschäftigt.

Nach zwei Minuten meldete sich Wim Porter. „Maertens, sind Sie noch dran?“ „Ja.“ „Ich erinnere mich, dass Tim mir gesagt hatte, er wäre Mulders begegnet, als er noch mit Grace befreundet gewesen sei. Reicht das?“ „Nein, mehr wissen Sie nicht?“ „Nein, wenn mir noch was einfällt, sage ich es Ihnen. Lassen Sie mich schlafen.“ „Gut, danke.“ Ray sah Vinz an. „Führt uns das weiter?“ „Na ja, wenigstens wissen wir jetzt, dass Tim Porter Mulders in Verbindung mit Grace kennengelernt hat. Das bedeutet, Mulders kannte Grace und Tim. Mehr nicht.“ Die Kommissare waren müde, tranken ihr Bier aus und zahlten. Ray bot Vinz an, er könne bei ihm übernachten. Für eine Fahrt nach Brügge habe Vinz zu viel getrunken und eine Taxifahrt sei sehr teuer. Vinz war einverstanden.

20

Paul Mulders saß abends in seinem Arbeitszimmer und grübelte. Das Arbeitszimmer war im entlegenen Teil seiner großzügigen Villa. Er wohnte in dieser Villa seit seiner Geburt; seine Eltern hatten sie vor fünfzig Jahren bauen lassen. Und nach ihrem Tod lebte Mulders hier mit seiner Frau und seinen zwei Kindern, die bereits über zwanzig waren, seine Tochter war dreiundzwanzig, und sein Sohn einundzwanzig Jahre alt. Seit Tagen konnte er kaum schlafen. Und die Unruhe nahm ständig zu und konnte auch nicht mehr mit Beruhigungstabletten gedämpft werden. Eine Ausschaltung der Unruhe wie einen Lichtschalter war schon lange nicht mehr möglich. Er musste mit ihr leben und sie, soweit es ging, im

Griff behalten. Angefangen hatte alles mit den neuerlichen Ermittlungen im Mordfall Grace Buur.

Er hatte davon erfahren, als Kommissar Ray Maertens erstmals mit Frank Wilms und später mit Wim Porter gesprochen hatte. Warum hatten sie das Verfahren erneut aufgerollt? War es eine Routineuntersuchung, wie es bei ungelösten Fällen üblich ist? Hatte man für Kommissar Maertens nach einer Aufgabe gesucht, der er nicht gewachsen war? Sah ganz danach aus, als hätte man ihm zur Überbrückung bis zur nächsten Ermittlung einen Auftrag erteilt, bei dem er nichts falsch, aber auch nichts richtig machen konnte.

Jedenfalls war sich Paul Mulders anfangs sicher gewesen, es würde noch Jahre dauern, bis Maertens eine heiße Spur finden würde. Wenn überhaupt. Er traute Maertens nichts zu. Sicher, der Ausgangspunkt war die Suche nach Tim Porter. Schließlich waren die letzten Ermittlungen vor zehn gerade deshalb eingestellt worden, weil Tim Porter nicht gefunden werden konnte. Tim Porter hatte damals eine widersprüchliche Aussage in einem unwesentlichen Punkt gemacht. An sich hätte schon damals kein Grund bestanden, ihn erneut zu vernehmen. Tim Porter hatte sich schließlich vor zwanzig Jahren nicht verdächtig gemacht, und auch nicht vor zehn Jahren. Nur die Götter wissen, warum sie unbedingt Porter nochmal vernehmen wollten, dachte Mulders. Er sah jedenfalls keinen zwingenden Grund. Und wenn er nicht in dieses Geschehen verwickelt gewesen wäre, hätte er die neuen Ermittlungen als dumme und törichte Zeitverschwendung und Steuerverschwendung abgetan.

Aber das Problem war, er war darin verwickelt und hatte Angst, dass irgendwann sein Name in den Ermittlungen auftauchen würde. Bereits vor zehn Jahren hatte die Gefahr bestanden. Und auch vor zwanzig Jahren bei den ersten Ermittlungen. Kurz nach dem Tod von Grace kam Tim Porter auf ihn zu und fragte ihn, ob er etwas darüber wüsste, wie Grace gestorben sei. Tim Porter hatte ihn gemeinsam mit Grace gesehen, als sie durch die Guldensporenlaan gegangen waren. Er, Mulder, war damals erschrocken gewesen, als ihm Grace erzählt hatte, sie habe gerade ihren früheren Freund Tim Porter gesehen. Und natürlich hatte Tim Porter sie auch gesehen, von der anderen Straßenseite. Verlegen hatten sie sich angesehen und eine Begrüßung vermieden. Sicher hatte sich Tim Porter später an diese Begegnung, etwa zwei Wochen vor Graces Tod, erinnert. Mulder erinnerte sich, dass er seitdem mit der ständigen Angst gelebt hatte, seine Beziehung zu Grace würde aufgedeckt werden. Und das hätte nicht nur seiner Ehe, seinen beiden kleinen Kindern, die gerade das Sprechen gelernt hatten, sondern auch seinem guten Ruf geschadet. Er hatte deshalb Grace inständig gebeten, die Sache mit Tim Porter zu klären. Sie sollte ihm sagen, er dürfe auf keinem Fall erwähnen, dass er sie und Mulders gemeinsam in der Guldensporenlaan gesehen hatte.

Allein die Tatsache, dass er mit Grace in der Guldensporenlaan gesehen worden war, war höchst verdächtig. Was hatte er dort zu suchen gemeinsam mit einer jungen Frau? Er wohnte in Brügge, und wenn er nach Ostende kam, machte er im Zentrum Besorgungen, sprach mit Lieferanten, oder verbrachte mit der Familie Stunden an der Küste. Die Guldensporenlaan war ein ganzes Stück vom Zentrum entfernt und auch vom Strand. Weit genug, um einen Verdacht zu erzeugen. Dort, wo er gesehen worden war, standen achtstöckige Hochhäuser, in denen sich Apartmentwohnungen befanden. Die nächsten Möbelgeschäfte und Lieferanten waren in einiger Entfernung. Es gab keinen vernünftigen Grund, sich in dieser Straße aufzuhalten, und noch weniger mit einer jungen Frau. Eher konnte sein Aufenthalt dort gerade den Verdacht begründen, dass er etwas verheimlichen wollte.

Mulders wischte sich den nasskalten Schweiß von der Stirn. Er grübelte. Als Tim Porter ihn nach Graces Tod zum ersten Mal angesprochen hatte, war er wenig überrascht. Er hatte damit gerechnet, dass sich Porter irgendwann bei ihm melden würde. Grace war es nicht gelungen, Porter davon zu überzeugen, dass er schweigen sollte. Und Mulder hatte sich etwas ausgedacht. Er sagte Porter, dass es ihm sehr unangenehm wäre, wenn er in die Ermittlungen hineingezogen werden würde. Schließlich habe er eine Frau und zwei kleine Kinder, die darunter sehr leiden würden. Außerdem hätte er einen guten Ruf zu verlieren. Nachdem er Porter fünftausend Euro ausgehändigt hatte, konnte er Porter überzeugen. Porter schwieg und ging davon aus, dass niemand damit gedient war, wenn er seine Begegnung mit Mulder der Polizei mitteilen würde. Dann hätte er es auch gleich Mulders Ehefrau verraten können.

Mulders wollte seine Frau und auch seine Kinder aus allem heraushalten. Schließlich war es für ihn nur eine kurze Affäre und für Grace auch. So dachte er jedenfalls. Er hatte sich getäuscht. Auch Grace wollte wahrscheinlich keine intensive Beziehung zu ihm, aber sie wollte sich auch nicht an seinem Spiel, alles zu verheimlichen, beteiligen. Er hatte zu spät bemerkt, wie unterschiedlich sie in dieser Hinsicht dachten. Zu spät hatte er erkannt, dass Grace an einer Offenheit lag. Sie wollte sich nicht verstecken. Er hingegen war es gewohnt und darin geübt, wichtige, oder auch unangenehme Dinge, ohne Gewissensbisse zu verbergen. Schon als Kind hatte er Schwierigkeiten damit, alles in sich zu vereinen. Stattdessen spaltete er immer wieder wichtige, geheime Lebensereignisse wie Fremdkörper von sich ab.

Das hatte ihm nicht nur vor zwanzig Jahren geschadet. Auch vor zehn Jahren und besonders jetzt füllte diese Schwäche mit unbändiger Kraft sein Leben aus. Sie kostete ihm eine vertrauensvolle, aufrichtige Beziehung zu seiner Frau und zu seinen Kindern. Seine Frau war argwöhnisch geworden, und die Ehe befand sich schon länger in der Krise. Sie hatten sich nichts mehr zu sagen, waren gereizt und stritten aus nichtigem Anlass. Seit Wochen beschränkte er sich auf einen Aufenthalt in seinem Arbeitszimmer, was er nur selten verließ. Seinen Aufgaben als Geschäftsführer kam er nur noch selten nach und überließ alles missgelaunt seiner Personalchefin, einem Prokuristen und anderen Personen.

Er hatte vergeblich gehofft, die Ermittlungen zum Tod von Grace wären damals, vor zwanzig Jahren, endgültig eingestellt worden. Ein naiver Wunsch. Warum sollte er damit rechnen, dass zehn Jahre später, aus welchem Grund auch immer, eine erneute Überprüfung stattfinden würde? Und auch mit der Möglichkeit, dass sich Tim Porter bei seiner erneuten Vernehmung verhedderte, hatte er nicht gerechnet. Er hatte sich darüber keine Gedanken gemacht, in sorglosem Vertrauen darauf, es werde schon nichts passieren. Schließlich hatte ihm Tim Porter versichert, seinen Namen nicht zu nennen. Und darauf hatte er sich verlassen. Er hatte die

Zweifel und Ängste von Tim Porter bemerkt. Aber da war es schon zu spät. Mulders raufte sich die Haare. Er war erschöpft, müde und hatte lange nichts gegessen. Er zwang sich dazu, an den Resten einer kalten Pizza zu knabbern und etwas Cola zu trinken. Dann nahm er eine Beruhigungstablette und legte sich auf die Couch.

Er fiel in einen schweren Schlaf und hatte einen der wiederkehrenden schlimmen Träume, vor denen er sich fürchtete. Wie immer die gleiche Szene mit leichten Abwandlungen. Er befand sich in einem Apartment in der Guldensporenlaan im sechsten Stock und stritt mit Grace. Beide wollten die Beziehung beenden und Mulders bestand darauf, dass keiner etwas darüber erfahren durfte. Grace lachte ihn trotzig aus und machte sich über seine Feigheit lustig. Ein Wort gab das andere und er wurde zornig. Er schüttelte Grace, sie wehrte sich und schlug ihm ins Gesicht. Er hatte die Fassung verloren und schlug zurück. Dann trat Grace ihn mit voller Kraft und er stürzte sich auf sie und griff mit beiden Händen nach ihrem Hals. Grace stöhnte und lachte. „Sie werden es erfahren", schleuderte sie ihm entgegen. Er drückte fest zu, bis sie röchelte und wenig später das Bewusstsein verlor. Er versuchte nicht, sie zu retten. So oder ähnlich kehrte dieser Traum immer wieder. Ein Angsttraum, der ihn seit zwanzig Jahren unentwegt begleitete.

Mulders rieb sich die Augen. Wie so oft fragte er sich, warum er ihr nicht geholfen hatte. Warum hatte er nicht einen Rettungswagen gerufen? Noch wäre es nicht zu spät gewesen. Aber seine Feigheit ließ es nicht zu. Er wollte sich nicht verraten. Er war aufgewühlt und davon überzeugt, es wäre besser, alles unter der Decke zu halten. In der Dunkelheit, noch bevor der Tag angebrochen war, hatte er Grace in seinem Auto an den Strand gebracht und sie zwischen den Strandkörben hingelegt. Er glaubte nicht daran, dass man ihn verdächtigen würde. Mit Tim Porter hatte er damals nicht gerechnet. Der tauchte erst später auf.

Mulders blieb auf der Couch liegen, seine Beine und Arme war schwer und er spürte eine schwere Trägheit und Leere. Der Versuch, seine Gedanken zu ordnen, misslang. Gestern hatte er aus dem Fenster einen Streifenwagen gesehen, der in der Nähe des Hauses geparkt worden war. In dem Wagen saßen zwei Polizeibeamte, die gelangweilt die Gegend betrachteten. Aber Mulders ahnte, dass ihr Interesse ihm galt. Welchen anderen Grund gäbe es, in der Nähe seines Hauses zu parken? Mulders war gestern kurz davor, zu dem Polizeiauto zu gehen und sich festnehmen zu lassen. Nur mit Mühe konnte er sich zurückhalten. Er nahm sich vor, an seinem Geständnis zu arbeiten. Und da galt es, noch an einer Erklärung zu feilen, wie es zum Tod von Tim Porter gekommen war. Er ging davon aus, dass Thea Hüter den Kommissaren schon alles über die Beschäftigung Porters in der Buchhaltung gesagt hatte und auch sein Telefonat mit Porter erwähnt hatte.

Ob Thea auch über seine Forderung, die er an Porter gerichtet hatte, gesprochen hatte, wusste er nicht. Aber er hielt es für sehr wahrscheinlich. Sie war vermutlich bei der Vernehmung zusammengebrochen und hatte alles zugegeben, dachte Mulders. Thea hatte streng und gehorsam seine Anweisung befolgt, Porter Druck zu machen und ihn zu einem Schuldeingeständnis gegenüber den Kommissaren zu drängen. Mulders hatte Kommissar Wilms gebeten, Porter einen

Weg aufzuzeigen, wie er bei einem Geständnis mit einer geringeren Strafe davonkäme. Porter hatte sich nicht darauf eingelassen. Und Thea meinte, Porter immer wieder mit Vorwürfen bedrängen zu müssen, bis Tim Porter schließlich aufgeben würde. Dass es schließlich eskalierte und Porter nach einem Gerangel mit Thea die Treppe nach unten gestürzt war, damit hatte keiner gerechnet.

Mulder war erschrocken gewesen, als er vom Tod Porters erfahren hatte. Aber er hatte sich beruhigt mit dem Gedanken, dass es außer ihm mit Thea einen weiteren Schuldigen gab. Thea hatte ihm damals gesagt, sie hätte es allein für ihn getan. Mulders hatte geschwiegen. Die Eltern von Tim Porter waren verzweifelt. Aber er konnte sie davon überzeugen, dass Tim gestanden hatte, Grace ermordet zu haben. Außerdem waren sie ihm für seine Unterstützung dankbar. Sie konnten auch überzeugt werden, den Tod ihres Sohnes zu verheimlichen. Warum war es ihm so wichtig, Porters Tod zu verheimlichen? Diese Frage hatte er sich in den letzten Tagen immer wieder gestellt. Wahrscheinlich hatte er Angst, er könnte irgendwie über Porter mit Graces Tod in Verbindung gebracht werden.

Unruhig und fahrig richtete sich Mulders von der Couch auf. Er musste weiter nachdenken und endlich zum entscheidenden Punkt kommen. Wie sollte er den Mord an Kommissar Frank Wilms erklären? Eine Kurzschlussreaktion. Einige Tage hatte er die Ermittlungen der Kommissare verfolgt, die immer wieder Wilms und Wim Porter vernommen hatten. Anscheinend waren sie auf eine heiße Spur gestoßen. Sowohl Wilms als auch Wim Porter hatten mit ihrem Verhalten den Eindruck erweckt, dass etwas unter den Teppich gekehrt worden war. Besonders Wilms ruppige Art hatte bei den Kommissaren Misstrauen geweckt. Wilms hatte durch sein aggressives Verhalten Anlass gegeben, tiefer zu bohren. Auch Wim Porter war unfreundlich gegenüber den Kommissaren, als hätte er etwas zu verbergen. Wilms hatte ihm immer wieder versichert, es wäre eine reine Routineermittlung, die nach wenigen Tagen eingestellt werden würde. Eigentlich wäre es die Aufgabe von Wim Porter gewesen, sich etwas über den Aufenthaltsort seines Sohnes einfallen zu lassen. Zeit genug hatte er.

Verdammt. Warum hatte er sich dazu hinreißen lassen, auf Wilms zu schießen? Als er Wilms zu später Stunde besucht hatte, wollte er ihn bedrohen und ihm zeigen, dass er es ernst meinte. Wilms sollte den Kommissaren sagen, Tim Porter habe ihm den Mord an Grace gestanden. Mehr nicht. Schließlich war sich Wilms auch nicht zu fein gewesen, sich schmieren zu lassen und dafür die Ermittlungen einzustellen. Wilms war unsicher gewesen, ob er Mulders Aufforderung folgen sollte und weigerte sich schließlich. Mulders hatte sich getäuscht und verraten gefühlt. Er hatte Wilms Arglosigkeit ausgenutzt. Eigentlich wollte er Wilms mit der Waffe doch nur drohen und seiner Forderung Nachdruck verleihen. Aber dann war er einem Impuls gefolgt und hatte geschossen. Mulders hatte nichts getan, um mögliche Spuren zu verwischen. Er war kopflos aus der Wohnung gestürzt. Wie ein naiver und blutiger Anfänger.

Vor zwei Tagen hatte ihn eine Mitarbeiterin angerufen. Verlegen hatte sie ihm mitgeteilt, sie habe ihn in der Nacht, als Wilms gestorben war, spätabends vor dem Haus gesehen, in dem Wilms wohnte. Das Haus war häufig in den Nachrichten gezeigt worden. Mulders hatte gelacht und ihr versichert, sie müsse sich täuschen. Wahrscheinlich war er nicht sehr überzeugend gewesen. Sie entgegnete nämlich, sie sei sich sicher. Mulders lachte verbittert, als er an das Gespräch dachte. Sicher wollte sie sich einen Vorteil verschaffen. Ein Schweigegeld. Aber er würde sich nicht darauf einlassen. Nicht noch eine weitere Person, die ihn erpressen konnte. Wovor sollte sie ihn schützen? Vor seinem Haus stand ein Polizeiwagen, in dem Polizisten auf einen Fehler von ihm warteten. Mulders dachte an Jane Porter, an deren Verschwiegenheit er von Anfang an gezweifelt hatte. Sie wurde von ihrem Mann bedrängt und dirigiert und hatte Angst, den Hintergrund für den Tod ihres Sohnes aufzudecken. Den eigentlichen Grund, warum Tim sterben musste. Nachdem sie sich von ihrem Mann getrennt hatte, was Mulders erst sehr spät erfahren hatte, war sie fest entschlossen, sich einer anderen Person anzuvertrauen und danach ihr Leben zu beenden. Sie war darauf fixiert, die Wahrheit ans Licht zu bringen. Auch das hätte Mulders berücksichtigen müssen.

Jetzt musste er eine Entscheidung treffen. Es war nur noch eine Frage der Zeit, bis sie Spuren von ihm in Wilms Wohnung finden würden. Und dann wäre es zu spät. Es gab nach seiner Einschätzung drei Optionen: Er konnte versuchen zu fliehen. Er konnte sich stellen, oder sein Leben beenden. Über diese drei Möglichkeiten hatte er seit Jahren immer wieder nachgedacht. Die Suche nach einer Antwort hatte er immer wieder verdrängt und sich eingeredet, die Entscheidung hätte noch Zeit. Und dann, wenn sie getroffen werden müsse, werde ihm schon eine Lösung einfallen. Er hatte alles als unbequem und störend empfunden. Nun war er an einem Punkt angelangt, an dem er sich entscheiden musste. Für eine Flucht ist es zu spät, glaubte er. Und er wollte sein

Leben nicht beenden. Deshalb blieb eigentlich nur die Option, sich zu stellen.

Mulders lachte verbittert und fuhr sich über die Stirn. Warum hatte er zwanzig Jahre gewartet? Vor zwanzig Jahren wäre es deutlich einfacher gewesen. Er hätte direkt nach Graces Tod gestehen sollen, dass er sie im Affekt gewürgt hatte und anschließend unfähig gewesen war, ihr zu helfen. Er hätte sich mit seiner Feigheit und Angst, um seine Ehe entschuldigen können. Bei einer Beschreibung der vorangegangenen Auseinandersetzung hätte die Tat als Affekthandlung bewertet werden können. Unter günstigen Umständen. Verdammt, er hatte alles falsch gemacht. Er suchte nach der Telefonnummer eines ihm bekannten Anwalts und rief ihn an.

Vorsichtig und umständlich sprach er über einen Fehler, der schon einige Jahre zurückliege. „Du musst schon etwas konkreter werden“, forderte Rechtsanwalt Wouters ihn auf. Mulders erklärte ihm, was vor zwanzig Jahren passiert war. Wouters hörte aufmerksam zu. „Aber das ist nicht alles?“, erwiderte er. Mulders stöhnte. „Ja, damit hat es begonnen. Ich habe mich dumm und naiv in Unheil verstrickt und es von Tag zu Tag schlimmer gemacht.“ Den Namen Tim Porter erwähnte Mulders nur am Rande. Schließlich kam er auf Kommissar Wilms zu sprechen. „Wilms hat vor zehn Jahren seine Chance gewittert und mich gnadenlos erpresst. Er hat sein Wissen ausgenutzt und immer mehr gefordert. Bei einer Auseinandersetzung in seiner Wohnung habe ich ihn erschossen.“ „Hat er dich angegriffen?“ „Ich fühlte mich angegriffen.“ Wouters dachte nach. „Ich werde deine Verteidigung übernehmen. Aber ich kann dir nichts versprechen.“

Sie vereinbarten, dass Wouters in einer Stunde, um zehn Uhr, zu ihm kommen und ihn zur Polizei begleiten würde. Mulders war damit einverstanden. Er packte eine Tasche, weil er mit einer Haft rechnete, und wartete auf Wouters. Kurz nach zehn erschien Wouters und begleitete ihn zur Polizei. Die vor Mulders Haus wartenden Polizisten folgten ihnen.

21

Kommissar Ray Maertens war von Rechtsanwalt Wouters informiert worden. Er hatten seine Kollegen Vinz Maes und Theo Loon, sowie den zuständigen Staatsanwalt benachrichtigt. Vor einem Tag hatten die Kommissare Hinweise einer Zeugin erhalten, die Mulders in der Tatnacht vor dem Haus gesehen hatte, in dem Wilms wohnte. „Mulders hat begriffen, dass er in eine Sackgasse gerannt war", vermutete Ray. Theo nickte. Nachdem Mulders in Begleitung seines Anwalts erschienen war, ordnete Ray erkennungsdienstliche Maßnahmen an. Von Mulders wurden ein Fingerabdruck genommen, sowie Fotos gemacht. Mulders konnte nicht verstehen, warum diese Maßnahme notwendig war, zeigte sich aber einverstanden nach einem Gespräch mit Wouters, seinem Anwalt.

Nach zwanzig Minuten konnte das Verhör beginnen. Ray klärte Mulders über seine Rechte auf. „Das haben wir schon geklärt", mischte sich Wouters ein, „mein Mandant wird ein Geständnis ablegen." Vinz schaltete das Aufnahmegerät ein und Ray forderte Mulders zu einer Aussage auf. Mulders fuhr sich unruhig über die Stirn und begann: „Ich gestehe,

Grace Buur vor zwanzig Jahren im Affekt getötet zu haben. Wir hatten einen heftigen Streit und uns gegenseitig geschlagen. In meiner Wut habe ich sie am Hals gepackt und gewürgt. Ich wollte damit den Streit beenden. Frau Buur hat schwer geatmet und ist ohnmächtig geworden. Ich habe ihr nicht geholfen. Nach einigen Minuten war sie tot.“ Ray wartete eine Weile, ob Mulders noch etwas hinzufügen wollte. Mulders machte eine Pause. „Bitte beschreiben Sie, wie es zu dem Streit kam. Wer hat mit den Schlägen begonnen?“ „Wir hatten eine kurze Affäre und waren uns einig, sie zu beenden. Der Streit fing damit an, dass ich Frau Buur gebeten hatte, über unsere Affäre zu schweigen. Frau Buur war nicht damit einverstanden. Sie wollte mir nicht versprechen, zu schweigen. Irgendwie hat sich alles schnell hochgeschaukelt. Sie hat sich über mich lustig gemacht und mich einen Feigling genannt.“

Mulders machte eine kurze Pause. „Zuerst war ich bemüht, sie zu beruhigen und wollte das Thema wechseln. Aber sie hat mich weiter beleidigt und mir ins Gesicht geschlagen. Dann habe ich mich gewehrt und sie hat mich heftig getreten. Ich war rasend vor Wut und habe mit beiden Händen nach ihrem Hals gegriffen und sie gewürgt. Ich wollte meine Ruhe haben. Als sie dann auf dem Boden lag, habe ich mich nicht um sie gekümmert. Ich war so aufgeregt, dass ich nicht handeln konnte. Das war meine Schuld.“ „Wie haben Sie festgestellt, dass sie tot war?“ „Weiß ich nicht. Glaube, sie hat nicht mehr geatmet und hatte keinen Puls.“ „Wo fand dieser Streit statt?“ „In einem Hochhausapartment in der Guldensporenlaan. Ich habe ihre Leiche nachts zum Strand gebracht und sie zwischen Strandkörben hingelegt.“ „Ihnen war nicht der Gedanke gekommen, ärztliche Hilfe zu rufen?", fragte Ray. „Doch, aber ich konnte mich nicht entscheiden. Ich hatte Angst, dass die Affäre aufgedeckt wird." „Und das zu vermeiden, war Ihnen das Wichtigste in diesem Moment?" Mulders sah verlegen auf den Boden. Was sollte er antworten?

Ray wartete eine Minute, dann hakte er nach. „Sie haben meine Frage nicht beantwortet." „Ja, ich weiß nicht, welcher Teufel mich geritten hat. Ich hatte Angst um meine Ehe und dachte an meine Kinder, die damals noch sehr klein waren." „Und in den Tagen danach verspürten Sie nicht das Bedürfnis, die Tat zu gestehen. Es wurde ja einige Zeit ermittelt und der frühere Freund von Frau Buur war in Verdacht geraten. Sie kennen ihn." Mulders rutschte nervös auf seinem Stuhl hin und her. Er war verwundert. Hatte der Kommissar keine weiteren Fragen zu Grace Buur? „Ich habe ihn später kennengelernt. Er hatte nach einem schweren Unfall in meiner Buchhaltung gearbeitet." „Und ist dort gestorben, nachdem er die Treppe nach unten gestürzt war", unterbrach Ray. „Damit hab ich nichts zu tun", wehrte sich Mulders. „Das glaub ich Ihnen nicht."

Mulders sah seinen Anwalt an. Er hatte sich mit ihm beraten, und sie waren sich einig, dass er nur ein Geständnis zu seiner Tötung von Grace Buur abgeben sollte. Jetzt sah es danach aus, als wollten die Kommissare schnell eine umfassende Aufklärung erreichen. Wouters erkannte Mulders Verlegenheit. „Können wir das Verhör kurz unterbrechen?", bat er Kommissar Ray Maertens. „Es wäre besser, wenn Sie jetzt reinen Tisch machen, Mulders", erwiderte Ray, „aber wir werden kurz unterbrechen." Mulders und sein Anwalt verließen den Vernehmungsraum. Sie wurden von zwei Polizisten begleitet. Nach zwanzig Minuten kehrten Mulders und sein Anwalt in den Vernehmungsraum zurück. Mulders wirkte angestrengt und unschlüssig. „Können wir das heutige Verhör auf den Tod von Grace Buur beschränken?“ „Nein, Sie haben zwanzig Jahre geschwiegen. Jetzt ist es an der Zeit, die Karten offen zu legen“, erwiderte Ray Maertens und fügte hinzu: „Das wird Ihnen und auch uns nutzen.“

Mulders stöhnte, Wouters gab ihm zu verstehen, dass er den Mut aufbringen sollte, es zu Ende zu bringen. Ray wartete einen Moment, dann legte er drei Kopien eines Fotos auf den Tisch. „Haben Sie eine Ahnung, wo wir die Kopien gefunden haben?“ Mulders sah sich die Kopien an und zuckte mit den Schultern. „Weiß ich nicht. Ich schätze, sie waren bei Jane Porter.“ Ray nickte. „Ja, und die anderen beiden Kopien?“ „Weiß ich nicht. Bitte sagen Sie es mir.“ Mulders war irritiert. „Eine Kopie haben wir bei Kommissar Wilms gefunden, eine andere hat uns eine ihrer Mitarbeiterinnen gegeben.“ Wieder zuckte Mulders gleichgültig mit den Schultern. Ein Foto, vor zwanzig Jahren aufgenommen. Welchen Wert hatte eine Kopie für ihren Besitzer?

„Sie wissen, wer das Foto aufgenommen hat?“ Mulders nickte. Natürlich wusste er es. Tim Porter hatte es ihm kurz nach der Beerdigung gezeigt und ihn gefragt, ob er eine Ahnung habe, wer Grace getötet hat. Mulders hatte sich in die Enge gedrängt gefühlt, gelächelt und Porter gebeten, ihm das Foto zu geben. Er wolle seine Ehe und seine Kinder nicht gefährden. Deshalb sei es nicht gut, wenn jemand etwas über seine Beziehung zu Grace erfahre, hatte er Porter gesagt. Porter war damit einverstanden, hatte ihm das Foto gegeben und sich über eine Gegenleistung von tausend Euro gefreut. Mulders hatte geahnt, dass Tim Porter Kopien angefertigt hatte. Aber er vertraute auf Porters Schweigen.

Ray fuhr fort: „Sie hatten die ersten Ermittlungen vor zwanzig Jahren aufmerksam verfolgt. Nachdem sie ohne ein Ergebnis eingestellt worden waren, waren Sie beruhigt und vertrauten darauf, dass sie nicht wieder aufgenommen werden würden." Mulders nickte. „Als vor zehn Jahren erneute Untersuchungen begannen und wieder Tim Porter vernommen wurde, kam die Nervosität zurück wie eine nicht ausgeheilte Erkältung. Wahrscheinlich hat Ihnen Porter gesagt, er habe sich in Widersprüche verwickelt." „Ich habe mir keine Gedanken gemacht", erwiderte Mulders. „Das glaube ich Ihnen nicht. Tim Porter hatte wenige Tage nach der Vernehmung einen schweren Autounfall. Sie haben ihn im Krankenhaus besucht und ihm eine Stelle in Ihrer Verwaltung angeboten. Warum?"

Mulders schwieg. Ray sah ihn verärgert an. „Schon nach wenigen Tagen in der Buchhaltung haben Sie Porter aufgefordert, ein Geständnis bei der Polizei abzulegen. Er sollte gestehen, Grace Buur im Streit getötet zu haben." „Das stimmt nicht." „Doch, wir haben zwei Zeuginnen, die es bestätigen können." „Die beiden Frauen lügen", schrie Mulders erregt. „Nein, aber darüber wird das Gericht entscheiden. Jedenfalls hat Ihre Mitarbeiterin Thea Hüter gestanden, Tim Porter aufgefordert zu haben, Ihrer Forderung nachzukommen und bei der Polizei ein Geständnis abzulegen. Sie hat auch gestanden, Porter bei einer Auseinandersetzung auf der Treppe gestoßen zu haben." „Okay, vielleicht habe ich Porter gebeten, darüber nachzudenken, ob es nicht sinnvoll sei, einen Streit mit Grace zu gestehen." „Einen Streit, der nie stattgefunden hat. Porter sollte für Ihre Tat büßen." Mulders sah auf den Boden.

„Bitte nehmen Sie Rücksicht auf meinen Mandanten. Er hat die Tat gestanden. Für den Tod Porters trifft ihn keine Schuld." Ray war anderer Meinung, wollte aber das Thema wechseln. „Kommen wir zu dem Mord an Kommissar Wilms. Sie stehen unter Verdacht, ihn kaltblütig ermordet zu haben." Mulders schwieg. Ray wartete eine Minute. „Ich werde Ihnen jetzt sagen, wie es gewesen ist: Nach Tim Porters Tod haben Sie Kommissar Wilms gebeten, die Ermittlungen einzustellen. Wilms sollte erklären, Porter habe ihm gestanden, Grace Buur erwürgt zu haben. Frank Wilms hat sich von Ihnen schmieren lassen und war damit einverstanden. Was haben Sie Kommissar Wilms gezahlt? Aber sie hatten nicht mit Jane Porter gerechnet. Sie hatte das Foto, welches Sie gemeinsam mit Grace zeigte von ihrem Sohn bekommen. Und wahrscheinlich hatte sie von ihrem Sohn noch einiges über Sie erfahren. Jane Porter hat Ihnen und auch Wilms heftig widersprochen. Dann haben sie notgedrungen mit Wilms und Jane Porter einen Deal machen müssen. Tim Porter sollte untergetaucht sein, sein Tod sollte verschwiegen werden. Um das Ganze abzusichern, haben sie das Scheingeschäft in Sofia organisiert. Wir haben einen Beleg über die Zahlung an Frau Sezkov in Sofia. Und sie hat auch das Scheingeschäft gestanden. Sie sollte bestätigen, Tim Porter zu pflegen."

Ray wischte sich über die Stirn. „Nachdem das Scheingeschäft aufgeflogen war, Wim Porter reumütig den Tod seines Sohnes zugegeben hatte und uns zur Leiche seines Sohnes geführt hatte, musste gehandelt werden. Sie hätten sich

denken können, dass wir irgendwann die Verbindung zwischen Ihnen, Grace Buur und Tim Porter herausfinden würden. Und der Weg hat natürlich wieder zu Wilms geführt. Kommissar Wilms konnte uns gegenüber nicht zugeben, die Ermittlungen wegen Ihrer Bestechung eingestellt zu haben. Aber er konnte auch nicht Ihrer Forderung nachkommen, nach zehn Jahren zu erklären, Tim Porter habe ihm die Tat gestanden. Wilms hatte begriffen. Nach zehn Jahren würde ihm niemand glauben. Man würde ihn fragen, warum er diese Information zehn Jahre verheimlicht habe. Und er könnte es nicht erklären. Sie haben Wilms vor einigen Tagen bedroht und von ihm etwas Unmögliches verlangt. Er sollte zehn Jahre nach Tim Porters Tod erklären, Tim Porter habe ihm kurz vor seinem Tod die Tat gestanden. Nachdem Wilms sich geweigert hatte, haben Sie ihn kaltblütig erschossen. Wilms hatte keine Möglichkeit, sich zu wehren. Sie sind in der Nacht vor Wilms Haus gesehen worden."
„Ich werde nichts mehr sagen", schrie Mulders erregt. Das Verhör wurde beendet und Mulders in eine Haftzelle gebracht.

Die Kommissare und der Staatsanwalt waren nach dem Verhör überzeugt, es würde nur kurze Zeit dauern, bis Mulders den Mord an Kommissar Wilms gestehen würde.Theo Loon lobte seine Kollegen. „Ihr habt hervorragende Arbeit geleistet. Ray, ich hätte nicht gedacht, dass du einen Fall, der seit zwanzig Jahren auf Aufklärung wartet, in zwei Monaten lösen kannst. Das ist ein Rekord. Ich werde bei der Pressekonferenz euren tollen Einsatz und euer Gespür für das Wesentliche hervorheben … Und falls mal wieder eine verstaubte Akte auftaucht …" Ray und Vinz lachten. „Muss ja nicht gleich den Staub von zwanzig Jahren haben. Fünf

Jahre genügen“, erwiderte Ray lachend und rieb sich die Hände, als hätte er einen faulen, stinkenden Fisch berührt. Auch Vinz stimmte in das Lachen ein. „Ich werde wieder zu meinen Kollegen nach Brügge zurückkehren. Bin sicher, dort warten auch noch alte Fälle.“ „Aus dem Mittelalter“, erwiderte Ray bissig. Theo verabschiedete sich von Vinz: „Wir sind immer auf der Suche nach teamfähigen jungen Kollegen. Wenn du etwas Seeluft brauchst …“ Vinz nickte. „Danke, ich habe einiges gelernt und mit Ray lässt sich gut ermitteln.“

Theo verließ das Büro und Ray und Vinz beschlossen, ebenfalls Feierabend zu machen. Ein abschließender Vermerk in der Akte „Grace Buur“ hatte bis morgen Zeit. Außerdem war noch abzuwarten, ob Mulders den Mord an Wilms gestehen würde. Ray lud Vinz ein, noch ein Bier in seiner Stammkneipe in der Langestraat zu trinken. „Aber nur unter der Bedingung, dass wir sämtliche Gedanken über die Ermittlung ausblenden“, schlug Vinz vor. Ray nickte. „Ja, es gibt noch genügend anderen Gesprächsstoff. Wir sollten eine gemeinsame Radtour machen, sobald die Tage wieder länger werden.“ Nach drei Stunden und einigen Gläsern Bier trennten sich die Kommissare. Ray brachte Vinz zum Bahnhof und wartete gemeinsam mit ihm auf die Abfahrt des Zuges nach Brügge. „Komm in unser Team“, rief Ray ihm zu, als er in den Zug einstieg. „Werde es mir überlegen.“

Nach drei Tagen wurde der Fingerabdruck von Mulders auf einer Flasche in Wilms Wohnung gefunden. Wenig später legte Mulders ein umfassendes Geständnis ab.

Ende

Ein besonderer Dank gilt meiner Mutter Helmi Cuntz für die guten Anregungen und ihre besondere Unterstützung.